TÉNÈBRES SUR LA TERRE

DANS LA MÊME SÉRIE

1. *Opération* Astrée
2. *La Terre a peur*
3. *La Milice des mutants*
4. *Bases sur Vénus*
5. *Les vainqueurs de Véga*
6. *La forteresse des Six Lunes*
7. *La quête cosmique*
8. *Les glaces de Gol*
9. *Le traître de Tuglan*
10. *Le Maître des mutants*
11. *Le piège à pirates*
12. *L'empereur de New York*
13. *L'étoile en exil*
14. *Mutants en mission*
15. *L'offensive d'oubli*
16. *A l'assaut d'Arkonis*
17. *La menace des Moofs*
18. *La planète piégée*
19. *Les méduses de Moofar*
20. *Les grottes de Gom*
21. *La bataille de Bételgeuse*
22. *L'amiral d'Arkonis*
23. *Le sérum de survie*
24. *Le spectre du surmutant*
25. *Les exilés d'Elgir*
26. *L'invasion des Invisibles*
27. *Le poids du passé*
28. *La citadelle cachée*
29. *Les traquenards du temps*
30. *Délos a disparu*
31. *L'agonie d'Atlantis*
32. *La moisson de Myrtha VII*
33. *Les soleils de Siamed*
34. *L'errant de l'éternité*
35. *La revanche du Régent*
36. *Recrues pour le Régent*
37. *Le prix du pouvoir*
38. *La déroute des Droufs*
39. *Rhodan renie Rhodan*
40. *L'immortel et les Invisibles*
41. *Les Métamorphes de Moluk*
42. *L'arche des aïeux*
43. *Alerte aux Antis*
44. *Le caboteur cosmique*
45. *La flotte fantôme*
46. *Le barrage bleu*
47. *Le désert des décharnés*
48. *Opération « Okal »*
49. *L'homme aux deux visages*
50. *Les dieux oubliés*
51. *L'aventure akonide*
52. *Mannes éphémères*
53. *Complots arkonides*
54. *Opération dernière chance*
55. *Rencontres extragalactiques*
56. *La mort de Mécanica*
57. *Le captif du futur*
58. *La bataille de Panotol*
59. *Les astres noirs*
60. *Médiation protoplasmique*
61. *Opération surprise*
62. *Prisonnier du plasma*
63. *Le Monde-aux-Cent-Soleils*
64. *Le planétoïde hanté*
65. *Le combat des cent-soleils*
66. *Menaces sur les mutants*
67. *Le mirage de la montagne chantante*
68. *La valeur de la vie*
69. *Le fléau de la galaxie*
70. *Le miroir de molkex*
71. *Rébellion sur Euhja*
72. *La métamorphose du molkex*
73. *Le labryrinthe d'Eysal*
74. *Le piège de glace*
75. *Les sauveteurs sigans*
76. *La course contre la montre*
77. *L'effondrement d'un empire*
78. *L'offensive de crétinisation*
79. *La sylve sanguinaire*
80. *Guerilla sur Greendor*
81. *Pas de retour pour Rhodan*
82. *Les soldats stellaires*
83. *Mulots en mission*
84. *La fin de la fuite*
85. *Péril sur Plophos*
86. *Le déclin du dictateur*
87. *Arkonis assassiné*
88. *A l'assaut d'Andromède*
89. *Planète de pénitence*
90. *Les gardiens des galaxies*
91. *La guerre du gel*
92. *Héros de l'Horreur*

93. *Microcosme et Macrocosme*
94. *Les pyramides pourpres*
95. *Le triscaphe titanesque*
96. *Le péril surgi du passé*
97. *Téléporteurs dans les ténèbres*
98. *Les condamnés du Centre*
99. *La cinquième colonne*
100. *Les Coureurs d'ondes de Chrystal*
101. *Invasion interdite*
102. *L'armada akonide*
103. *Les astéroïdes d'Androbêta*
104. *Le satellite secret*
105. *La débâcle des Deux-Nez*
106. *Les sœurs stellaires*
107. *La ville vitrifiée*
108. *Le Monde des Marais*
109. *La sphère spatio-temporelle*
110. *La station de Saar Lun*
111. *Le messager des Maîtres*
112. *L'ingénieur intergalactique*
113. *La revanche des Régénérés*
114. *L'être d'Emeraude*
115. *Tempête sur Téfrod*
116. *Les mercenaires des Maîtres*
117. *Le robot qui rit*
118. *La machine de Multika*
119. *Le transmetteur temporel*
120. *Les temples de Tarak*
121. *L'agent atemporel*
122. *L'Emir et l'éternité*
123. *Les transmuteurs de Tanos*
124. *Le seigneur de Sadlor*
125. *Le sarcophage stellaire*
126. *La piste parapsychique*
127. *La facture des faussaires*
128. *Iago l'Innocente*
129. *Miras le Maléfique*
130. *Naufrage dans le néant*
131. *Le pacte de paix*
132. *L'escapade de l'Emir*
133. *Illusions interstellaires*
134. *La faillite de Faktor IV*
135. *Multidon la maudite*
136. *Terreur sur Tamanium*
137. *Le sacrifice suprême*
138. *Au cœur de la démesure*
139. *L'énigme de* Old Man
140. *Sur la piste des hypno-cristaux*
141. *Cristal-catastrophe*
142. *Sur le fil du rasoir*
143. *Remous dans les Nuages de Magellan*
144. *Des Perlians aux hommes-lions*
145. *Les partisans du Grand Nuage*
146. *Assaut sur Danger-I*
147. *Dans les grottes des Gurrads*
148. *Missions magellaniques*
149. *Le réveil d'un Titan*
150. *Transgressions temporelles*
151. *Dérive intergalactique*
152. *Poison pour une planète*
153. *Le sosie du Stellarque*
154. *De Néréide à Neptune*
155. *Offensive sur* Old Man
156. *Cités spatiales skovars*
157. *Le commandeur des oubliés*
158. *Holocauste halutien*
159. *Les labyrinthes de M 87*
160. *L'enlèvement de l'élu*
161. *La caste des chercheurs*
162. *Les insurgés du* Krest IV
163. *Projet paladin*
164. *Le repaire des Symbiotes*
165. *Uchronies akonides*
166. *Le karma de Khan*
167. *Les pirates de Parjar*
168. *Les cercueils de cristal*
169. *Les léviathans de Léthara*
170. *Le piège des Pelewons*
171. *Les Constructeurs du Centre*
172. *Le gouffre entre les galaxies*
173. *Traîtres en série*
174. *Le gardien de l'Intouchable*
175. *Le spectre du Sepulveda*
176. *Le secret de la pyramide*
177. *Sur les traces du passé*
178. *Le legs des Lémuriens*
179. *Odyssée pour des nefs perdues*
180. *Le poids des Invisibles*
181. *Pont entre les nuages*
182. *La base des Baramos*
183. *Les œufs de Baykalob*
184. *Les spectres verts*
185. *Des Bestians aux Ulebs*
186. *La tanière hors du temps*
187. *Ténèbres sur la Terre*

K.-H. SCHEER
et CLARK DARLTON

TÉNÈBRES SUR LA TERRE

PERRY RHODAN — 187

Fleuve Noir

Titres originaux :
DAS ENDE DER DOLANS de Hans Kneifel
ALARM FÜR DIE GALAXIS de H.G. Ewers
DER MANN, DER DIE ZEIT BETROG de Ernst Vlcek

Traduit et adapté de l'allemand
par Claude Lamy et Michel Vannereux

ISBN : 2-265-07231-1

RÉSUMÉ DES ÉPISODES PRÉCÉDENTS

CYCLE 1 : LA TROISIÈME FORCE (1971-1984)

Lors de leur alunissage avec la fusée *Astrée*, Perry Rhodan et Reginald Bull, officiers de l'U.S. Space Force, rencontrent des humanoïdes émissaires du Grand Empire d'Arkonis (dans l'amas M 13 de la constellation d'Hercule). Thora et Krest, en quête d'une mystérieuse Planète de Jouvence, ont fait naufrage sur notre satellite. Entré en possession de la super-technologie arkonide, Rhodan impose à la Terre une paix planétaire durable avec l'appui de mutants doués de facultés parapsychologiques.

Après avoir repoussé des envahisseurs extraterrestres, il se lance vers les étoiles. Il aide les autochtones du système de Véga à repousser les belliqueux Topsides. Remontant une longue chaîne d'indices, Rhodan et ses compagnons d'aventure – dont Krest et Thora – trouvent ensuite Délos, la planète errante, domaine de l'Immortel. Celui-ci accorde la douche cellulaire prolongatrice de vie à Perry Rhodan et d'autres Terriens mais la refuse aux Arkonides, qui selon lui appartiennent au passé. Au cours de cette Quête Cosmique, un être étonnant s'allie aux humains : le mulot-castor L'Émir.

De retour sur Terre, Perry Rhodan doit se défendre contre le Surmutant Stafford Monterny. Puis des Marchands Galactiques, les Francs-Passeurs, attaquent le Système Solaire afin d'étouffer toute concurrence potentielle. Sous la pression des forces extraterrestres coalisées, Rhodan se voit contraint de faire croire, par un coup de bluff gigantesque, à la destruction pure et simple de la Terre.

CYCLE 2 : ATLAN ET ARKONIS (2040-2045)

Profitant de la tranquillité ainsi obtenue, Perry Rhodan instaure l'Empire Solaire dont il tient les rênes sous le titre de Stellarque de Sol et dont les ressortissants prennent le nom générique de Terraniens. En 2040 apparaît Atlan, le Solitaire des Siècles, qui a passé la majeure partie des dix mille dernières années dans une base-refuge sous-marine. Arkonide comme Krest et Thora, Atlan jouit de la vie éternelle grâce à un activateur cellulaire transmis par l'Immortel de Délos. Au bout de duels très serrés, Rhodan et lui décident de s'accorder à jamais un soutien mutuel indéfectible. Par son rapport détaillé sur un lointain passé, Atlan fournit un éclairage insoupçonné sur tout un ensemble d'événements et d'interactions d'ampleur cosmique.

À la confrontation avec le Grand Coordinateur positronique qui règne sur l'Empire arkonide décadent s'ajoutent bientôt les attaques des Droufs qui, surgis d'un autre univers, tentent une invasion du continuum einsteinien. De plus, Perry Rhodan entre en conflit avec Thomas Cardif, le fils né de son union avec Thora l'Arkonide.

Reprogrammé en 2044, le Régent d'Arkonis reconnaît Atlan comme nouvel Empereur sous le titre de Gnozal VIII. Les Droufs, peu après vaincus par les Arkonides, les Francs-Passeurs et les Terraniens coalisés, sont renvoyés à leur univers d'origine.

Alors que Thomas Cardif trahit la Terre au profit des Marchands Galactiques, Perry Rhodan perd son épouse, Thora, puis son fidèle ami Krest.

CYCLE 3 : LES BIOPOSIS (2102-2114)

En 2102, à bord d'une frégate dotée d'un tout nouveau propulseur linéaire, Perry Rhodan échoue dans le Système Bleu, enclos par un écran énergétique et domaine des orgueilleux Akonides, lointains ancêtres des Arkonides. Alors qu'éclatent de terribles antagonismes entre Akonides et Terraniens, d'innombrables mondes de la Voie Lactée sont contaminés par une drogue pernicieuse. Les Antis, prêtres fanatiques nantis de facultés anti-psi, manipulent Thomas Cardif qui usurpe incognito la place de son père avant d'être détruit par une ruse diabolique de l'Immortel de Délos. Perry Rhodan entre alors en possession d'un activateur cellulaire.

Le danger constitué par le Régent positronique d'Arkonis est définitivement écarté lorsqu'Atlan et quelques Terraniens, grâce à un saut temporel vers le passé, le mettent pour de bon hors d'état de nuire.

En 2112, en plein espace intergalactique, la race humaine plonge dans un conflit opposant les invisibles Laurins à un peuple de robots, les Bioposis. Un an plus tard, Perry Rhodan découvre le Monde-aux-Cent-Soleils, patrie de ces créatures mi-machines, mi-organiques, résout l'énigme posée par leur existence et les appuie pour vaincre les Laurins. Il fonde alors l'Alliance Galactique dont il devient le Grand Administrateur sous le titre inchangé de Stellarque de Sol.

CYCLE 4 : LE DEUXIÈME EMPIRE (2326-2329)

En deux cents ans de calme relatif, les Terraniens ont assis leur nouvelle position parmi les divers peuples galactiques. Perry Rhodan perd nombre de ses amis et proches collaborateurs qui ne reçoivent pas à temps l'un des vingt-cinq activateurs cellulaires éparpillés par l'Immortel à travers la Voie Lactée peu avant la disparition – voire l'anéantissement – de la planète Délos.

2326 voit surgir une nouvelle menace pour les explorateurs de la Galaxie : les monstrueux annélicères. Sur la trace de ces énormes créatures, les hommes rencontrent les ressortissants d'un Deuxième Empire galactique, les Bleus qui occupent l'Est de la Voie Lactée, à l'opposé de Sol. Ces êtres au farouche désir d'expansion possèdent des vaisseaux quasi indestructibles grâce à leurs blindages de molkex. En 2328, des savants humains découvrent le moyen de détruire le molkex et cet atout met un terme définitif au conflit.

Durant cette période, de plus en plus de colonies terraniennes ont entrepris de lutter pour leur indépendance. Ainsi Plophos dont le dictateur, Iratio Hondro, fait enlever Perry Rhodan et quelques-uns de ses proches. Le Stellarque et ses compagnons ne sont sauvés qu'au bout d'une errance de près d'un an au voisinage du Centre galactique. Destitué, Hondro meurt après avoir attribué son activateur cellulaire à Mory Abro, qui devient la seconde épouse de Rhodan.

CYCLE 5 : ANDROMÈDE ET LES MAÎTRES INSULAIRES (2400-2406)

En 2400, à bord de sa nef amirale, le *Krest II*, et en compagnie du Halutien Icho Tolot, Perry Rhodan surgit au centre d'un réseau de transmetteurs de matière reliant le centre de la Voie Lactée à la Nébuleuse d'Andromède. À côté des pièges machiavéliques qui les attendent dans l'abîme intergalactique, les Terraniens se heurtent à de nouveaux adversaires, les Maahks (ou Méthaniens), dont une forteresse spatiale attaque bientôt la station régulatrice du transmetteur du cœur de notre Galaxie. Grâce à plusieurs opérations d'infiltration, l'invasion de la Voie Lactée organisée par les Maahks est évitée de justesse.

Dès 2402, les Terraniens parviennent à pénétrer davantage à l'intérieur d'Andromède en s'appuyant sur des têtes de pont établies dans les micronébuleuses voisines, Andro-Alpha et Androbéta. Ceux qui détiennent l'hégémonie sur Andromède apparaissent comme une poignée d'êtres auréolés de mystère, les Maîtres Insulaires. Tous les moyens leur sont propices pour neutraliser les Terraniens, y compris les manipulations temporelles. Le nouveau vaisseau-amiral de Rhodan, le *Krest III*, est ainsi projeté à plus de cinquante mille ans dans le passé : sur la Terre, l'Impérium de Lémuria se défend alors désespérément contre les belliqueux Halutiens. Effectuant le même plongeon mais perdant tout espoir de retour, la barge spatiale *Dino-III* et son équipage rendent possible le sauvetage du *Krest III* qui regagne enfin le temps présent.

Les tyrans d'Andromède focalisent leurs actions suivantes sur la Voie Lactée et contre l'Empire Solaire. En 2405, suite au pacte de paix conclu entre Terraniens et Maahks puis à la destruction de la route des transmetteurs reliant Andromède et la Galaxie, les Maîtres Insulaires sont éliminés les uns après les autres. C'est Atlan qui, au final, remporte le duel décisif contre Faktor I, le Maître suprême – une femme habitée par une volonté de puissance hors du commun et qui avait au préalable réussi à le séduire.

Février 2406 marque le début d'une accalmie de vingt-neuf ans au cours de laquelle Perry Rhodan et ses collaborateurs mettent tout en œuvre pour que l'Alliance Galactique se relève des difficultés qu'elle vient de traverser.

CYCLE 6 EN COURS :
M 87 OU LES CONSTRUCTEURS DU CENTRE
(à partir de 2435)

En 2435, des Terraniens et des Libres-Marchands de la planète Olympe – une puissance commerciale montante en marge de l'Empire Solaire – assistent à l'arrivée d'une énorme forteresse-robot hémisphérique renfermant près de quinze mille ultracroiseurs ! Baptisé *Old Man*, ce monstre spatial se révèle être un cadeau destiné à l'humanité par les naufragés temporels du *Dino-III* et prévu pour intervenir contre les Maîtres Insulaires. Mais il a fait irruption avec trente ans de décalage…

Sur la piste des hypno-cristaux qui perturbent le comportement du titan, Perry Rhodan, Atlan et Roi Danton, le fantasque souverain des Libres-Marchands, atteignent le Grand Nuage de Magellan où la destruction *in extremis* de l'ensemble des agents minéraux déclenche le réveil des Gardiens Fréquentiels, des policiers temporels censés châtier toute transgression chronoclaste. Or, les Terraniens semblent en avoir commis une au cours de leur lutte contre les Maîtres Insulaires… Intransigeants, ceux qui se dénomment aussi les Bi-Conditionnés et obéissent à une énigmatique *Première Puissance Fréquentielle* prennent possession de *Old Man* et appareillent pour le Système Solaire. Le *Krest IV*, nef amirale de Rhodan, fait alors les frais d'une arme terrible et plonge dans une brèche hyperspatiale, escorté par le vaisseau des Halutiens Icho Tolot et Fancan Teik.

Les deux navires émergent dans la galaxie géante M 87, à 32 millions d'années-lumière de leur patrie : un universîle aux castes ultra-cloisonnées, sous la coupe des mystérieux Constructeurs du Centre. Pour regagner la Voie Lactée, il faudra s'allier à un peuple autochtone techniquement très avancé et d'abord percer les innombrables énigmes de M 87 : entre autres, celle posée par la parenté de presque toutes ses races dominantes avec les Halutiens et les raisons de l'holocauste jadis perpétré contre leurs ancêtres très probables, les monstrueux Bestians.

Lorsque *Old Man* et les Bi-Conditionnés surgissent dans l'Empire Solaire, tout paraît perdu mais une invention de dernière minute assure plusieurs victoires décisives contre les policiers temporels qui s'enfuient. Abandonnée, la forteresse-robot tombe entre les mains de ses destinataires légitimes, les Terraniens. Ceux-ci ont hélas découvert l'arsenal para-spatial des Gardiens Fréquentiels, que des partenaires symbiotiques rendent esclaves d'une puissance supérieure et qui passent à l'offensive partout dans la Galaxie. Une information cruciale tombe alors : Perry Rhodan se trouverait dans M 87. Aussitôt, une expédition se lance à travers le gouffre cosmique en réitérant le phénomène auparavant subi par le *Krest IV*.

Grâce aux Mooghs, une race de colosses halutimorphes en lutte contre les Constructeurs, les nouveaux arrivants renouent le contact avec Rhodan. Désormais forte de quatre unités, la flottille terranienne apporte son appui aux Okefenokees, les Philosophes de la galaxie géante, lors d'une agression des Bestians. Une corvette envoyée à la poursuite des cercueils transparents dans lesquels les gnomes expédient leurs morts vers le cœur de M 87 échoue sur Monol, une planète cristalline où s'élucide très vite l'énigme majeure de la vraie nature des Constructeurs du Centre.

Au sein de Léthara, un nuage obscur de la périphérie galactique depuis lequel se prépare l'ultime vague destructrice qui balaiera bientôt M 87, les Terraniens découvrent ensuite l'horrible secret de l'origine des Bestians : des manipulations génétiques par lesquelles les Constructeurs eux-mêmes, soixante-dix mille ans plus tôt, ont tenté de se fabriquer une race de super-soldats… qui ont très rapidement échappé à tout contrôle et ont dû être contenus par une répression sans merci. Éradiquant la menace effroyable que couvait Léthara et libérant un groupe d'Okefenokees asservis, Rhodan disposera de deux atouts maîtres pour sa confrontation avec les souverains de la galaxie géante, au cœur d'un gigantesque soleil creux. Les exilés obtiennent enfin les deux convertisseurs spéciaux nécessaires au retour vers la Voie Lactée.

Le 20 septembre 2436, au large de M 87, les vaisseaux halutiens bondés effectuent le plongeon transdimensionnel vers la Galaxie-patrie. Le *Krest IV*, abandonné, part à vitesse subluminique dans la même direction. Dans un colossal ébranlement du continuum, les voyageurs réémergent moins de deux heures plus tard au cœur de la Voie

Lactée et débarquent en catastrophe sur un monde-jungle inconnu : en effet, un automatisme secret rappelle les deux nefs sphériques vers M 87.

Très bientôt, un croiseur de bataille terranien à la chasse aux policiers temporels localise les cinq mille naufragés et les récupère à bord de ses chaloupes. Informés, les Akonides, ennemis jurés de l'Empire Solaire, sautent sur l'occasion pour manigancer de nouvelles fourberies – dont un complot ourdi en commun avec les Bi-Conditionnés, visant à transformer le Soleil en nova. Et ce ne sera pas là leur unique tentative pour nuire à la Terre dans le contexte actuel…

Pendant ce temps, l'étude des informations ramenées de M 87 se poursuit. Une expédition part pour la planète des Halutiens afin d'élucider l'énigme de leur pacification, survenue il y a cinquante mille ans à l'issue de la guerre terrible qui les opposa aux Lémuriens. Fin octobre 2436, au terme d'un vrai parcours d'épreuves d'endurance et d'initiation dans les profondeurs du monde interdit, les Terraniens aidés par Icho Tolot tombent sur une très vieille positronique qui leur livre la vérité.

Soixante mille ans plus tôt, des Bestians en lutte contre les Constructeurs du Centre et menacés d'extermination ont fui M 87 pour se réfugier dans les Nuages de Magellan. Quelques-uns d'entre eux, se risquant jusqu'à la Voie Lactée, y ont fait souche sur Haluta puis, obéissant à leurs pulsions destructrices, ont attaqué l'humanité de Lémuria, la Terre de cette lointaine époque. Des commandos lémuriens, au péril de leur vie, ont plus tard implanté sur Haluta des radiants formateurs dont les influx ont fini par pacifier les brutales créatures. Hélas, selon les dires de la machine, cette « arme » sera inopérante contre les Bi-Conditionnés à cause de leurs partenaires symbiotiques… Si le savoir acquis par l'expédition est énorme, rien n'est encore résolu et il faudra aller chercher ailleurs.

Or, le temps presse et la situation est critique : mille Dolans attaquent bientôt le Système Solaire – tous insensibles aux parades dont disposait l'humanité ! Soudain, à bord de la forteresse géante *Old Man*, le relais spécial *Lune Noire* s'active et des ressources quasi miraculeuses du titan spatial se déchaînent – dont des équipements jusque-là ignorés qui neutralisent les écrans paratroniques adverses.

Seuls vingt Bi-Conditionnés en réchapperont… Qui plus est, *Lune Noire* livre toute la vérité sur l'histoire et le lieu de la construction de *Old Man*, lançant les Terraniens en quête d'un legs fabuleux des anciens Lémuriens avec, entre autres, l'arme imparable contre les Dolans et les plans qui permettront de la réaliser !

Début décembre 2436, le *Krest V*, nouvelle nef amirale terranienne, rallie l'étoile Satys. Satyat, la seconde planète à très forte gravité, se révèle être la source de l'*eklyss*, le minerai radiant qui constitue la base des dispositifs anti-paratroniques. Perry Rhodan se rend ensuite dans le système de Scorch. Trobos – ou Scorch II – y constitue l'escale-piège obligatoire depuis laquelle le *Krest* est dématérialisé et expédié sous la surface de Scorcher, l'actuelle troisième planète, une géante d'ammoniac-méthane-hydrogène !

Une stupéfiante histoire se dévoile alors : dans sa station de secours lémurienne, l'encéphale d'un des techniciens du *Dino-III* a survécu et des savants de la Première Humanité sont conservés en stase hyperénergétique. *Old Man* a été construit sur Scimor, la troisième planète de jadis, une colonie de scientifiques autrefois entrés en dissidence vis-à-vis de Lémuria, et plus tard anéantie par des Maahks dont un seul des vaisseaux a ensuite atteint Scorcher. Les Méthaniens s'y sont installés, ont dégénéré et n'ont eu de cesse que d'assaillir le cœur de la base souterraine où s'étaient réfugiés les rescapés de Scimor. Un unique « ancêtre » pourra être ressuscité et se déclarera prêt à transmettre toutes ses connaissances aux Terraniens – à condition que ceux-ci sauvent d'abord le dernier bastion lémurien de son destin dramatique !

Pour cela, Perry Rhodan, deux mutants et L'Émir empruntent un transmetteur temporel et gagnent l'an 7682 avant J.-C. afin d'y détruire le navire maahk qui s'est posé sur Scorcher sitôt la planète Scimor anéantie. Le succès de l'opération, sans génération aucune de paradoxe temporel, n'empêchera cependant pas l'extinction naturelle ultérieure des réfugiés lémuriens… De retour au présent, Rhodan et ses compagnons héritent des éléments décisifs pour leur futur : les plans de l'« arme » pacificatrice, du radiant paraneutralisateur et du propulseur transdimensionnel. Juste avant le départ du *Krest V*, le Stellarque fera détruire le transmetteur temporel.

Mi-février 2437 : Roi Danton, le souverain des Libres-Marchands, s'est lancé sur les traces de huit *Explorateurs* terraniens récemment disparus et aborde le Petit Nuage de Magellan. C'est un piège machiavélique qui y attend son vaisseau amiral, le *Francis Drake*, bientôt arraisonné par des inconnus qui font prisonniers tous ses passagers et membres d'équipage. Une corvette réussit toutefois à prendre la fuite, avec pour objectif de rallier la Voie Lactée et d'alerter Perry Rhodan. Les captifs sont déportés sur la planète Prison II où les Pseudo-Gurrads – véritables maîtres de la galaxie naine et physiquement semblables aux hommes-lions du Grand Nuage – effectuent sur eux d'atroces expérimentations dans le dessein de permettre leur possession par les Locataires, des entités invisibles hyper-lourdes.

Le Stellarque ne tarde pas à intervenir avec le *Krest V* et à libérer les captifs survivants de Prison II. Poursuivant les recherches dans le Petit Nuage, les Terraniens retrouvent deux rescapés des missions d'exploration perdues et nouent grâce à eux le contact avec un peuple en lutte acharnée contre les Pseudo-Gurrads – lesquels sont en vérité les mystérieux Locataires. Les Baramos rebelles, des insectiformes ovipares, habitaient à l'origine la planète Baykalob dont les sables jouent le rôle de catalyseurs pour l'éclosion de leurs œufs.

Juin 2437 : une première conclusion se tire à propos des maîtres du Petit Nuage de Magellan, qui seraient sûrement apparentés aux Constructeurs du Centre de la lointaine galaxie M 87. Les œufs des malheureux insectimorphes leur serviraient à se procurer un ersatz du néo-howalgonium indispensable à leur hyperrégénération biophysique. Après un périlleux voyage vers le cœur de la micro-galaxie, une expédition menée par Roi Danton franchit toutes les barrières qui évincent normalement les intrus et débarque sur Baykalob. L'observation du rituel de ponte et de son site révèle que l'éclosion est ensuite catalysée par des microcristaux de néo-howalgonium présents dans les sables de la planète. Mais il s'avère aussi que des robots-collecteurs ne tardent pas à venir ramasser les œufs pour les emporter vers des complexes de traitement où les Pseudo-Gurrads en extraient une substance liquide, le néo-bilatium. Échappant de justesse aux Multimorphes, Danton et son groupe regagnent la nef amirale terranienne avec un flacon du précieux produit.

Juillet 2437 : à bord du *Krest V* pourchassé par des Dolans et des vaisseaux-cônes, les premières expérimentations sur le néo-bilatium engendrent un hyperrayonnement qui dématérialise presque tous les passagers de l'ultracroiseur, brusquement réduits à l'état de spectres fluidiques verdâtres. L'Émir et le robot géant Paladin, épargnés, sont quasi seuls pour sauver la situation, émettre un S.O.S. et surtout dissimuler adroitement le *Krest* lors d'une attaque des navires-toupies. Pendant ce temps, l'utilité réelle de l'élixir est identifiée : il ne sert pas à accroître la longévité des Multimorphes mais leur permet de « posséder » les corps d'autres êtres vivants…

Et c'est à nouveau Vivier Bontainer dont l'*Explorateur* capte le S.O.S. du vaisseau-amiral ! Grâce à cet officier et à son équipage hors pair, le *Krest* pourra repartir et rallier le gros de la flotte solaire – mais reste à régler le problème des immatériels qui le hantent. Par miracle, un scientifique découvre la solution grâce à un effet jusqu'alors inconnu du fameux radiant paraneutralisateur. Après quoi Perry Rhodan et son armada spatiale se replient vers la Voie Lactée.

Quelques jours plus tard, lors d'une patrouille à l'intérieur du pont de matière interstellaire reliant les deux Nuages de Magellan, un croiseur de l'Astromarine Solaire tombe sur une véritable nécropole volante bondée de cadavres de Gurrads et de Baramos qui ont péri avec une terrible violence, il y a un peu plus de cinq cents ans. Non loin d'eux, un Bestian, mort en apparence… qui revient à la vie sitôt transbordé sur le *Scendala*. Le cauchemar commence : face au monstre multimorphe, les humains feront piètre mesure…

Ils vaincront pourtant, peu avant de rallier le gros de la flotte terranienne dans le secteur Galaxie-Nord. La dépouille du Bestian – ou plutôt de l'Uleb, ainsi baptisera-t-on ce cousin éloigné des brutes de M 87 – et les éléments nouveaux apportés par le Halutien Icho Tolot quant à la filiation des maîtres du Petit Nuage autoriseront l'élaboration d'un plan fort risqué, grâce au « vaisseau fantôme » que l'on récupérera et remettra en état de reprendre son vol jadis interrompu. Acteurs de cette machination théâtrale sans équivalent, quelques têtes brûlées s'infiltreront bientôt sur Port Gurrad, le marché aux esclaves des Ulebs, et y sèmeront une panique totale grâce à de simples cylindres de verre remplis d'un liquide rouge orangé : pour les Multimorphes, c'est le vecteur de l'hyper-épidémie mortelle qu'ils ont déjà affrontée dans un lointain passé… Désertant Port Gurrad non sans l'avoir piégée, ils fuient sans hésiter vers leur bastion secret, talonnés par une discrète *Gazelle* dont les passagers vont bientôt découvrir l'incroyable cœur de la puissance ennemie.

À l'abri d'un champ temporel qui les décale de cinq minutes dans le futur, Atlas – un monde géant de type jupitérien – et ses treize lunes ne seront accessibles à Roi Danton et son commando que par une ruse téméraire. Débarquant en secret sur Uleb-I, un des satellites d'Atlas, ils parviennent peu après à annihiler l'écran et le système d'Ennemi réintègre le présent. Hélas, c'est bientôt un bouclier paratronique qui englobe le bastion de la *Première Puissance Fréquentielle*… Les intrus terraniens et l'expédition de secours qui a réussi à passer sont désormais bloqués sur Uleb-I.

Tandis que toute la flotte de Rhodan se mobilise pour tenter de briser le nouveau barrage, les « naufragés » l'affaiblissent localement et un navire scientifique les sauve de justesse.

Le problème demeure entier : les Ulebs – ou Métamorphes – sont protégés de toute attaque et ont encore de nombreux atouts en mains. L'heure est grave pour l'Humanité et son Stellarque, confronté à une des questions les plus complexes de son existence : comment éviter, et à quel prix, que s'abattent les TÉNÈBRES SUR LA TERRE ?

PREMIÈRE PARTIE

APOCALYPSE POUR LES DOLANS

CHAPITRE PREMIER

Le servomécanisme de l'imposant fauteuil fixé au sol de la cabine s'activa lentement. Le dossier bascula vers l'avant, le siège revint à l'horizontale et le repose-pied coulissa en dessous. Mince et élancé, l'homme vêtu d'un modeste uniforme de bord bâilla copieusement tout en se frottant les yeux.

Une quantité de ridules s'étirèrent, comme un éventail, des commissures de ses lèvres bien pleines jusqu'à ses tempes. L'expression moqueuse habituellement affichée sur son visage était pour le moment absente.

Il venait de se réveiller d'un sommeil bref mais profond.

Il posa lentement les pieds sur le sol, fit quelques flexions et se détendit ensuite de tout son être.

— L'attente me tape sur les nerfs, murmura-t-il, et les trente-quatre mille neuf cent quatre-vingt-dix-neuf autres vaisseaux là dehors ne font rien pour arranger la situation !

La voix faible de l'homme était amère ; on eût dit qu'il était oppressé par le poids des ans. Un air de résignation se lisait à l'évidence sur ses traits et dans les gestes qu'il effectuait.

Il jeta un œil sur l'imposant chronographe de pilote accroché à son poignet.

— Onze heures… Encore une heure ! gronda-t-il.

Il se dirigea vers un placard qui occupait une cloison entière de l'étroite cabine et ouvrit un tiroir d'environ quarante centimètres de côté sur trente de hauteur. De lourdes tasses de porcelaine y étaient disposées sur des supports spéciaux, et le témoin rouge indiquait que la petite machine à café était en pleine activité. Il déplaça le sélecteur sur la position numéro deux, pressa une touche et plaça ensuite l'un des récipients sous le robinet. Un liquide bouillant s'en écoula puis les mains effilées, couvertes de poils clairsemés et de taches de pigmentation, rajoutèrent du sucre et de la crème dans la tasse.

L'homme consulta une nouvelle fois son chronographe.

— Vingt-sept août 2437, annonça-t-il tout en tentant de siroter la boisson très chaude.

Il s'assit sur le rebord du fauteuil et fixa l'écran aveugle.

— Toujours attendre ! Attendre confinés dans nos vaisseaux, se déplacer sans cesse d'une planète à une autre, dans tous les sens à travers le cosmos…

Sa voix trahissait une vive amertume.

Il respira profondément et se redressa.

Pour éviter de toucher accidentellement la tasse brûlante, il la déposa prudemment sur une tablette en la tenant par l'anse et se dirigea vers l'une des étagères pour y prendre un mémocristal repéré par une étiquette blanche. Il inséra l'objet dans la fente du projecteur après avoir activé l'écran visiophonique et débranché la liaison intercom, ne sélectionnant que celle en rapport avec le dispositif de lecture. Des couleurs et des images animées s'affichèrent sur le moniteur. Une femme mince et d'excellent maintien apparut ; elle avait de longs cheveux d'un roux sombre et bougeait avec une souplesse très naturelle. Vêtue d'un tailleur-pantalon blanc, elle déambulait à travers un jardin à l'ambiance exotique qui faisait partie de leur lieu de résidence, à Terrania. Derrière un mur d'ornement, recouvert par des plantes exubérantes, on pouvait apercevoir le bleu profond et scintillant d'un lac. Une voile y naviguait – un triangle blanc sur un arrière-plan lointain de bâtiments géants.

— Quand était-ce déjà… ? Il y a juste quelques jours… murmura l'homme.

Son visage sec, dont l'arête du nez s'ornait d'une petite cicatrice, se crispa. Il pinça si fort les lèvres que des plis se formèrent en dessous de ses narines.

— Nous sommes face à la planète Atlas, et nous attendons ! Trente-cinq mille vaisseaux escomptent un miracle !

Les images continuèrent à défiler.

La femme s'immobilisa, sourit et pivota. Puis elle se dirigea droit sur les optiques de l'enregistreur. Un film tridimensionnel en couleurs, pris en de brefs instants de bonheur fugace. L'homme se faisait l'effet d'être un Ulysse du XXVe siècle dont sa Pénélope n'avait guère de chances de le revoir un jour. Mais il pouvait toutefois la joindre par hypercom, à des moments précis.

La projection se termina.

Le timbre d'appel rompit le silence de la petite pièce.

— Oui, entrez !

Le panneau insonorisé coulissa dans ses rainures après que l'homme eut éteint l'intercom. Un individu mince, aux cheveux blancs, s'avança et attendit à proximité du seuil jusqu'à ce que la porte se fût refermée avec un bref claquement.

— Seul, Perry ?

Rhodan scruta calmement l'Arkonide, acquiesça et indiqua du menton la cafetière.

— Seul avec les esprits du passé et dévoré par une humeur massacrante, répondit-il.

— Je comprends !

Le Stellarque attendit qu'Atlan se soit également servi un café, puis il s'assit de nouveau. Le Lord-Amiral s'appuya contre la paroi encastrée et observa Rhodan avec une légère ironie sur les lèvres.

— À quoi penses-tu ? demanda-t-il.

— À tout ce qui nous est arrivé au cours des derniers mois : la rencontre de nouvelles races, les dangers, les révélations et les défaites.

L'Arkonide eut un sourire fugace.

— Difficile de concevoir autrement la vie d'un immortel, Perry, tu le sais aussi bien que moi.

Le Stellarque opina du chef, mais il ajouta avec une hésitation qui dissimulait mal ses sentiments réels :

— Bien sûr, Atlan. Ce qui me rassure cependant, c'est l'arrivée à point nommé de Reginald, venu du Secteur Aurore avec trente mille vaisseaux. Ainsi que le sauvetage, par le major Rachley, de tous ceux qui avaient atterri sur la planète Atlas. Cependant, je sens poindre à l'horizon des dangers d'une ampleur rarement affrontée.

— Perry, est-ce précisément à un vieil Arkonide de te dire à quelle vitesse une situation peut évoluer ? demanda son interlocuteur en soufflant sur le café après s'être brûlé les lèvres.

Son visage indiquait qu'il se contenait à la perfection bien qu'il sentît monter en lui une vague d'humour et de vif pessimisme. Il semblait que les gens de l'Empire Solaire étaient plongés dans une crise profonde qui se manifestait par des phases passagères de résignation. Une profonde et solide amitié liait les deux hommes, mais ils étaient toujours d'opinion différente. Atlan tentait à présent de tirer Rhodan de cette humeur infernale.

— Elle peut se modifier aussi bien dans le bon sens que dans le mauvais, et je redoute hélas que ce soit dans ce dernier.

— Dis donc ! lança l'Arkonide. Julian Tifflor dispose d'une armada de trente-cinq mille vaisseaux qui orbitent autour de la planète aux treize lunes et dans à peine une heure, nous allons de nouveau essayer de fissurer l'écran paratronique dont la texture a été renforcée par une autre charge structurale. Avec la puissance de feu de cette flotte géante, nous réussirons probablement à détruire une des centrales énergétiques de l'ennemi.

Le Stellarque sourit d'un air prudent et but une grande gorgée.

— Les physiciens à bord de ce vaisseau ont parlé d'une « antipolarisation structurale ». L'as-tu toi aussi entendu, Atlan ?

L'Arkonide aux cheveux blancs acquiesça et répondit, posé :

— Le concept ne correspond pas tout à fait mais il exprime ce que nous supposions déjà : le bouclier paratronique reste toujours inattaquable.

Un brusque accès de colère saisit le Stellarque.

— C'est vraiment tragi-comique, siffla-t-il. Trente-cinq mille vaisseaux stationnent autour d'un système unique, dans l'espace entre les deux Nuages de Magellan. Chacun de ces navires est en mesure de dévaster une planète, et la totalité est incapable de démanteler cet écran protecteur. Pour l'Humanité tout entière, nous devons écarter ce danger ou l'enrayer de n'importe quelle manière.

Le Lord-Amiral dodelina solennellement de la tête.

Il se dirigea au milieu de la pièce quadrangulaire et s'immobilisa devant le fauteuil.

— Un bouclier paratronique protège ce monde géant, Atlas, avec ses treize lunes toutes de la taille d'une planète. Si nos espoirs s'accomplissent, cet écran n'existera plus dans quarante-cinq minutes, ou plutôt il sera brisé ! Tu devrais venir dans la centrale et admirer le spectacle. Après tout, c'est toi qui l'as orchestré, Perry.

— Je sais, grogna le Stellarque. Je le sais, Atlan !

L'Arkonide observa le moniteur aveugle, pourtant activé, puis il pressa le commutateur du projecteur. La femme rousse recommença à se promener dans le jardin, se retourna, sourit et s'avança ensuite sur l'objectif. Rhodan tendit rapidement la main pour éteindre l'appareil.

— Merci, conclut-il. Je connais déjà cette dame !

Atlan fit la grimace en voyant le visage embarrassé du Premier Terranien.

— Tu sembles avoir le mal du pays, Perry, n'est-ce pas ?

Le Stellarque acquiesça.

— J'ai la ferme intention d'en finir à tout prix avec ces batailles spatiales. Je ne sais pas ce que je ferai, mais je te promets de faire quelque chose.

Le Lord-Amiral s'appuya contre la paroi. Le ton sur lequel son ami avait parlé lui fit définitivement perdre son sang-froid.

— Tu t'emportes ! s'étonna-t-il.

— C'est vrai, mais je te promets que la situation changera du tout au tout dans peu de temps. Radicalement, Atlan ! Souviens-toi bien des paroles prononcées aujourd'hui sur le *Krest V* !

— Volontiers, Perry ! J'ai bien saisi le message, or, mon intime conviction ne suit pas aussi vite.

Rhodan vida sa tasse, la posa négligemment puis se leva.

— Allons ! dit-il alors que l'Arkonide le fixait, toujours surpris. Rejoignons la centrale de commandement de ce fier navire, le cinquième du nom. Je projette de surcharger la capacité de l'écran par une bordée continue de quarante mille canons transformateurs, afin qu'il se fissure ou se désintègre.

— Très rusé, mon ami ! approuva le Lord-Amiral. Ce que j'aime chez toi, barbare, c'est ton aptitude à recouvrer ton sang-froid et à user de l'humour noir !

Le Stellarque haussa les épaules.

— Ai-je le choix ? demanda-t-il par pure rhétorique.

— Avons-*nous* le choix ? rétorqua Atlan sans escompter de réponse.

— Non, conclut Perry.

Ils quittèrent la suite de petites salles que le Premier Terranien s'était appropriées à bord de la nef amirale pour usage personnel, empruntant des bandes transporteuses et des rampes inclinées avant d'arriver à la passerelle par les puits antigrav. Les hommes saluèrent Rhodan, qui s'immobilisa et examina les images de la galerie panoramique.

— Je donnerais mon activateur cellulaire, souffla-t-il à l'Arkonide, pour pouvoir me jeter dans une mission où l'on devrait se déplacer à cheval, en bateau pneumatique ou bien seulement à pied ! Toujours ces vaisseaux ! Rien que des murs d'acier… Qui peut vraiment aimer cela ?

L'air farouche, Atlan répondit également à voix basse :

— Pas une personne sur dix, Perry.

L'un des hommes se tourna vers le Stellarque.

— Monsieur ?

Rhodan pivota et haussa les sourcils d'un air interrogateur. Il avait glissé les pouces dans la large ceinture de sa combinaison de bord et s'était adossé contre le cylindre d'acier abritant le puits antigrav.

— Oui ?

— Vous avez ordonné l'offensive à douze heures standard précises. Est-ce bien cela, Monsieur ?

Le Premier Terranien acquiesça en silence.

— Parfait ! La totalité des centrales de tir est parée, la cible a été saisie et sera prise simultanément sous toutes les salves. Mais je dois vous signaler qu'à bord, principalement parmi les officiers des sections d'artillerie et les scientifiques, certains doutes ont surgi.

Le visage de Rhodan était presque inexpressif. Il répondit, impassible :

— Ce sont sûrement des raisons que nous connaissons déjà mais parlez, s'il vous plaît !

— Nous pressentons que ce projet va échouer. Les mutants, Roi Danton et les hommes qui ont atterri sur Uleb-I savent très exactement que les stations énergétiques et leurs centrales de contrôle se trouvent sur les treize lunes.

— Nous le savons nous aussi, lança Atlan, et malgré tout nous essaierons encore. Nous ne voulons pas laisser passer la moindre chance. Si nous avions l'espoir de briser l'écran avec un morceau de pierre, nous le tenterions également !

Les officiers de service à leurs consoles de commande, qui avaient écouté la conversation, se retournèrent pour à nouveau se consacrer à leurs instruments et aux afficheurs.

La galerie panoramique montrait une vision élargie du

système d'Ennemi – et révélait toute l'ampleur du problème.

L'un des satellites orbitait au premier plan.

À l'arrière se tenait Atlas, sphère d'un blanc bleuté parée de bancs de nuages semblables à des monochromatismes laiteux et paresseux. Par-delà, tout autour de la planète, on pouvait apercevoir les croissants ou les disques des autres lunes. Et, englobant ce système, l'écran paratronique se déployait telle une bulle géante.

Atlan montra le bouclier.

— Tout ce qui paraît grand et puissant ne l'est pas forcément, dit-il. (Rhodan perçut un instant, avec une acuité presque physique, que l'Arkonide tentait de s'insuffler du courage et d'en prodiguer à tous les gens présents). Beaucoup de choses semblent être invincibles, très grandes et puissantes, mais tout peut se modifier en quelques heures. Nous ne vivons pas dans un univers d'immuabilité éternelle mais dans un espace soumis à des changements continus. C'est valable autant pour les soleils et les planètes que pour nous, leurs habitants. Je suis absolument pour cet essai.

Le Stellarque paraissait de marbre, face aux moniteurs et aux pupitres de commande.

— On en reste là, déclara-t-il. Nous attaquerons le champ paratronique à douze heures précises.

Les hommes s'assurèrent, pendant au moins trente minutes, que tous les canons transformateurs étaient bien focalisés sur un point unique de l'écran.

Puis le bombardement commença.

Un spectacle de premier ordre, inconcevable sans l'armement terranien hautement sophistiqué et sans la résistance du formidable bouclier. Un fracas d'enfer se déchaîna lorsque quarante mille batteries firent feu à la même seconde ; les coques des vaisseaux se mirent à vibrer, les revêtements de certains instruments entrèrent en résonance et des secousses à basse fréquence parcoururent les parois de terkonite. Des écrans visiophoniques explosèrent, des tasses glissèrent lentement des pupitres pour se briser sur le sol. Toutes les galeries panoramiques des navires et tous les moniteurs encore activés montraient la même image.

Des chromatismes... Des turbulences... Un chaos de nature énergétique.

De violentes décharges incandescentes naquirent là où les bombes transformatrices s'amorçaient, affectant malgré les filtres la vision des événements. Des éclairs aveuglants, des couleurs ultraclaires et des volutes sinueuses qui s'emmêlaient les unes autour des autres comme des vipères dans leur nid, des déchaînements nucléaires qui étaient aspirés dans l'hyperespace. Une puissance capable de détruire une étoile tempêta en silence contre l'écran qui la réfléchit, purement et simplement.

Des énergies défiant la norme percutaient l'étrangeté structurale du bouclier.

Les formes serpentines colorées, jamais encore observées, rayonnèrent dans l'espace hexadimensionnel et donnèrent naissance, à l'intérieur du système d'Ennemi, à un deuxième soleil qui finit par s'assombrir lentement. Les flammes se liquéfièrent et disparurent. L'obscurité du néant engloba de nouveau ce secteur du cosmos et étouffa le tout, comme un colossal éteignoir.

Une tentative inutile, dénuée de sens !

Rhodan s'approcha en quelques pas du pupitre de commandement, pressa plusieurs touches et cria dans l'intercom :

— Cessez le tir ! Ça ne sert à rien !

Les servants, dans les centrales de tir, réagirent immédiatement.

Le Stellarque haussa les épaules et scruta Atlan, lui adressant un reproche muet comme s'il voulait exprimer toute l'absurdité du problème. Un profond découragement le saisit.

— Inutile ! confia-t-il à l'Arkonide. Nous ne sommes parvenus à rien et nous n'y arriverons pas de cette façon. Malheureusement, il en va toujours ainsi : toute arme entraîne le développement d'une nouvelle pour la contrer, et ainsi de suite pour l'éternité…

Le Lord-Amiral haussa les épaules, comme s'il frissonnait.

— Tu as malheureusement raison, répondit-il, grave.

Rhodan l'empoigna brusquement par le bras et déclara, à bout de nerfs :

— Mais je viens de réaliser : nous avons négligé une question importante !

Il parlait très fort, tous les hommes présents pouvaient l'entendre.

— Transmettons cette remarque aux autres vaisseaux !

Le Stellarque atteignit son pupitre ; la liaison fut établie.

— Je me demande – et je prie les scientifiques parmi nous d'étudier cette réflexion ! – pourquoi des Bestians du genre des Ulebs restent sur la défensive d'une façon aussi maladive. Nous savons qu'ils pourraient armer totalement huit mille nefs coniques environ. Pourquoi ne le font-ils pas ? Entrez les données et les questions afférentes dans vos positroniques d'évaluation, en espérant qu'elles puissent en tirer quelque chose.

— Il y a plusieurs possibilités d'interprétation, annonça l'Arkonide.

— Oui ? Lesquelles ?

— Par exemple, les systèmes défensifs des vaisseaux ne pourraient pas être équipés de la nouvelle polarisation antistructurale contre le radiant paraneutralisateur.

Rhodan observa le Lord-Amiral sans bouger d'un pouce puis il murmura :

— Ou alors, ces créatures synthétiques ont autre chose en tête !

— Ce n'est pas à exclure, répondit Atlan. Ta question est cruciale et nous promet bien des remous pour la suite !

C'était tout à fait exact, ce problème préoccupait le Stellarque au plus haut point.

Le flegme effrayant d'une grande puissance qui était, en raison de son armement de loin supérieur, en mesure de rivaliser avec les trente-cinq mille navires terraniens ou éventuellement de les vaincre, ne pouvait être que fatal aux hommes et à l'Empire Solaire. Les Ulebs jouaient-ils un jeu incroyable dans lequel ils voulaient rester la force dominante ?

— Il y a logiquement un défaut dans la cuirasse, c'est irréfutable ! affirma Rhodan. Je souhaite qu'on examine également le problème sous cet aspect.

Il réfléchit encore avant de déclarer :

— Pourquoi les Bestians ne se défendent-ils pas ? Pourquoi ne quittent-ils pas leur monde, pourquoi n'engagent-ils pas leurs armes sophistiquées et ne tentent-ils pas de nous chasser ?

Pourquoi les Dolans n'étaient-ils pas jusqu'à présent entrés en lice – ces funestes vaisseaux noirs, semi-machines de combat, semi-mécanismes pseudobiologiques ? Ils disposaient pourtant, comme le passé l'avait tristement prouvé, d'une puissance de feu extraordinairement efficace !

— C'est cette totale impassibilité de l'ennemi en contradiction avec toute logique militaire qui me dérange, Messieurs. J'espère que nous y verrons plus clair dans quelques heures ou quelques jours. Je vous prie instamment de vous creuser la tête et de faire tourner vos positroniques à plein régime !

Il n'y avait probablement pas un seul homme dans la flotte qui ne sache quel fardeau reposait sur les épaules de Rhodan. Mais si les muscles les plus actifs se relâchaient tôt ou tard dans l'effort, même la raison la plus brillante pouvait défaillir au moment crucial. Combien de temps encore cet homme pourrait-il vivre en portant cette immense responsabilité ? Combien de temps encore avant qu'il ne craque sous la pression ?

Tous ceux qui pensaient ainsi se mettaient presque automatiquement à admirer le Stellarque.

À la vue de tous, Atlan posa brièvement mais fermement le bras sur l'épaule de son ami. Un geste non calculé, mais qui reflétait très exactement ses sentiments.

— Aucune de ces questions ne trouvera de solution durant les prochaines secondes. Je propose que nous nous retirions dans nos cabines pour y méditer chacun de son côté.

Le Premier Terranien acquiesça.

— D'accord, répliqua-t-il en tournant brièvement la tête vers l'optique surmontant l'écran visiophonique.

Il désactiva ensuite la communication générale.

La situation était confuse, les conséquences incalculables : pendant que les Ulebs demeuraient passifs, les dirigeants de l'Empire Solaire s'impatientaient davantage de minute en minute. Le sang-froid de l'adversaire portait sur les nerfs. Tous les responsables pressentaient vaguement que se tramait quelque part une terrible tragédie, en relation avec d'innombrables autres événements. Le drame pouvait coûter des milliards de vies, des milliers de planètes colonisées et des systèmes solaires entiers, car l'ennemi n'accordait aucune grâce. Il ne savait ni comprendre, ni éprouver la moindre pitié…

CHAPITRE II

Même dans un vaisseau occupé par treize cents femmes et hommes, dans une sphère métallique de huit cents mètres de diamètre capable d'accélérer à six cent cinquante kilomètres par seconde au carré, dans un *Explorateur* dont l'équipage constitué de personnes hautement qualifiées obéissait à un chef qui menait ses gens à la baguette mais qui, les ayant vu prendre conscience de la puissance qu'ils incarnaient, leur laissait toutes les libertés sans que le fonctionnement du service n'en souffre d'un seul iota – même au sein d'un système aussi complexe et diversifié, il existait des endroits agréables.

Ainsi, par exemple, le divan qui trônait dans la cabine du commandant en second.

John Sanda, un homme élancé aux cheveux en brosse, considéré généralement comme le quasi-sosie de Bontainer et nanti d'une langue bien pendue, de remarquables connaissances ainsi que d'une renommée universelle, se reposait sur ce canapé. Il portait seulement un pantalon et une chemise grande ouverte taillée dans un tissu assez coûteux.

Avec gravité, il déclara :

— Elle ne m'a jamais compris ! C'est pourquoi elle ne pouvait pas m'aimer. Or, pour m'aimer, il faut me comprendre. Saisissez-vous ?

La jeune fille brune acquiesça.

Vêtue d'un uniforme de bord, elle était assise dans le fauteuil pivotant de la cabine de Sanda. De la musique sortait du visiophone à l'écran désactivé : « Silence de mort sur Roanok », de Singh Boncard.

— Je te comprends, John ! répondit-elle avec flegme.

Le roboticien remua le liquide dans son verre ; c'était un mélange de jus d'orange et de gin, ce que l'on appelait jadis un *screwdriver*. Bontainer justifiait cet ancien nom de

« tournevis » par le fait que l'estomac se retournait en tous sens lorsqu'on en buvait, mais Sanda n'y avait jamais prêté attention.

— C'est beau, déclara-t-il. Encore plus que ma période de repos pour les huit prochaines heures !

Un rythme entraînant issu du haut-parleur souligna ses paroles. Il regarda la jolie brune dont un pied se balançait avec grâce à proximité de sa tête.

— Je l'ai déjà dit : elle ne m'aimait pas. Mais ça fait tellement longtemps que j'ai même oublié son nom. Et toi, comment t'appelles-tu ?

— Aniouchka, répondit-elle.

Elle portait une combinaison peu ordinaire. Ses parents avaient dû exceller dans l'art de la couture traditionnelle avec une sensibilité et une adresse certaines. Ils avaient transmis ce talent à leur fille grâce à une éducation méthodique, car l'uniforme avait été retouché par la demoiselle – et de quelle façon !

— L'as-tu réellement aimée ? s'informa Aniouchka.

Elle faisait allusion à la logisticienne aux cheveux noirs dont John s'était entiché pendant sa dernière mission, hélas sans le succès escompté.

— Probablement pas, rétorqua Sanda. Ce sont des sentiments qu'on ne peut impunément exprimer à bord de cet *Explorateur*.

— Sois sympa, le pria la jeune fille, sers-moi encore un peu de ce breuvage jaune !

Le roboticien rampa d'environ trente centimètres sur le divan et saisit la boîte en plastique. Il arracha la languette, ouvrit une fente dans le couvercle et versa le liquide.

— Merci, dit-elle en se passant la main dans les cheveux courts et drus. Que faisons-nous au juste, John ?

Sanda déclara, avec un ample geste des bras :

— Nous sommes en train de tomber amoureux l'un de l'autre pour l'éternité !

Aniouchka ricana d'un air incrédule et secoua légèrement sa tête ravissante.

— Ce n'est pas à cela que je pensais, répondit-elle. Que fait exactement Cap'tain Bonnie ?

Le roboticien lança un rapide regard sur son chronographe et annonça, très digne :

— Il me remplace à un poste difficile. Une fois encore,

nous avons sauvé Perry Rhodan d'un péril mortel et il nous a aussitôt confié une autre mission.

— Ah ? C'est intéressant !

John fronça les sourcils, s'assit puis fureta parmi les coussins du divan jusqu'à ce qu'il mette la main sur le briquet et le paquet de cigarettes. Il en alluma deux avant d'en placer une entre ses lèvres.

— Oui, très intéressant, renchérit-il.

Selon lui, cette jeune femme était la plus belle chose à bord de l'*EX-8703*. Elle était administratrice d'un magazine, et de surcroît étudiante en exo- ou cosmobiologie. Également un peu naïve, et en quelque sorte déjà amoureuse de lui. Normal, se disait-il : à part Vivier et lui, il y avait très peu d'officiers sur ce vaisseau !

— Quelle mission, John ? demanda Aniouchka en laissant tomber de la cendre sur le revêtement de sol.

— Je t'en dirai plus si tu viens t'asseoir à côté de moi et si je peux tendrement poser mon bras sur tes épaules ravissantes.

Il éclata d'un rire juvénile.

Personne à bord ne doutait que Bontainer et Sanda fussent deux des individus les plus durs de la flotte des *Explorateurs*. Tout le monde avait eu vent de leurs dangereuses opérations ; ils étaient particulièrement reconnus et appréciés parce qu'ils n'en tiraient aucune vanité, à la différence de bien d'autres gens.

La fille se leva, posa la cigarette et le verre puis s'installa près de lui. Elle s'adossa contre l'épais rembourrage mural de mousse synthétique et tourna la tête.

— Raconte, l'invita-t-elle calmement. J'aime bien les anecdotes.

Le roboticien se pencha vers le cendrier et fit une grimace sans qu'Aniouchka ne le remarque. Il se dit, amusé, que toutes les femmes aimaient bien écouter des histoires. Il posa le bras sur les épaules de la fille, l'embrassa sur le nez et commença lentement :

— Cap'tain Bonnie a reçu l'ordre de notre cher Stellarque d'approcher la périphérie du Grand Nuage de Magellan. Tout à fait, oui : le Grand Nuage ! Vivier ne s'occupe pas de bricoles du style de l'autre microgalaxie proche. La consigne est tombée juste après la renormalisation de l'équipage fantôme du *Krest*, les spectres verts luminescents, comme tu le sais probablement.

Elle lui prit la main et étudia attentivement les lignes de sa paume.

— Alors, que fait Bonnie près du Grand Nuage de Magellan ?

Sanda répondit :

— Il cherche, et nous tous avec lui. Nous sommes en effet des êtres typiquement faustiens. En vérité nous examinons, pour diverses raisons, chaque astre ou concentration stellaire à proximité desquels nous pouvons éventuellement supposer la présence d'une vie étrangère. Nous nous trouvons actuellement dans le pont de matière entre les deux Nuages. Le vaisseau est en quelque sorte contraint de cataloguer d'innombrables soleils et planètes – un autre motif pour lequel l'*EX-8703* sautille lentement d'étoile en étoile avec presque toutes ses sections scientifiques sur le pied de guerre. Sous notre égide, plusieurs choses très précieuses ont été entre-temps dénichées et sont désormais répertoriées pour l'éternité. Une seule d'entre elles me pose quelque souci.

Aniouchka se serra fortement contre lui. Sanda, célibataire endurci mais néanmoins tendre à ses heures, se réjouit de ce geste de complicité.

— Qu'est-ce qui te préoccupe, John ?

— Il y a six jours, exactement le vingt et un de ce mois, nous avons fait plusieurs observations très particulières.

Elle était tout ouïe.

— Lesquelles, John ? Est-ce là que tu as ressenti ton affinité pour les brunettes ?

Typiques du style musical de Boncard, quelques coups de cymbales assourdis résonnèrent. Sanda sourit et répondit :

— Entre autres ! Mais surtout, nous avons capté des échos quintidimensionnels et des ondes de choc concentrés dans un secteur déterminé de l'espace. Nous avons mesuré, calculé, recalculé et longuement analysé, hélas sans parvenir à un résultat précis.

Aniouchka eut une moue espiègle.

— Sur les filles aux cheveux bruns ?

— Non ! se récria le roboticien. Sur les hyperondes de choc !

Un soupçon terrible lui vint à l'esprit. La petite n'était-elle pas tout à fait aussi naïve qu'il le croyait ? Peut-être devait-il changer de tactique. De sa main libre, il caressa la joue de la jeune femme et dit d'un air indulgent :

— Des hyperéchos localisés dans un domaine précis à la périphérie du Grand Nuage de Magellan.

— Qu'est-ce que ça signifie, John ?

Il haussa les épaules.

— Les détecteurs de structure les ont très bien relevés. Nous avons effectué quelques tests.

— Avec les brunettes ?

Sanda se mit à rire sans retenue. Il avait compris, à présent. Dans le jeu si attirant des rapports entre sexes opposés, Aniouchka avait découvert une nouvelle variante : l'ironie mesurée, la raillerie ou l'espièglerie. John réalisa soudain n'avoir trouvé en sa personne non une victime, mais bien une adversaire.

— Non, mon enfant ! Avec nos machines, nos blocs-propulsion et nos sections scientifiques.

— En quoi ont consisté ces examens ?

Il enroula une mèche de cheveux autour de son index et répondit, très sérieux :

— Nous avons quitté le cap plus ou moins arbitrairement choisi le long du pont de matière, sur l'axe nord-sud – des désignations qui valent seulement dans notre propre référentiel. Nous sommes ainsi brusquement sortis du secteur dans lequel l'ébranlement de structure avait pu être mesuré.

Aniouchka lui susurra à l'oreille :

— Comme c'est mystérieux, John ! Et passionnant !

— Pas du tout ! Ces hyperéchos ne sont perceptibles que dans un volume spatial tout à fait déterminé. Nous les avons à nouveau captés lorsque nous sommes revenus sur la ligne nord-sud, et ils ont aussitôt cessé dès que nous nous en sommes écartés.

— Et qu'en a-t-on déduit ?

Sanda haussa les épaules et répondit :

— Pas grand-chose. Nous avons maintenant la certitude que des ébranlements de structure quintidimensionnels se sont produits dans un tout petit secteur de l'espace. Ils étaient très violents ; les détecteurs ont enregistré des valeurs dont l'intensité nous a sidérés. Depuis maintenant six jours, nous nous cassons la tête sur une interprétation intelligente de ce phénomène.

La jeune fille se leva, baissa le volume de la musique et fit le tour du divan. Elle prit la boîte de jus de fruits et remplit de nouveau les verres. Elle ajouta ensuite une grande dose de gin qu'elle doubla pour Sanda.

— Vous vous cassez la tête ? Ce serait bien dommage pour Bonnie et toi si cela arrivait.

John fit une grimace et l'observa avec méfiance. Elle enchaîna avec aplomb :

— Je crois que ces ébranlements quintidimensionnels résultent de transitions du continuum einsteinien dans l'hyperespace.

Le roboticien ouvrit grand les yeux et resta bouche bée.

— Continuum einsteinien… Hyperespace… Transition… chuchota-t-il.

Aniouchka le regarda, triomphante, et ajouta :

— Comment était le déploiement d'énergie ? Répété à l'identique ou bien irrégulier ?

Sanda referma la bouche et murmura, surpris :

— Répété à l'identique, c'est tout à fait ça !

— Eh bien, voici mon hypothèse : les détections de ces ébranlements de structure étant semblables, il peut s'agir de l'expédition de choses similaires dans l'espace quintidimensionnel. Des transmetteurs, peut-être à long rayon d'action et de grande capacité, pourraient être en service !

— Ça alors ! dit-il, stupéfait, en secouant la tête. C'est… excuse-moi, jeune fille ! C'est une interprétation hardie, mais pourquoi pas ? Je vais immédiatement en référer…

Il bondit vers l'écran visiophonique, éteignit la musique et commuta sur l'intercom, pressant rapidement plusieurs touches avant d'attendre un instant.

— Ici Gault, section d'hyperphysique…

Sanda abrégea les politesses et annonça brièvement :

— Un petit cadeau pour toi, Monsieur le physicien ! Écoute bien ! Mon amie ici présente, une jeune femme jolie et intelligente, vient d'avoir une idée audacieuse. Fais vérifier s'il te plaît, dans les prochaines minutes, si les mystérieux ébranlements de structure pourraient correspondre à l'envoi répété d'objets identiques via un transmetteur à long rayon d'action ! Peux-tu m'aviser du résultat en même temps que le commandant ?

Gault se frappa le front de la main.

— Ça peut se faire, mon gars ! Je file immédiatement et je fais tout contrôler. Dix secondes !

L'écran s'assombrit.

— D'où une étudiante en biologie connaît-elle ces choses ? s'informa John en s'approchant d'Aniouchka.

— J'ai lu un livre qui en parlait, répondit-elle. Comme tu le sais, la lecture cultive l'esprit.

— Et comment !

Il réfléchit tout en commutant à nouveau la musique sur les haut-parleurs de l'écran visiophonique. Peut-être y avait-il, dans le pont de matière reliant les deux Nuages de Magellan, une planète dont les habitants avaient fait emprunter un transmetteur par des objets identiques, à intervalles réguliers ? La vérification des données rassemblées devrait faire la preuve, ou non, de la thèse de la jeune fille. En attendant, on pouvait toujours converser de choses plus amusantes.

Quelques minutes plus tard…

John et Aniouchka étaient très occupés à « améliorer » les relations entre hommes et femmes lorsque le vibreur de l'écran visiophonique se fit entendre. Au troisième signal, le roboticien se planta face au moniteur. Il scruta le visage incrédule de Tomas Gault qui secouait la tête et finit par déclarer :

— Chapeau à la dame à l'arrière-plan, elle est la bienvenue dans notre section ! Nous venons juste de virer notre chef !

— Sans intérêt pour moi ! s'écria la jeune femme. Je reste ici. Je me passionne pour la biologie… et pour Sanda !

Le physicien bafouilla quelques mots puis annonça, à nouveau sérieux :

— John, Bontainer te demande immédiatement au poste central. Tu dois participer à une petite réunion.

Le roboticien s'examina de haut en bas. Il avait la chemise largement ouverte et les pieds nus. Il dit avec regret :

— Bien, j'arrive !

Il pivota prestement et fit signe à sa compagne.

— Je m'habille de façon présentable, puis nous allons ensemble voir le chef. Ton illumination mérite bien ça ! C'est *lusker* !

Il inspira à fond et se glissa derrière le rideau. Bientôt monta le remue-ménage caractéristique de quelqu'un qui se change en toute hâte. L'odeur d'un après-rasage hors de prix envahit la cabine, puis Sanda réapparut.

— En route pour chez le Pacha, déclara-t-il. C'est toujours dans les moments de détente qu'on nous appelle. Je t'assure qu'une fois cette mission terminée, je me retire dans l'anonymat le plus total du quartier des artistes, à Atlan Village et je continue la suite de mon épopée.

— Mais certainement ! répondit-elle.

Trois ou quatre minutes plus tard, ils se trouvaient sur la passerelle de l'*Explorateur*. Les responsables des sections scientifiques et le commandant étaient déjà assis autour de la grande table de navigation.

Sanda s'immobilisa et regarda dans toutes les directions avant d'annoncer sur un ton exagérément pathétique :

— Voici Aniouchka Moonstone. C'est elle qui a eu l'idée des transmetteurs ; elle a donc le droit de siéger à notre colloque. Tiens, installe-toi dans ce fauteuil, très chère !

Bontainer ricana et murmura :

— *Lusker* !

Tomas Gault prit la parole :

— Nous avons vérifié toutes les données, entré la problématique dans la positronique géante et demandé un essai de résolution. La machine a lâché une probabilité de quatre-vingt-dix-huit virgule dix-sept pour cent pour le schéma qui suit…

Il consulta le plastofeuillet portant les résultats du test logique.

— … à savoir l'existence d'une planète ou d'un corps similaire ancré à la position déterminée. Il a été constaté que des objets de même masse, en très grand nombre, y étaient expédiés à brefs intervalles par un transmetteur à long rayon d'action. Les volumes déplacés, la fréquence et les analyses d'échos l'indiquent sans équivoque. Terminé !

Vivier se passa la main dans les cheveux.

— Je vous remercie tous, déclara-t-il avec nervosité. Cette information exige que nous examinions à fond le scénario projeté. Je suis assailli de doutes et de mauvais pressentiments. Nous savons tous que Rhodan cherche le système d'origine des Pseudo-Gurrads par tous les moyens en sa possession.

— La mission que nous avons reçue du Stellarque et pour laquelle nous nous sommes rapidement retirés de la gigantesque escadre est en partie liée à ce contexte. Question, commandant : que faisons-nous à présent ?

Bontainer scruta les hommes autour de lui et répondit avec flegme :

— Je suis tenté d'éluder les ordres et d'agir de mon propre chef.

John fit remarquer, sarcastique :

— Tu sais combien Rhodan aime qu'on s'écarte de ses directives. Peut-être gagnerons-nous quelques années d'exil en moins parce que nous l'avons déjà sauvé plusieurs fois. Je ne suis pas tellement pour cette tactique, Vivier !

Bontainer s'examina les ongles.

— Nous ne savons pas ce qui s'est passé entre-temps, mais j'essaierai d'influer sur la situation. Nous pouvons revenir avec les données que nous avons jusqu'ici collectées. J'en assume le risque.

Sanda demanda sèchement :

— Lequel ?

— Celui d'éluder les ordres strictement établis et d'oser le retour par vol direct jusqu'au point de rassemblement Galaxie-Nord. Nous y retrouverons la flotte et pourrons échanger les informations correspondantes.

John haussa les épaules.

— C'est toi le patron, Vivier, murmura-t-il. Si je te suis, c'est seulement sous la contrainte. Ça ne me plaît pas tellement. Pas uniquement parce que ça va à l'encontre des directives de Rhodan, mais parce que je croyais que…

Une voix dans laquelle perçait la nervosité jaillit des haut-parleurs de l'intercom.

— Ici l'hyperdétection ! J'appelle le colonel Bontainer.

Ce dernier sursauta, pivota et activa le plus proche écran visiophonique.

— Oui. Que se passe-t-il ?

— Nous venons de capter de nouveaux échos quintidimensionnels et des ébranlements de structure. Cette fois-ci, nous avons repéré le lieu d'origine à quelques minutes-lumière près. Les signaux se maintiennent, je relaie les coordonnées au pupitre du commandant en second.

Sanda bondit et courut vers son poste vacant.

Les informations s'affichèrent l'une après l'autre en longues colonnes de symboles sur le petit écran. Bontainer se mit à rire et s'immobilisa juste derrière le roboticien.

— Tu risques de douter de ma logique, mais je vais changer mon projet une deuxième fois. Je me fie aux éléments nouvellement découverts. Peut-être pourrons-nous localiser la source de ces hyperéchos invraisemblables, ou même trouver ce qui les a suscité.

— Il faut que je te dise une chose, gentiment mais

fermement, commandant Bontainer ! déclara le roboticien en s'appuyant contre le fauteuil massif.

— Que ton temps libre est sacré et intangible, n'est-ce pas ?

— Exactement !

La centrale se remplissait maintenant d'officiers et de scientifiques ; les hommes avaient compris que Vivier avait modifié ses plans pour approcher un autre but.

— J'ai l'impression que tu n'as rien contre le nouvel objectif, John ?

Sanda répondit du tac au tac :

— Je le sens parfaitement, capitaine !

— Bien !

Bontainer se tourna vers ses hommes :

— Messieurs, préparez-vous. Nous appareillons dans quatre-vingt-dix secondes et le plus vite possible. Notre cible : les coordonnées détectées.

Le roboticien ajouta avec ironie :

— Du propre chef et sous la seule responsabilité du commandant !

John prit Aniouchka par la main et quitta le poste central. L'un des membres d'équipage qui le suivaient le retint par la manche et murmura :

— Notre commandant est un homme très déterminé ! Nous verrons bien sur quoi nous allons tomber ! Était-ce une décision spontanée, ou Bonnie a-t-il dû réfléchir sur ce qu'il y avait de mieux à faire ?

Sanda scruta l'individu d'un œil sérieux, sans lâcher la main de la jeune fille.

— Il y a longtemps que je navigue avec Vivier. Je suis, je crois, l'un des cinq gars à avoir participé à ses toutes premières missions. Tout ce que fait Bontainer est mûrement réfléchi, et c'est également l'homme idéal pour évaluer les conséquences. Pas de panique, tout cela sera beaucoup plus clair à six mille années-lumière d'ici !

L'*EX-8703* accéléra au maximum, les afficheurs numériques des appareils frôlant les zones rouges. Le vaisseau spécial, dont la centrale de tir se remplissait peu à peu de ses servants, fonçait sur le lieu d'origine des puissants ébranlements quintidimensionnels.

CHAPITRE III

— C'est de la folie, Vivier !

John Sanda, l'autre astro-jumeau, tourna la tête et scruta de biais son ami.

— Je ne suis pas de ton avis, répliqua calmement Bontainer.

— Ce sont les premières décorations reçues qui comptent, déclara avec réserve le roboticien, pour que personne ne puisse entendre. Toutes les autres ne sont qu'un complément. Voudrais-tu élargir l'éventail de tes mérites ?

Vivier grommela :

— Des vaisseaux interdits d'espace sont comme des bretelles sans pantalon ! J'essaie seulement d'approcher à vitesse maximale la source des ébranlements.

L'agressivité exprimée par les deux hommes traduisait une certaine nervosité. L'*Explorateur* se trouvait depuis longtemps déjà dans la zone de libration. Les écrans étaient aveugles et la positronique travaillait de concert avec les systèmes de pilotage. De nombreuses heures de veille soumettaient à rude épreuve l'équipage, et particulièrement les hommes surmenés face aux pupitres de la centrale. L'émersion précédant la deuxième manœuvre linéaire était imminente ; trois mille années-lumière environ avaient déjà été parcourues.

— Combien de temps ? demanda Bontainer.

— Assez pour nous détendre avec une cigarette et examiner le plan d'action, répondit Sanda.

— Bon ! Alors, du feu !

La petite flamme du briquet illumina les traits tendus de John. Il restait encore quinze minutes jusqu'à la sortie de l'entr'espace et la plupart des membres de l'état-major du vaisseau se sustentaient à la plus proche cafétéria. Ils pourraient rapidement revenir en cas de nécessité, les astro-jumeaux le savaient.

— J'ai un soupçon terrible, John, souffla Vivier.

Le roboticien dodelina de la tête et s'étira.

— Moi aussi, mais parle d'abord.

— Nous allons au-devant de graves problèmes. J'ai le sentiment qu'il y aura de grandes manœuvres dans les prochaines semaines. L'Empire Solaire qui s'épuise dans les combats, les tentatives d'effectuer malgré tout des travaux de colonisation... Tout cela nous entraîne vers un point de non-retour. J'ai l'intime conviction qu'un changement radical s'impose.

Les deux hommes se ressemblaient moins dans leur apparence que dans leur manière d'être. Ils étaient assis en équilibre sur le rebord de leur fauteuil comme s'ils étaient prêts à bondir sur les commandes à la moindre alerte. Derrière leur calme superficiel bouillait une audace que retenait seulement leur intelligence aiguisée. Les rapides paroles qu'ils échangeaient dissimulaient l'extrême sérieux qui leur servait de paravent. Sanda jeta un bref regard vers Bontainer dont le buste baignait dans le faisceau d'une faible lumière d'appoint, puis ses yeux furent attirés par les affichages numériques et les témoins en face de lui. À côté d'un moniteur éteint, un écran sombre reproduisait depuis des heures divers échos presque anaglyphes.

— Qu'est-ce qui va changer, Vivier ?

— Tout, répondit l'interpellé. Mais je ne sais encore ni de quelle façon, ni quand cela arrivera.

À bord régnaient toutes sortes de sensations confuses qui s'ajoutaient à la tension provoquée par l'incertitude et la précipitation de ce vol. L'équipage de l'*Explorateur* reconnaissait, comme tant d'hommes sur des milliers de planètes, que la politique étrangère actuelle de l'Empire Solaire coûtait à la longue beaucoup trop cher – la défense à elle seule engloutissait des sommes énormes qui auraient pu être dépensées d'une tout autre manière. Si personne ne savait quel changement exact aurait lieu, chacun anticipait une foule de bouleversements.

Une activité fébrile s'installa soudain à bord.

Le vaisseau réintégra le continuum einsteinien à vitesse subluminique et les différentes sections se mirent au travail. On effectua en toute hâte un relèvement de position.

L'*Explorateur* modifia son cap par petits paliers successifs puis augmenta la puissance propulsive de ses machines avant de se glisser de nouveau dans la zone de libration. Il restait encore trente mille années-lumière à couvrir.

La nef sphérique continuait sa course vers son but lointain et seul un effectif de veille doublé demeura dans la centrale de tir. Les spécialistes de l'*EX-8703* retrouvèrent lentement leur calme.

Bontainer scruta son chronographe, actionna quelques commutateurs et se leva.

— Je te laisse le commandement, dit-il en haussant la voix. Si on me cherche, je suis dans ma cabine.

Sanda se pencha et fit pivoter son fauteuil de quatre-vingt-dix degrés.

— Où se trouve notre mascotte, Oomph Amber ? s'informa-t-il.

— En raison de divers vols, je l'ai exilé dans le hangar polaire inférieur où il devrait s'occuper de contrôler les engins d'expédition.

Le roboticien esquissa une grimace.

— Ça n'est sûrement pas pour le réjouir, Bonnie ! lança-t-il.

— Probablement pas ! Mais sache qu'il y a peu de temps, trois hommes en colère sont venus pour exiger que l'on traîne le Lourénien dans une corvette derrière l'*Explorateur*. Il a réussi à piquer, dans la section physiologique, l'unité commutatrice d'un microscope électronique qui s'est ainsi retrouvé hors d'usage. Ça devait être sévèrement réprimandé !

Vivier salua négligemment et quitta la passerelle.

John resta seul.

*
* *

Le vol infernal continuait. D'année-lumière en année-lumière, d'heure en heure. La vie à bord se poursuivait normalement et l'instant d'abandonner définitivement la zone de libration approchait. Lorsque Bontainer revint dans la centrale de commandement, son visage affichait une expression tendue et vigilante.

— Je vais sonner l'alarme, déclara-t-il. Il ne faudrait pas

nous faire surprendre par ce qui pourrait nous attendre à l'extérieur.

Il appuya sur une énorme touche rouge et annonça ensuite :

— Bontainer à tous : nous quitterons l'entr'espace dans cinq minutes, puis le vaisseau ralentira au maximum. Je demande la plus grande attention à toutes les stations. Il se pourrait que nous soyons brusquement engagés dans un combat. Nous sommes en état d'alerte jusqu'à nouvel ordre.

Il coupa la liaison.

Cinq minutes plus tard, l'*Explorateur* sortait de l'espace linéaire.

Quatre cents hommes et femmes avaient attendu, durant tout ce temps, l'instant décisif. Puis les étoiles surgirent brutalement sur les écrans, dont un soleil isolé loin devant... et des milliers d'échos sur les moniteurs.

— Sacrebleu ! haleta John, fronçant les sourcils et tirant en arrière tous les leviers de régulation. C'est plus que nous pouvons endurer !

— Ici la détection. Distance à la flotte en attente : quatre années-lumière.

— Merci, souffla Vivier tout en regardant les valeurs de vitesse décroître continuellement.

— Tentez de vérifier l'identité des vaisseaux ! dit-il en haussant la voix.

— Nous sommes en train, commandant.

Les hommes assis aux pupitres de contrôle de la centrale de tir étaient vigilants et prêts à faire feu. Les lourds canons transformateurs s'orientaient sur les cibles proches. Les secondes s'égrenèrent dans une tension mortelle.

— Manœuvre d'évitement via l'espace linéaire ? demanda Sanda.

— Non ! Attends, John ! répondit Bontainer du tac au tac en indiquant les tachymètres. Nous sommes à mi-vitesse luminique. Continue... Droit vers cette flotte !

— Monsieur ! reprocha l'un des officiers. C'est un suicide !

— Décroche, Vivier ! l'avertit calmement Sanda, presque en chuchotant. Ils sont bien trop nombreux !

Les lèvres du colonel ne dessinaient plus qu'une ligne dure sur son visage long et mince. Il secoua la tête avec circonspection et se rapprocha lentement de l'intercom.

— Bontainer à la détection. Quels sont vos constats ?

La réponse arriva plusieurs secondes plus tard, légèrement hésitante :

— Quelque chose d'invraisemblable, commandant, mais de tout à fait réel. Il y a au moins trente mille vaisseaux, si ce n'est plus, juste devant nous. Ils semblent se concentrer autour d'une planète géante dotée de plusieurs lunes… Ah ! J'entends à l'instant : plus de dix satellites !

— Les navires ont-ils été identifiés ?

— Non, mais cela ne saurait tarder.

Le colonel s'empara des leviers de régulation et les poussa à fond. L'*Explorateur* accéléra et fonça directement sur le gros des échos qui commençaient lentement, infiniment lentement à se préciser tandis qu'à bord on cédait presque à la panique. Des protestations fusèrent, mais Bontainer se contenta de secouer la tête. Tout dans son attitude trahissait une tension accrue et John, qui le connaissait mieux que quiconque, savait que son commandant pouvait agir avec une extrême rapidité.

— Tu es fou, Vivier !

L'interpellé scruta son ami et répliqua sèchement :

— Je suis prêt à entrer dans la zone de libration en moins de deux secondes ! Je ne risque rien, John. Absolument rien !

Le vaisseau fonçait toujours à vitesse subluminique sur l'armada en attente. Aucune des nefs étrangères n'avait bougé, rien ne se passait, ni attaque ni appel hypercom.

L'annonce de la détection arriva comme un coup de tonnerre.

— Commandant, nous avons capté quelques bribes de messages ! Ce sont des navires terraniens !

— Il y a un risque d'erreur ? se renseigna Bontainer.

— Non. Si vous le désirez, nous pouvons vous transmettre le texte.

— Inutile. Navigation ?

— Oui ?

Vivier ajouta d'un ton égal :

— Programmez un cap très précis qui nous mène au beau milieu de cette flotte, et tenez-vous prêts à intervenir.

— Compris !

Bontainer adressa un sourire narquois à son ami qui, mal à l'aise, se sentit obligé de répliquer sur le même ton.

— Je me demande à quoi rime ce cirque, lança Sanda, caustique. C'est en l'honneur de qui, cette grande parade ?

— Qu'en sais-je ? Probablement une des huiles de l'Empire en balade. Centralcom ?

La réponse fut immédiate.

— Envoyez tout de suite à ces vaisseaux, dans le code de l'Astromarine Solaire, notre annonce d'identification et demandez la permission d'approcher. Il ne faudrait pas qu'un quelconque pingouin de la détection panique, nous prenne pour un Dolan et nous canarde !

Peu après, les puissants émetteurs du navire scientifique diffusèrent le message de reconnaissance précédant la requête destinée à éviter que l'Explorateur essuie les tirs de l'armada en attente.

Quelques secondes plus tard, les puissants haut-parleurs de la centrale de commandement diffusaient la réponse en clair :

— Ici la frégate *Bonaparte II*. Salut à vous, *EX-8703* ! Vous êtes en approche directe sur le système d'Ennemi. Perry Rhodan vous attend, dépêchez-vous ! Terminé.

— On aurait dû demander, trancha la voix du colonel à travers les cris d'enthousiasme qui éclatèrent sur la passerelle, combien d'unités de combat dérivent devant nous !

La détection intervint :

— Leur nombre a été déterminé entre-temps.

— Oui ?

— Trente-cinq mille unités, Monsieur !

Vivier et John, sidérés, sifflèrent de concert.

— Allons-y ! déclara Bontainer en regardant tout autour de lui les visages sur lesquels se lisait distinctement le soulagement. En route pour le système d'Ennemi ! On a trouvé un sacré truc, je crois… Presque la totalité des vaisseaux de l'Astromarine massés autour d'un seul monde… Ce doit être une bien belle planète !

— Très belle ou très dangereuse, conclut Sanda.

Les coordonnées précises d'une manœuvre linéaire ciblée mais très risquée furent programmées. La positronique de navigation de l'*Explorateur* spécial se mit au travail et le navire disparut dans la zone de libration pour réintégrer presque aussitôt le continuum einsteinien.

Le *Krest V* planait à proximité du lieu de réémersion de l'*EX-8703*. D'immenses colonnes de feu naquirent brusquement. Deux croiseurs qui volaient de concert et procédaient à un changement de position avaient été contraints d'accélérer à plein régime pour exécuter une esquive téméraire.

Des appels parvinrent directement sur les intercoms dans toutes les salles de commande.

— Quel cadet ose de telles pratiques ? C'est d'une légèreté sans bornes ! Si je chope le gars, je lui fais traverser la coque sans spatiandre !

Sanda éclata de rire tandis que le vaisseau ralentissait de toute la puissance de ses machines et s'approchait irrésistiblement du *Krest V*.

Le commandant de l'autre navire se laissa emporter par l'indignation.

— Évidemment ! hurla-t-il. Un *Explorateur* ! Toujours les mêmes, avec leur manque de discipline ! Comment se nomme le crétin aux manettes ?

Les hommes de Bontainer étaient très bien rodés.

Un signal s'alluma devant le colonel. Le microphone était relié aux émetteurs.

Vivier répondit calmement mais très clairement :

— Cette admirable manœuvre a été accomplie par les équipes de l'*EX-8703* sous la direction du colonel Bontainer. Terminé !

Les deux nefs sphériques distantes de seulement trois kilomètres l'une de l'autre s'éloignèrent ensemble dans l'espace. Le colossal *Krest V* comblait presque complètement les écrans de la galerie panoramique de l'*Explorateur*.

L'intercom réagit une nouvelle fois.

— Monsieur, un appel du vaisseau amiral. Restez sur réception mais passez en mode visiophonique.

Le colonel pressa rapidement quatre touches et le moniteur face à lui s'éclaira aussitôt.

Perry Rhodan !

— À vos ordres, Monsieur ! s'annonça Vivier. Je vous ai apporté quelques relevés et résultats d'observations assez passionnants. Ne vous étonnez pas que nous ayons foncé jusqu'ici de la sorte, tout vous paraîtra très clair dans peu de temps.

Le Stellarque scruta Bontainer avec un vif intérêt.

— D'accord. Je vous prie de venir immédiatement à bord du *Krest* avec vos éléments. Utilisez le transmetteur.

Sans quitter l'écran des yeux, Vivier enfonça une autre touche et un témoin s'alluma.

— Finissez de préparer l'appareil. Les données du vaisseau amiral sont en mémoire. Je serai à la station de transfert dans cinq minutes.

— Bien, capitaine !

Bontainer relâcha la touche et interpella le Premier Terranien :

— Comment l'opération se déroule-t-elle, Monsieur ?

Il se demanda si c'était le sentiment de responsabilité, ajouté au poids des longues années, qui rendait le regard de Rhodan si sévère et laissait apparaître sur sa bouche une moue ferme et sceptique. Perry n'était pas en cet instant l'homme enjoué des meilleurs jours.

— Mal, mon cher. Très mal. Dépêchez-vous !

Il salua, levant la main à hauteur d'épaule, avant d'éteindre l'écran.

— Je ne resterai probablement pas longtemps là-bas, annonça Bontainer. Je te passe le commandement. Ne t'éloigne pas du *Krest*. Je vais converser avec Rhodan… mais avant, il faut que j'aille chercher les preuves.

Il pivota vers la sortie, dont le sas grand ouvert ressemblait à un trou sombre.

— Bonne chance ! lui cria Sanda.

Vivier se rendit à la section de détection et fit ranger les documents dans une serviette. Puis il alla dans sa cabine changer de vêtements. Quelques minutes plus tard, il faisait face au transmetteur installé dans les entrailles du vaisseau.

— Tout est bien synchronisé, Kit ? s'informa-t-il.

Le responsable acquiesça et répondit :

— Naturellement, Monsieur ! Vous réapparaîtrez sur le *Krest*, pas à Terrania !

Bontainer monta sur la plate-forme oblique et s'avança d'un pas vif entre les deux piliers.

Il s'effaça sans laisser de traces…

***

… et se rematérialisa au même instant dans la salle des transmetteurs de l'ultracroiseur amiral.

Il fut presque effrayé de voir devant lui autant de hauts dignitaires de l'Empire Solaire.

Rhodan s'avança et lui serra la main.

Derrière Perry se tenaient Tifflor, Atlan, Bull et d'autres encore, auxquels le colonel fut présenté avant de quitter l'immense halle aux côtés du Stellarque.

— Que nous apportez-vous, Vivier ? demanda le Premier Terranien.

Ils se dirigeaient vers un puits antigrav et s'élancèrent à l'intérieur.

— Je ne le sais pas exactement. Probablement de mauvaises nouvelles.

— Expliquez-vous, s'il vous plaît !

Le colonel recouvra son sérieux ; toute trace de sarcasme avait disparu lorsqu'il déclara :

— Je sens que nous n'avons pas de temps à perdre.

— Pourquoi ?

Bontainer tapa sur la serviette plate remplie de feuillets et de diagrammes.

— Pardon, Monsieur, puis-je vous prier de parler en premier ? Que s'est-il passé entre-temps ? J'ai des soupçons précis, mais je préférerais attendre d'en savoir plus pour vous faire la surprise à tous.

— D'accord !

Rhodan acquiesça et conduisit le colonel dans la petite salle de conférences, contiguë à la passerelle, où se rassemblèrent également les autres éminences de l'Empire.

— D'abord nos premières constatations, annonça le Stellarque pendant que Tifflor examinait en silence le commandant de l'*Explorateur*.

Le maréchal solaire avait déjà beaucoup entendu parler de Bontainer, mais sans vraiment avoir l'occasion de le connaître personnellement.

— Oui, merci !

— Le vingt et un de ce mois, Atlan – qui ne se consacre plus à l'O.M.U. ces derniers temps – est arrivé sur cette planète, nommée Atlas, à bord d'une *Gazelle* qui a emprunté un transmetteur. Quelques heures auparavant, le champ temporel qui abritait ce monde et ses treize satellites s'était effondré grâce à l'action de nos mutants, débarqués plus tôt là-bas avec Roi Danton. L'Arkonide et ses compagnons ont ensuite atteint le monde résidentiel des Bestians, la lune appelée Uleb-1. Ces événements ont dû coïncider avec les détections effectuées par vos spécialistes.

Pendant que Perry parlait, Vivier se remémorait les fameux repérages. L'explication avait l'air logique.

— Oui, je crois que vous avez raison. Puis-je avoir d'autres détails ?

Rhodan l'informa brièvement sur la très ancienne épave abritant les cadavres de Baramos et de Gurrads ainsi que le Bestian qu'on avait cru mort, puis sur l'utilisation de ce navire. Il en vint au motif du rassemblement de cette flotte géante autour de ce système… Bontainer apprit ainsi toutes les choses étonnantes qui s'étaient enchaînées depuis le départ de l'*EX-8703* vers le pont de matière.

— Eh bien, dites donc ! murmura-t-il.

Le Stellarque releva le regard et fixa le commandant de l'*Explorateur* droit dans les yeux.

— Par ailleurs, sur Uleb-I, nos amis ont déclenché une polarisation antistructurale du champ paratronique qui le rend totalement infrangible. C'est notre plus belle surprise, Vivier !

L'ironie de Rhodan était glaciale. Le colonel s'inclina en arrière et respira profondément.

Il dévisagea l'un après l'autre les hommes assis autour de la table ronde. Julian, qui semblait toujours remarquablement jeune, soutenait sa tête entre ses mains comme s'il se consacrait à une partie d'échecs d'une difficulté inhabituelle. Atlan, tranquillement assis, affichait tout juste les signes d'une réflexion intérieure. Bully, lui, remuait sans cesse sur son fauteuil. Et Perry scrutait calmement son hôte. Celui-ci annonça alors :

— L'idée qui m'est venue à l'esprit risque fort de vous chagriner ; hélas, je sais qu'elle est plausible. Les opérations de télétransport détectées par l'*Explorateur* ont un sens précis !

Tifflor sursauta.

— Nous avons plus de trente mille vaisseaux en orbite autour du système d'Ennemi, et nous n'avons pu effectuer aucune mesure ni entendre ou voir quoi que ce soit ! Comment diable expliquez-vous ça ?

— Les autres savent que vous êtes là, se hasarda Vivier. Ils ont voulu être discrets. Pour cela, pourquoi ne disposeraient-ils pas d'un système capable d'absorber localement les ondes de choc hyperdimensionnelles ? Pensez au silencieux sur une arme à feu d'autrefois : hormis un bruit très ténu, le départ du coup était rendu imperceptible. Il fallait assister à l'impact du projectile – ou le voir passer, en ayant les moyens adéquats – pour comprendre qu'il y avait eu tir.

Sans regarder Bontainer, Julian acquiesça en grommelant :

— Adjugé, vendu ! Faute de mieux, même si ce n'est pas très scientifique... Et après ?

— Il est probable que les Bestians – ou les Ulebs, comme vous dites – ont expédié du matériel ou des équipements supplémentaires...

— Où ? le coupa Atlan.

— Dans l'hyperespace !

Un horrible soupçon s'insinua en chacun des hommes présents.

— L'hyperespace... Il y a là-bas un seul et unique danger pour nous, médita le Stellarque.

— Ce danger – nous pensons tous deux au même, je crois !

Bontainer frémissait d'épouvante à l'idée de cette conclusion, mais il la formula en toute objectivité :

— C'est la base para-spatiale des Bi-Conditionnés qui se trouve là-bas, souffla-t-il.

Rhodan blêmit et répéta :

— Oui, la base para-spatiale des Bi-Conditionnés...

CHAPITRE IV

Le champ de force géant, dissimulé dans l'espace quintidimensionnel, au sein duquel les Gardiens Fréquentiels ou Bi-Conditionnés reposaient dans une stase hyperbiologique, représentait un danger critique pour tous les peuples de la Galaxie…

Selon des estimations sûrement proches de la vérité, il s'agissait d'environ dix mille policiers temporels qui, plongés dans un sommeil artificiel, y attendaient d'être éveillés et envoyés en mission. Il y avait par conséquent le même nombre de Dolans : dix mille machines pseudo-vivantes, rapides, maniables comme des vaisseaux et aussi effroyables que l'ensemble des démons de l'Histoire terranienne, capables de détruire des systèmes solaires entiers et dévaster des colonies. Le passé était là pour le prouver.

Mais la lutte avait déjà commencé.

Lors de précédentes opérations de défense menées par les Terraniens, environ mille nefs semi-organiques et autant de Bi-Conditionnés avaient été annihilés. Il en restait donc encore neuf mille.

— Une question : connaissez-vous exactement le nombre de ces télétransports, Vivier ? s'informa le Stellarque d'une voix rauque.

Bontainer retira un feuillet de son porte-documents et lut quelques résultats.

— Ma section de détection parle ici, en accord avec les enregistrements de ses positroniques, de huit mille cinq cents opérations.

Rhodan parut s'écrouler dans son fauteuil.

— Huit mille cinq cents ? haleta-t-il, effrayé.

— Exact : ni plus, ni moins ! assura Vivier.

— J'ai mon propre avis là-dessus et j'aimerais voir s'il coïncide avec le vôtre, commandant, lança alors Atlan en rejetant en arrière ses cheveux cendrés. Qu'en dites-vous ? Pourquoi ces transferts ont-ils été effectués ?

Le colonel resta de marbre et rangea le feuillet.

— Je pense, énonça-t-il calmement, que quelques équipements complémentaires ont été envoyés là-bas. Non, en fait ce n'est pas aussi simple que ça… Rectification : des appareils servant à renforcer les générateurs d'écrans paratroniques. Inutile que je m'étende sur ce que cela signifie !

L'Arkonide dodelina de la tête.

— Pas la peine, non, Bontainer ! Nous le savons nous aussi, hélas ! Ça veut dire que nous ne pourrons plus neutraliser les boucliers des nefs semi-organiques à l'aide des radiants paraneutralisateurs.

Vivier fumait avec nervosité.

— C'est la réflexion que je m'étais faite, ajouta-t-il. Je suis presque sûr de moi. Les Gardiens Fréquentiels et leurs Dolans ont été équipés d'appareils complémentaires. Dans ces conditions…

Bull le coupa :

— … catastrophiques pour nous, on peut le dire…

— … oui, leur supériorité est indéniable. Ces huit ou neuf mille Dolans doivent déjà être en train d'appareiller. Ils n'auront reçu qu'un seul ordre, parfaitement clair !

Atlan répondit d'une voix légèrement étouffée :

— Détruire le système de Sol !

Bontainer posa une question de pure rhétorique.

— Je me trompe peut-être ?

— Non, je crois que vous avez raison, Vivier, confirma le Stellarque qui semblait d'un coup avoir vieilli de plusieurs années. Je le pressens plus que je ne le sais – mais vous avez raison. Les vaisseaux semi-organiques sont peut-être déjà en route pour annihiler la Terre, Vénus, Mars, les lunes de Jupiter… Il subsiste une seule solution, tout au moins pour le moment.

Rhodan se leva et s'immobilisa derrière son fauteuil. Le colonel songea un instant que le Premier Terranien allait donner des ordres différents, mais tel ne fut pas le cas.

— Messieurs, commença Perry, nous devons renvoyer la totalité de la flotte vers Sol III, excepté cinquante frégates qui resteront ici à distance respectable. Nos forces armées seront plus utiles là-bas – je dirais même indispensables si nous voulons sauver quelque chose. Pensez à ce qui se passerait sinon… L'alternative est la destruction du Système Solaire.

— C'est compris, approuva l'Arkonide. Renvoie-la, et vite !

— Je repars avec mon escadre, déclara Tifflor.

— Bien. Tu as raison.

Reginald Bull se leva lui aussi.

Atlan contourna lentement la table et s'immobilisa devant le colonel. Les deux hommes, de même taille, se fixèrent droit dans les yeux.

— Qu'allez-vous faire, Bontainer ?

Vivier pivota vers Rhodan, l'air interrogateur.

— Retournez sur Sol III, lâcha celui-ci.

Le commandant de l'*EX-8703* confirma en silence.

— Que faisons-nous de la chaîne de relais hypercom, Perry ? s'enquit Bull.

— Elle reste en place, trancha le Premier Terranien. Nous en aurons encore besoin, je le crains, et pas seulement comme réserve de vaisseaux disponibles. À présent, il est temps d'agir. Retournons à la passerelle, il nous faut réexpédier la flotte vers le Système Solaire. Bontainer ?

— Monsieur ?

Vivier saisit son porte-documents et fronça les sourcils.

— Regagnez votre navire par le transmetteur, puis suivez le *Krest V*. Nous nous retrouverons sur Sol III.

— Compris, confirma le colonel en consultant son chronographe.

La réunion n'avait pas duré plus d'une heure. Il prit congé d'Atlan, Bully, Rhodan et Tifflor et se mit en route vers la salle de transfert. Il se rematérialisa quelques minutes plus tard sur l'*EX-8703*.

Sanda le guettait.

— Et maintenant, Vivier ? Retrait *lusker* sur une position d'attente ?

Le commandant répondit, furieux :

— Départ immédiat ! Cap sur la Terre !

Le roboticien exulta de joie :

— Sol III ! Terrania ! Atlan Village ! Mon œuvre musicale !

Bontainer le tempéra :

— Tu devras composer sous le tonnerre des Dolans en plein assaut…

John esquissa un sourire.

— Aniouchka m'aidera, confia-t-il.

À peine arrivé dans la centrale de commandement, Vivier activa le circuit intercom en vue de son bref laïus et les deux hommes constatèrent les suites déjà visibles de la décision de Rhodan. Un navire appareillait toutes les secondes, accélérait jusqu'à la vitesse maximale et disparaissait dans l'espace linéaire. En toute hâte, les vaisseaux s'évanouirent pour ainsi dire d'une minute à l'autre de l'orbite du système d'Ennemi, la planète aux treize lunes.

Des vibreurs retentirent, des sonneries tirèrent les équipes de leur sommeil et les propulsèrent littéralement jusqu'aux diverses sections.

Des ordres fusèrent des haut-parleurs.

Les officiers en poste dans la centrale s'activèrent avec ardeur puis l'*EX-8703* décrivit une ample courbe, accélérant de plus en plus pour engager une manœuvre linéaire.

— Rhodan a dit que cinquante frégates devaient rester ici ; idem pour la chaîne de relais hypercom, entre les galaxies, afin de permettre une diffusion rapide des nouvelles.

Sanda opina du chef à l'intention de son supérieur et s'occupa de ses appareils.

L'espace se vidait lentement autour de l'énigmatique planète géante.

Bientôt, seul demeura l'écran impénétrable !

*
**

Terrania, quelques jours plus tard.

Le fracas dans lequel des navires chargés d'approvisionnements essentiels et d'équipements divers descendaient l'un à la suite de l'autre vers le spatioport proche d'Atlan Village résonnait de mille échos entre les bâtiments ternes. À peine s'apaisait-il qu'il s'enflait à nouveau lorsqu'une autre nef atterrissait. Les trois astroports de la ville, comme tous ceux répartis à la surface de la Terre, étaient le théâtre d'une noria incessante de vaisseaux de l'Astromarine.

Bontainer scruta de biais la jeune fille et se dirigea vers la fenêtre. À cause de la chaleur, il portait seulement un pantalon et une chemise blanche dont la fermeture magnétique était grande ouverte jusqu'à la ceinture. Des boissons fraîches attendaient sur la table, et Sanda était accroupi devant l'holoviseur géant.

Des nouvelles arrivaient sans relâche sur la fréquence standard. Quelques brèves séquences en images, des directives, des avertissements et des ordres. Au-dessus des principaux spatioports de Sol III, une activité intense régnait et la flotte, sitôt de retour, s'était déployée autour du système.

Sanda se tourna et s'écria :

— Mais ferme donc cette maudite fenêtre, Bonnie !

Vivier appuya sur la touche, songeur, tout en regardant un navire appareiller. Puis le mécanisme de verrouillage de la baie s'enclencha et le vacarme devint inaudible, cédant la place aux vociférations de l'orateur dans les haut-parleurs de l'holoviseur.

— Il semble que nous soyons parmi les premiers, Vivier, déclara John en baissant le volume de l'appareil.

— Comme toujours ! répondit Bontainer en souriant.

L'*EX-8703* était en de bonnes mains sur l'astroport à l'ouest de la ville, de l'autre côté du merlon périphérique en forme de croissant. Pas d'inquiétude de ce côté. En revanche, Vivier n'avait pas pu avoir de nouvelles d'Arsali Hingurt, son épouse. La liaison avec le bungalow sous-marin semblait être en dérangement ; en tout cas, Vivier avait tenté de la joindre de nombreuses fois, sans succès. Il savait qu'il n'était point besoin de paniquer ; cependant, tout cela ne lui plaisait pas.

— Voilà pourquoi, continua le roboticien en souriant à Aniouchka, les aires d'atterrissage se font rares. Mais dans quelques heures, tous les vaisseaux seront dans l'espace. Il n'y en a plus pour longtemps.

Il se figea brusquement.

— Bonnie… écoute ça !

Il tourna presque à fond le réglage du volume.

— Quelle station est-ce ? murmura Vivier.

L'astro-jumeau corrigea :

— Ça n'en est pas une ! C'est un capitaine effondré qui transmet une annonce. Elle arrive probablement par une chaîne de relais.

— Du calme ! ordonna la fille.

L'orateur continuait :

— Les premiers Dolans ont émergé de l'hyperespace dans le système de Véga, à juste vingt-sept années-lumière d'ici. La flotte stationnée sur place, d'environ mille unités, s'est jetée avec l'énergie du désespoir sur les sphères noires et a abattu les vingt premières. Mais…

Des parasites grésillants et tenaces rendirent le reste incompréhensible.

Ils avaient détruit en tout vingt-deux vaisseaux semi-organiques sans essuyer une seule perte. Ils avaient cependant dû constater que toute tentative d'utilisation des radiants paraneutralisateurs était vouée à l'échec. Ils avaient très vite compris que seuls les tirs concentrés et simultanés de plusieurs navires pouvaient annihiler un Dolan. On avait tout d'abord mis ceux-ci en déroute, mais on avait perdu une première unité. Les autres s'étaient retirées, se contentant d'attaquer toute nef pseudo-vivante qui osait s'avancer à l'écart.

Encore un brouillage.

Les écrans paratroniques des sphères noires étaient renforcés par une antipolarisation structurale. Ces démons ne procédaient pourtant que par petites étapes hyperspatiales. Après les lourdes pertes infligées par les Terraniens et leurs moyens, les Bi-Conditionnés ne paraissaient pas avoir confiance et progressaient à une véritable allure de tortue. Dans une direction qui, hélas, ne réjouissait personne : celle du Système Solaire.

— Combien de Dolans ? A-t-il dit quelque chose ? s'informa Bontainer.

— Non, mais *a priori* pas encore les neuf mille attendus, répliqua John.

Une autre fréquence parasite se superposa, rendant impossible la suite de la réception. Vivier éteignit l'appareil d'un geste rageur.

— Que faisons-nous maintenant, colonel ? demanda Aniouchka.

Bontainer réfléchit brièvement avant de répondre :

— Je vais essayer de joindre Rhodan, ou tout au moins l'Administration Solaire. Je dois m'assurer qu'il a lui aussi déjà reçu cette information.

Vivier passa le quart d'heure d'après à rechercher partout le Premier Terranien. Il réussit finalement à contacter le secrétariat.

On lui affirma que le Stellarque avait été renseigné sur l'émersion des Dolans et qu'entre-temps, il avait pris quelques mesures défensives adaptées. Vivier raccrocha calmement et tenta une énième fois de joindre son épouse, toujours sans succès.

— Ne te bile pas ! déclara John avec un sérieux inhabituel. Arsali saura quoi faire. Après tout, elle est adulte !

Bontainer acquiesça en silence et alluma une autre cigarette.

Il dit brusquement :

— Allons ! Tirons-nous d'ici ! Retournons au vaisseau. Je me sens comme un ours en cage. Par ailleurs, j'ai une idée même si je ne sais pas ce qu'elle vaut. Impossible de réfléchir dans ce brouhaha. De plus, l'*EX-8703* se trouve sur le spatioport de l'Astromarine

— Nous en avons pour cinq minutes, assura Sanda. Nous pouvons emprunter le train souterrain qui longe la Route de Thora.

— Exactement mon intention !

Un quart d'heure plus tard, l'appartement était vide et fermé. Les trois membres d'équipage de l'Explorateur spécial étaient assis dans l'une des grandes voitures de la ligne verte. La rame fonçait vers l'ouest en mugissant à travers les galeries. L'air refoulé s'échappait par les fentes latérales pratiquées dans les parois du tunnel et derrière le convoi infernal, qui s'arrêta seulement trois fois entre les deux astroports, retentissait un hurlement aussi intense que si le train avait été propulsé par des fusées d'appoint.

CHAPITRE V

L'annonce de l'émersion des Dolans à vingt-sept années-lumière était naturellement parvenue jusqu'au Stellarque. Celui-ci fit dresser un barrage défensif constitué de vaisseaux et notifia une procédure stricte aux commandants. Ils ne devaient pas courir de risque et combattre uniquement si le succès était assuré.

Mais d'autres nouvelles bien meilleures arrivèrent aussi.

Rhodan secoua la tête, à la fois étonné et soulagé.

— Les Bioposis ! murmura-t-il.

Trente mille nefs cubiques surgissaient soudain à un train d'enfer, en direct du Monde-aux-Cent-Soleils. Les amis les plus fiables de l'Humanité, les biorobots envoyaient des navires en renfort – un beau geste ! Rien d'autre que cela, malheureusement, car ils n'allaient contribuer qu'à retarder un peu plus les Dolans. Tout ceci n'était qu'un moyen supplémentaire de prolonger le délai de grâce.

— C'est fini ! murmura Perry. Perdu d'avance !

L'homme solitaire face à son immense bureau et à la représentation tridimensionnelle de la Galaxie soupira profondément.

Rhodan savait que son Humanité était condamnée.

Il ne restait qu'une seule possibilité de résister à la grande attaque des Dolans : la vieille tactique, souvent éprouvée et rarement couronnée de succès. Six à sept vaisseaux de combat devaient ouvrir un tir focalisé sur l'écran paratronique de l'adversaire. Cette méthode très difficile, qui confrontait pilotes et commandants à une tâche presque insoluble, offrait l'assurance de pouvoir détruire quelques nefs semi-organiques.

Mais pas huit ou neuf mille Dolans !

L'annonce suivante était plus grave et dissipait tout doute. Au moins sur ce point, tout était clair et net.

Environ neuf mille sphères noires étaient entrées dans l'hyperespace à proximité de Véga.

Elles ne s'étaient pas préoccupées des planètes mais avaient adopté la formation en coin bien connue. Elles n'avaient pas d'autre intention que d'attaquer le Système Solaire.

— Oui, dit Rhodan en se levant. C'est la fin !

Il s'immobilisa devant la représentation de la Voie Lactée et observa les points minuscules matérialisant les soleils, comme s'il voulait prendre congé de son œuvre.

Un vibreur retentit derrière le Premier Terranien.

Il haussa les épaules, se dirigea lentement vers la table et la contourna à moitié.

De nouveau le signal !

Il pressa la touche correspondante.

Une voix de femme annonça :

— Stellarque, le colonel Bontainer et un ami vous prient d'être admis.

— Oui, répondit Rhodan. Laissez-les entrer. Ni lui, ni son camarade ne peuvent plus rien changer maintenant !

La porte s'ouvrit et le compagnon du colonel dut se baisser pour accéder à la salle.

C'était un Halutien !

— Icho Tolot ! s'écria Perry en s'élançant vers les deux visiteurs. L'accès se referma en silence derrière le géant.

*
**

La joie de Rhodan était réelle ; passé le premier salut, se dessina une vague étincelle d'espoir. Icho Tolot pouvait peut-être fournir une aide ou bien un conseil, car tout ce qui pouvait désormais empêcher la chute du Système Solaire était le bienvenu.

— Pourquoi nous rends-tu visite ? s'informa le Stellarque.

— J'ai apporté du matériel pour Nathan, sur la Lune, à la demande du docteur Tomcho Spectorsky. J'ai entendu il y a quelques heures que la situation s'était aggravée et j'ai aussitôt pris mon vol pour atterrir sur le spatioport de l'Astromarine. C'est là que je me suis heurté à ce Terranien.

Icho s'esclaffa bruyamment en montrant Bontainer de ses deux bras manipulateurs. Vivier s'avança de quelques pas vers Rhodan. Son regard oscilla de Perry au bureau puis croisa celui du géant.

— Lorsque j'ai aperçu la sphère noire de notre ami, j'ai pris un véhicule automatique avec John Sanda et sa nouvelle compagne, et nous avons foncé. Nous avons trouvé Tolot qui venait de débarquer, et c'est là que j'ai eu une idée.

Rhodan demanda courtoisement :

— Laquelle, colonel ?

— Nous avions oublié les Halutiens ! Ce sont nos amis, comme ils l'ont prouvé à maintes reprises. Ils nous aideront. S'ils se mettent à hésiter, je peux toujours faire en sorte de leur rappeler leur passé, mais ce ne sera probablement pas nécessaire.

— Vous pensez qu'ils devraient venir nous appuyer avec leurs vaisseaux ?

— Exactement, et Tolot le croit également.

— Une aide d'Haluta... ce serait notre dernier espoir ! Mais j'hésite encore, déclara le Stellarque. Comment pourraient-ils s'engager dans le combat face aux Dolans sans tenir compte de leurs pertes éventuelles ?

— Monsieur ! Cent mille Halutiens ! Nous pouvons les contraindre par des moyens psychologiques, ou simplement réussir à les convaincre de nous aider. Icho dit qu'à peu près quinze mille navires pourraient être parés avec chacun trois personnes à bord. L'attaque des sphères semi-organiques serait pratiquement contrée.

Rhodan indiqua son chronographe qui égrenait impitoyablement les secondes.

— Le vol vers Haluta, les négociations, le retour, ça prendra du temps !

Vivier haussa les épaules.

— Mais la moindre petite chance vaut mieux que rien du tout ! Permettez-moi de rallier la planète et d'y demander de l'aide. Notre ami Tolotos nous accompagnera ! Il a déjà donné son accord.

Perry fixa la tête hémisphérique du colosse et scruta ses trois yeux ardents.

— Est-ce exact, Icho ?

Le géant eut un rire fugace et rétorqua bruyamment :

— Naturellement, Bontainer a raison. Je laisse mon vaisseau ici, je pars avec le Terranien et son *Explorateur* pour Haluta.

Rhodan se décida.

Il savait que les Dolans procédaient par petites étapes. Le danger ne serait à son paroxysme que dans quelques jours. Vivier pourrait avoir entre-temps réussi à convaincre les compatriotes de Tolot de gagner le Système Solaire pour le protéger.

Il annonça calmement :

— Colonel Bontainer, je vous accorde les pleins pouvoirs. Agissez là-bas en mon nom. Priez-les ou persuadez-les de nous aider. Par ailleurs, une fois que vous y serez, Spectorsky pourra peut-être vous assister ; il fouille depuis des semaines les sous-sols halutiens.

Tolot se racla la gorge, ce qui fit vibrer les baies vitrées du bureau.

— Nos vaisseaux de cent trente mètres de diamètre sont tout à fait en mesure de détruire un Dolan, même si son écran paratronique a été renforcé par antipolarisation structurale. Nous avons quelques armes à leur opposer, j'ai déjà évoqué devant Bontainer nos bombes à décharges spiralées. Nous possédons non seulement le même type de bouclier défensif que l'adversaire, mais également le canon séquentiel. Je dois dire que je suis optimiste en ce qui concerne ce plan.

Rhodan acquiesça et montra le spatioport.

— Appareillez et volez à vitesse maximale, Vivier. Je vous en conjure, revenez-nous couronné de succès. Et... à bientôt !

Bontainer leva la main et annonça d'un trait :

— Je partirai dès que possible. Pouvez-vous demander à votre secrétaire d'appeler l'astroport et d'informer John Sanda de tenir l'*EX-8703* prêt au décollage dans à peu près soixante minutes ? Par hasard, Harl Dephin ne traînerait-il pas dans les environs avec sa machine géante ?

Le Premier Terranien répondit, quelque peu impatient :

— Non ! Auriez-vous besoin de lui ?

Le colonel ajouta :

— Comme il ressemble à s'y méprendre à un Halutien, je voudrais l'intégrer dans mon plan qui nécessite peut-être encore quelques aménagements. Prêtez-moi le Paladin, Stellarque !

— Vous en demandez beaucoup, objecta Rhodan.

— Pas tant que ça, car il en va de l'Empire et du Système

Solaire. J'insiste, il faut qu'il vienne ! Donnez-lui l'ordre d'embarquer sur l'*Explorateur* !

Perry tendit la main et consulta à nouveau son chronographe.

— Soit, c'est d'accord. Il vous accompagnera, et les Sigans feront de leur mieux.

Les deux hommes échangèrent une brève poignée de main, puis le Stellarque prit congé de l'un des meilleurs amis qu'ait jamais eus l'Humanité. Dans son spatiandre de combat, Icho Tolot s'éloigna à pas lourds vers la sortie. Les deux êtres totalement dissemblables mais réunis par le même objectif quittèrent le bâtiment gouvernemental et empruntèrent un véhicule spécial qui résistait au poids du Halutien.

Ils longèrent une route très large menant vers le sud-ouest.

— Réussirons-nous ? réfléchit Bontainer à haute voix.

— Ça risque d'être serré ! répliqua le géant en s'efforçant de ne pas beugler tel un bloc-propulsion. Mais les Terraniens comme vous aboutissent toujours, même si c'est souvent à la dernière seconde !

Vivier répondit, prudent :

— J'espère, Tolotos, que vous ne vous trompez pas !

Le véhicule fonçait à travers l'obscurité qui régnait sur Terrania. La chaleur diurne était encore lourde sous les arbres géants qui formaient une immense allée, mais la fraîcheur nocturne commençait lentement à s'installer sur la ville blanche blottie au milieu de gigantesques forêts. Entre les étoiles étincelantes, de minuscules points brillants se déplaçaient dans la lumière du soleil, loin au-dessus de l'atmosphère : des vaisseaux qui gagnaient leur zone d'action. Adossé à son siège, Bontainer songeait aux heures à venir. Sanda avait raison, il y aurait beaucoup de changement. Quelle que soit l'issue de l'attaque des Dolans, elle aurait une influence décisive sur les politiques, tant intérieure qu'étrangère.

Les humains n'étaient rien face à la durabilité que pouvait représenter le cosmos. Les secondes qu'ils incarnaient, comparées à l'éternité, n'avaient de valeur qu'à leurs yeux. Les étoiles resteraient au ciel et les planètes continueraient à tourner autour. Même sans Bontainer ou Rhodan.

Le colonel s'arracha à sa méditation lorsque le véhicule

s'engagea dans un long tunnel, ses champs répulsifs s'écartant temporairement des guidières énergétiques de sécurité. Ils avaient atteint le spatioport. Le glisseur fila à vitesse réduite, tous phares allumés et sirène hurlante, entre et sous les vaisseaux pour freiner juste devant l'*EX-8703*. Sanda et le Paladin se tenaient dans les faisceaux des projecteurs à proximité du sas d'embarquement, à l'extrémité supérieure de la rampe d'accès. Vivier et Icho descendirent et remercièrent leur chauffeur.

— Appareillage immédiat, John !

Le roboticien, au courant de tout, salua au passage le Halutien.

— Nous pouvons partir dans dix minutes, annonça-t-il. J'ai déjà averti la tour de contrôle et nous avons la priorité. Venez !

Les deux Terraniens et leurs monstrueux acolytes gravirent la rampe, pénétrèrent dans l'*Explorateur* puis empruntèrent le puits antigrav. Bontainer, Tolot et Sanda entrèrent dans la centrale de commandement tandis que le robot d'atronite se retirait dans une autre salle.

Le colonel se laissa lourdement tomber dans son fauteuil-contour et dit, haussant le ton :

— Appareillage !

Le Halutien demanda :

— Vous avez les coordonnées ?

— Elles sont enregistrées dans ma positronique personnelle depuis ma première mission sur votre planète d'origine !

Les sirènes de départ retentirent et le vaisseau décolla de toute la puissance de ses blocs-propulsion.

Cinquante et un mille deux cent trente et une années-lumière à parcourir… L'*Explorateur* spécial, qui accélérait à six cents mètres par seconde au carré, jaillit de l'atmosphère progressivement raréfiée. La vitesse augmentait de plus en plus, au rythme d'un bourdonnement pesant qui allait *crescendo*.

— À l'idée de tout ce qui nous attend, je ne me sens pas bien. Tout ça à cause de Rhodan ! déclara John, irrespectueux.

Il ne souriait pas. Tandis qu'il inspectait ses appareils pour repérer d'éventuels écarts, Bontainer remarqua que les mâchoires de son ami étaient sérieusement contractées. Le plus terrible pour les deux hommes était de penser à la façon dont un Dolan pouvait dévaster une planète. Ils l'avaient non seulement vécu à diverses reprises, mais cela risquait de se reproduire à tout instant.

Peut-être n'était-ce plus qu'une question de minutes…

*
* *

Dans la salle cylindrique, capitonnée d'un revêtement souple insonorisé et équipée de plus d'une vingtaine de fauteuils, seules les petites lampes d'appoint étaient allumées au-dessus des pupitres de contrôle et des modestes plans de travail sur lesquelles les hommes effectuaient leurs calculs. La lumière des instruments apportait peu de clarté supplémentaire. La galerie panoramique était éteinte mais, sur plusieurs écrans visiophoniques, des symboles caractéristiques signalaient que la communication était activée. Les heures s'ajoutaient aux heures ; le vaisseau fonçait à travers l'entr'espace à vitesse maximale, ses machines sollicitées à pleine puissance. Une seule fois, un homme de la section d'information pénétra dans la centrale et déposa un feuillet de plastopapier sur la console face au colonel.

— Nous avons capté ce message il y peu, et nous n'avons pas voulu inquiéter tout le navire.

Bontainer releva les yeux et remercia, puis il saisit la bande.

Une date, et le nom du vaisseau.

— *… Exactement neuf mille Dolans viennent de disparaître des parages de Véga. Le cap qu'ils ont adopté laisse supposer, avec une probabilité maximale, que le Système Solaire est bien leur but.*

Une deuxième indication chronologique.

— *Neuf mille Dolans viennent d'émerger aux abords du Système Solaire, par-delà l'orbite de Pluton. La flotte forte de cinquante mille unités, appuyée par trente mille nefs composites bioposis, s'est lancée à leur rencontre. La progression adverse pourrait être arrêtée, mais les pertes risquent d'être considérables. Une disposition a été strictement observée : tous les hommes ont endossé leurs spatiandres de combat, ce qui augmente leurs chances de survie. Les écrans paratroniques des vaisseaux semi-organiques sont invulnérables !*

Un troisième message diffusé en code sur la fréquence de l'Astromarine Solaire annonça, une fois décrypté :

— *Impossible de percer les boucliers ! Même les tirs focalisés de plusieurs unités de classe Galaxie ne sont couronnés que de rares succès. Les Dolans ont déjà attaqué les planètes extérieures et les dévastent... L'alerte est générale... Les bases de Pluton et de Neptune subissent les bombardements les plus lourds. Des canons séquentiels sont engagés. On nous signale à l'instant l'attaque d'Uranus et de Saturne. Les pertes que l'Empire endure et les dégâts dans le Système Solaire sont énormes...*

Bontainer pinça les lèvres, songeant au bungalow sous-marin dans lequel son épouse attendait probablement – à moins qu'on ne l'ait recueillie et qu'elle se trouve en lieu sûr dans un abri souterrain ?

Il remit avec peine de l'ordre dans ses pensées passablement agitées et tendit le feuillet à son second.

Sanda lut en silence et sans un geste, puis il tourna ensuite la tête :

— La pilule est amère !

La distance désormais trop grande rendait impossible la réception d'autres nouvelles. Les hommes de l'*Explorateur* auraient eu le souffle coupé s'ils avaient su la situation réelle dans le Système Solaire.

Car les Dolans frappaient sans ménagement, fonçant sur les divers mondes comme des vautours sur leur proie.

Les bases de l'Astromarine, sur les quatre globes les plus extérieurs, subissaient les tirs séquentiels des vaisseaux noirs.

Lune ou planète, nulle n'était annihilée. Mais leur surface était plus ou moins ravagée, aplanie, tout relief ou construction réduit en poussière, en cendres ou en morceaux démantelés et calcinés. Jamais encore l'Humanité n'avait encaissé de tels coups.

Puis les soixante mille plates-formes du *Dispositif Leucocyte* ouvrirent le feu.

L'ordre de Rhodan avait été exécuté sans délai.

Les gigantesques stations réparties dans l'ensemble du Système Solaire avaient encore une chance de repousser les nefs noires en approche. Leur puissant armement, à condition de focaliser plusieurs tirs, pouvait percer les écrans paratroniques modifiés. Équipées de très lourds canons transformateurs, elles étaient dirigées depuis diverses bases planétaires mais elles pouvaient également fonctionner en mode autonome, selon leur programmation. Elles ouvraient alors le feu sur tout navire en approche non identifié, comme dans le cas des Dolans.

Elles obtinrent tout d'abord des résultats probants, éliminant des agresseurs isolés par des tirs à longue portée. Les pertes dans les rangs adverses augmentèrent, mais sept mille policiers temporels demeuraient encore en lice. Ils avaient pourtant rencontré une âpre résistance sur le chemin qui les avait menés de Véga jusqu'à Sol.

Mais si la force de frappe des plates-formes avait suffi, durant les premières heures, à détruire nombre de nefs semi-organiques, celles-ci opérèrent soudain un revirement décisif.

Constatant toujours davantage de sphères de feu indiquant pour eux des pertes supplémentaires, les Bi-Conditionnés prirent l'offensive, foncèrent à travers l'espace et attaquèrent les *Leucocytes* en se groupant par escadres d'environ cinquante unités. Lorsque le succès tardait à venir, les formations étaient augmentées jusqu'à cent Dolans qui annihilaient une plate-forme après l'autre, malgré d'énormes brèches dans leurs rangs.

Un combat impitoyable faisait rage entre les planètes de Sol.

Les Terraniens, les Bioposis et les stations spatiales collaboraient au mieux pour isoler les démons noirs et les détruire.

Les nefs composites représentaient peu à peu la majorité des victimes de ce combat mortel et silencieux.

Puis des navires terraniens succombèrent à leur tour. Seuls les spatiandres et les écrans protecteurs empêchèrent que ne périssent des millions d'individus dans une monstrueuse effusion de sang. Malgré tout, le total des pertes humaines ne cessait de s'accroître d'heure en heure. Le fond noir de la nuit cosmique était entaché de feu et de nuages de gaz, d'éclairs atomiques, d'écrans SH vacillants, d'explosions de vaisseaux amis comme ennemis.

Il semblait qu'eût sonné la dernière heure de l'Humanité.

CHAPITRE VI

Après des jours de vol à une allure infernale, l'*Explorateur* spécial émergea dans le continuum einsteinien et ralentit lentement sa course. Loin devant, à une année-lumière, se trouvait une sphère rougeoyante : le soleil Halut.

— Nous y sommes, *capitaine* ! tonna le géant avec une nuance d'ironie.

— Oui, nous voici au terminus ! Mais il faudra mettre à la casse nos blocs-propulsion lorsque nous regagnerons le Système Solaire. Ils ne tiendront pas plus longtemps !

Bontainer conclut :

— Si nous revenons sur Sol III ! Et dans ce cas, que retrouverons-nous ? Un monde mort ? Des ruines et de pitoyables restes de l'ancienne civilisation humaine ?

— Vous avez la planète sur les écrans ? s'informa Icho.

— Oui, répondit John, qui était de service depuis deux heures. Nous arrivons bientôt.

Le vaisseau accomplit un bref saut linéaire et sortit à une demi-unité astronomique d'Haluta.

— Que fait vraiment Tomcho Spectorsky sur votre monde, Tolotos ? demanda avec curiosité le commandant en second.

— Avec huit autres scientifiques, il fouille le *Temple de l'Intouchable* sur ordre de Rhodan et avec notre aide.

Vivier connaissait l'immense domaine subplanétaire en question ; les événements des missions précédentes lui étaient toujours présents à l'esprit.

— Qui ou que cherche-t-il là-bas ?

— Des informations, répliqua le géant. Des éléments sur les liens entre la Terre, Lémuria, les Halutiens et la suite… J'ai apporté à Nathan une masse de documents et de diagrammes, ainsi que des corrélations temporelles et des faits historiques.

— Nathan ! gémit Bontainer.

— Qu'as-tu donc ? s'inquiéta son second qui guettait le grand pichet de café que devait apporter un robot-serveur pour tous les hommes de la centrale.

— Lorsque les Dolans attaqueront le satellite de Sol III, l'une des valeurs les plus irremplaçables de l'Empire Solaire sera anéantie : le cerveau biopositronique enfoui sous les roches lunaires…

— C'est certain, répondit John. Mais a-t-il plus d'intérêt que tous les Terraniens réunis ?

Ils se turent jusqu'à l'approche de la planète.

Un monde vieux dont seule une moitié semblait à présent planer entre les étoiles : la galerie panoramique montrait les millions de minuscules points lumineux agencés en schémas très divers et représentant le noyau de la Galaxie.

Le colonel appuya sur une touche.

— Centralcom ?

— Oui, Monsieur ?

— Avons-nous reçu un message ? Vu la surveillance spatiale établie autour d'Haluta, j'aimerais autant éviter les tirs des défenses automatiques.

— Aucun contact radio, Monsieur.

Vivier et John échangèrent un regard lourd de signification puis scrutèrent simultanément Icho qui se tenait derrière eux, taciturne et imperturbable. Seuls ses trois yeux rouges étincelaient comme des feux de position.

— Qu'est-ce que ça veut dire, Tolotos ? s'informa Vivier.

— Je ne le sais pas moi-même, Bontainer, répondit le Halutien très calme.

Le vaisseau avait déjà entamé la procédure d'atterrissage, réduisant la puissance de ses blocs-propulsion et descendant sous l'emprise de la pesanteur croissante à travers une atmosphère fraîche, légèrement agitée au-dessus des collines arrondies qui parsemaient la surface.

Le commandant de l'*Explorateur* se redressa brusquement et étudia le paysage qui se révélait sur les écrans.

— Ce silence doit certainement signifier quelque chose ! chuchota-t-il avec insistance. Centralcom ?

— Oui ? s'annonça le responsable.

— Essayez de joindre mon vieil ami le docteur Tomcho Spectorsky. Informez-le que nous arrivons mandatés d'une mission urgente. Le vaisseau restera à cette altitude. Relayez directement la liaison sur mon pupitre. Terminé.

— Bien reçu !

Le navire volait de biais à travers l'atmosphère. Sanda dériva un surplus de puissance sur les blocs-propulsion et vérifia avec soin que la capacité de l'écran SH était suffisamment renforcée. Les hommes étaient devenus vigilants, avec les années.

À deux cents kilomètres de hauteur, l'*EX-8703* se mit à décrire un cercle d'un diamètre cinq fois plus grand au-dessus de la surface : une trajectoire qui faciliterait toute manœuvre en vue d'une esquive précipitée.

Des parasites grésillèrent dans les haut-parleurs, et un timbre fluet commença à brailler.

L'homme au pupitre réagit immédiatement et augmenta le volume. Le colonel entendit la voix agitée de Tomcho Spectorsky, assez intelligible mais faible et entrecoupée de nombreux brouillages atmosphériques.

— Bontainer est-il là ? Vivier Bontainer ? Mon gars, vous arrivez juste à temps !

L'interpellé répliqua d'une voix forte :

— Qu'est-ce qu'il y a, Spectorsky ? Pouvons-nous atterrir ?

— En aucun cas ! C'est l'enfer ici !

Le colonel fit un signe à Sanda, qui saisit l'allusion muette et réagit avec une précision de positronique.

Les blocs-propulsion répondirent aussitôt et montèrent en régime. La sphère géante négocia une ressource abrupte et s'éleva à vitesse maximale jusqu'à laisser loin derrière elle les dernières traces de gaz de l'atmosphère.

— Qu'y a-t-il ? Décrivez posément les événements, Docteur ! Nous enregistrons ! cria Vivier.

— Écoutez bien ! Notre équipe anthropologique a dû abandonner en toute hâte le *Temple de l'Intouchable*. Des choses monstrueuses s'y sont déroulées. Vous pouvez peut-être observer les ouvertures qui ont été pratiquées au-dessus du complexe subhalutien.

Un choc énorme secoua l'*EX-8703*.

— Une salve ! souffla John Sanda.

— Je vois bien ! répliqua Bontainer.

Plusieurs faisceaux focalisés de radiants séquentiels soigneusement ajustés touchèrent le vaisseau et se réfractèrent sur l'écran SH. Les énergies dérivées se dispersèrent dans l'espace en un kaléidoscope de chromatismes et de lueurs. Un deuxième choc, puis Sanda s'engagea sur une trajectoire en spirale qui mobilisa toutes ses aptitudes de pilote. Ses mains pianotaient à toute allure sur les commandes.

— Dégageons !

— Haluta, que nous tenions jusqu'ici pour introuvable, n'est en rien une inconnue pour les nouveaux Bestians. Ils ont dû réussir à « posséder » quatre ou cinq habitants de la planète il y a environ cinquante mille ans, comme mes recherches le prouvent, donc à l'époque des grandes offensives halutiennes. Vraisemblablement, ils se méfiaient de leurs subalternes !

Vivier gronda :

— Est-ce la raison pour laquelle nous venons d'être bombardés ?

L'*Explorateur* s'éloignait de plus en plus d'Haluta. Les coups isolés qui le harcelaient dans sa fuite étaient remarquables de précision, mais le commandant en second était un expert capable d'éliminer tout danger par sa dextérité.

— Qu'en dites-vous, Tolotos ? s'enquit Bontainer dans l'attente d'une autre annonce de l'anthropologue.

— Rien pour l'instant. Je réfléchis d'abord aux conséquences pour ma planète et ma race, répondit la gigantesque créature.

Le colonel leva la main et tourna la paume vers Icho Tolot.

— Attendez, d'autres informations arrivent ! dit-il avec flegme.

La voix de Spectorsky jaillit à nouveau des haut-parleurs ; elle était maintenant beaucoup plus compréhensible.

— Les véritables maîtres se sont donc présentés autrefois comme des Halutiens. Ils ont dû réussir à établir une station de surveillance, à proximité du *Temple de l'Intouchable*, de manière si discrète qu'ils n'ont pas été remarqués.

Bontainer, stupéfait, assimila pourtant très vite ces informations.

— Comment cela a-t-il pu arriver, Docteur ? Et, le plus important, que se passe-t-il à présent sur Haluta ? Nous nous attendions à un message d'accueil bienveillant et nous recevons une salve de canon séquentiel. Est-ce le nouveau savoir-vivre en vigueur sur la planète ?

Il ricana, bien que le sérieux des récents incidents l'ait fortement bouleversé.

— Je ne connais pas encore précisément la clef de ce mystère, répondit Spectorsky après une pause. (Ses huit hommes et lui-même semblaient en fuite et s'arrêtaient pour se cacher ou se défendre chaque fois que l'anthropologue parlait.) Nous sommes probablement responsables de l'agression contre vous. Enfin, indirectement !

Vivier hocha la tête.

— Pourquoi ?

— Nous avons fait beaucoup d'expériences alentour durant les mois précédents. Nous avons en effet tenté d'activer quelques machines de l'héritage halutien pour élucider leur fonction. Il en a brusquement résulté une émission d'ondes énergétiques quintidimensionnelles.

Sanda lança :

— Ces hyperfronts ont vraisemblablement été repérés depuis la para-base des Bi-Conditionnés.

— Probable, confirma le colonel. Mais cela a dû arriver avant que Rhodan prenne contact avec les intelligences insectoïdes, les Baramos.

L'anthropologue continua :

— En raison de ces ondes hyperénergétiques, la planète a été repérée il y a quatre jours par les Ulebs. Cette localisation a dû se faire de façon précise, ici, à proximité du Centre de la Voie Lactée. Après plus de cinquante mille ans, ils ont donc retrouvé les derniers survivants de ces Bestians qui avaient autrefois eu pour but l'anéantissement de Lémuria, la Terre actuelle.

— Il faut avoir entendu ça au moins cinq fois pour en saisir la substantifique moelle. Et dix fois pour en tirer les conclusions correctes !

John s'accouda sur le pupitre et continua d'écouter les propos de Spectorsky. La liaison radio autorisait maintenant une intelligibilité totale tandis que l'*Explorateur* se tenait à une demi-unité astronomique de la planète, entre elle et son soleil tutélaire.

— Les Halutiens actuels, nos amis, ont pu se cacher jusqu'à présent mais c'est aujourd'hui définitivement terminé !

— C'est aussi notre avis, répliqua Vivier, furieux. Notre mission… ! Sanda, nous tombons encore en pleine pagaille ! Sacrebleu !

Et ce satané robot qui n'arrive toujours pas avec le café ! se dit John.

— Ainsi… m'entendez-vous ? Vivier ?

— Oui ! cria le commandant dans le microphone.

— Les Ulebs ont par conséquent déniché les survivants de ces Bestians qui devaient autrefois annihiler Lémuria. Nos alliés ont pour ainsi dire été trahis et redécouverts par ma faute. Mais écoutez ce qui s'est passé ici… Trois créatures d'apparence halutienne, mais plus grandes, semble-t-il plus fortes et armées différemment, pourvues d'un épiderme de cuir vert écailleux, sont arrivées par un transmetteur demeuré indétectable jusqu'à ce qu'il entre soudain en activité. À compter de ce moment, la totalité d'Haluta a été noyée sous un hyperrayonnement inconnu dont la fréquence ne peut être mesurée par nos instruments car ils n'y réagissent pas. C'est tout ce que je peux dire. Nous sommes en fuite et tentons de rejoindre la surface ou de nous cacher quelque part. Nous laissons les microcoms activés, au cas où vous auriez besoin de nous parler !

— D'accord ! approuva Bontainer. Pas de problème pour vous ?

— Pour le moment, non ! Personne de blessé, mais tout le monde est épuisé. Nous fonçons à travers les installations souterraines d'ailleurs abandonnées par les Humidors, comme j'ai pu le constater. Terminé !

— Merci, conclut Vivier.

Il se cala contre le dossier de son fauteuil, tapota de l'index sur ses incisives et grommela :

— Où est donc le café ?

Une voix synthétique répliqua, derrière lui :

— Ici ! La première tournée a été renversée lorsque le vaisseau a encaissé une salve.

La distribution commença. Le Halutien s'approcha alors des pupitres des deux hommes. Sa mine était impénétrable, seuls ses yeux semblaient étinceler plus fortement qu'à l'accoutumée.

— Avez-vous une idée de ce qui est arrivé, capitaine ?

Vivier baissa silencieusement la tête.

Le robot s'immobilisa à côté de lui et le servit. On aurait presque cru lire de la pitié dans ses optiques scintillantes.

— Nous pouvons l'imaginer, Tolotos, répondit Bontainer d'une voix grave. À la suite des expériences du docteur

Spectorsky, une alarme fréquentielle a probablement été déclenchée. Elle avait été programmée plus de cinquante mille ans auparavant par des Bestians du nouveau type. À l'époque, ils avaient été chargés de garder et d'observer les Halutiens actuels – et si nécessaire de les punir. Nous avons pu voir dans l'intervalle comment ces mesures de rétorsion sont devenues caduques. C'est presque l'enfer qui règne à présent sur votre planète.

Icho Tolot objecta sur un ton tonitruant :

— Ces Bestians camouflés ont vraisemblablement été découverts autrefois par mes ancêtres devenus pacifiques depuis lors. Il y aura eu un combat au cours duquel tous les adversaires auront été tués. La station de surveillance a par conséquent sombré dans l'oubli, sans doute désertée. Mon planicerveau a opté pour cette hypothèse avec une probabilité maximale.

Ils firent une longue pause.

Une atmosphère sinistre régnait partout à bord de l'*Explorateur*. On connaissait évidemment les dernières nouvelles en provenance du système-patrie, et on ne se berçait guère d'illusions sur l'ampleur réelle du péril. Même ici, le seul lieu dont on avait espéré de l'aide, les répercussions s'en faisaient sentir. Mais que se tramait-il vraiment là-dessous ?

— Cette station – Tolot a raison – a été oubliée avec la mort de ses gardiens. Elle n'est revenue à la mémoire des Bestians qu'avec la réactivation de l'alarme fréquentielle. Sans le vouloir, un Terranien a tout déclenché et nous a gâté toute chance.

Sanda le contredit avec véhémence.

— Nous ne savons pas tout ! Nous devons descendre pour apprendre ce qui s'est passé. Il y a toujours un espoir !

— Je le pense aussi, renchérit Tolot. Laissez-nous réfléchir.

— Ces Ulebs sont en train de rappeler à l'ordre leurs anciens subordonnés, fit remarquer incidemment le colonel. Ils savent très exactement quels moyens employer. C'est déjà une réussite partielle, ainsi que le prouvent les tirs auxquels notre vaisseau a été exposé.

John lâcha d'un trait :

— Comment peux-tu dire ça, Vivier ?

— Spectorsky a parlé de trois Ulebs. Je ne pense pas

qu'il en soit venu beaucoup plus, parce qu'ils avaient seulement besoin d'actionner un dispositif précis. À ton avis, John, qui nous a canardés tout à l'heure ?

— Mes frères de race ! s'écria le Halutien.

— Tout à fait, confirma le colonel.

— Ils sont par conséquent déjà sous influence !

Pensif, Sanda observa d'abord la galerie panoramique, puis les affichages numériques du pupitre et les quelques écrans qui étaient allumés. Puis il se leva, prit sa tasse et contourna lentement son fauteuil. Bontainer et Tolot le suivirent du regard. Le commandant en second s'appuya contre la console, passa le bras autour des épaules d'Aniouchka – qui les avait rejoints – et déclara :

— Je suis navré de me répéter constamment, pourtant je dois renouveler ma question : que va-t-il se passer maintenant ?

— Nous sommes les seuls à pouvoir désormais aider la Terre, souffla Vivier. Nous devons tout risquer pour conduire la flotte halutienne dans le Système Solaire. Elle seule est en mesure d'arrêter les Dolans. Ça urge, au cas où quelqu'un l'aurait oublié !

— À peine ! répondit John avec flegme. Ce qui presse, nous le savons tous, même Amber qui astique toujours les triscaphes. Que pouvons-nous faire ?

— Un instant, murmura Bontainer. L'équipement de base d'un groupe anthropologique doit comprendre, dans une telle situation, un mini-transmetteur portatif afin que les hommes puissent se connecter à tout moment avec des vaisseaux terraniens. Ce qui signifie que l'appareil doit être en activité et qu'il est ajusté sur la fréquence standard de l'Astromarine, donc peu importe la station réceptrice.

Il avança la main et pressa la touche d'appel radio.

— Bontainer à Spectorsky… répondez, s'il vous plaît !

— Oui, ici Spectorsky ! Que voulez-vous ?

— Avez-vous mis en route un transmetteur, là en bas ?

— Évidemment ! rétorqua le grand homme maigre qui, lors de leur mission commune, avait rampé et nagé avec l'équipe de Vivier jusqu'à l'épuisement.

— Merci. Où se trouve-t-il ?

— Dans le *Temple de l'Intouchable*, colonel !

— Bien. Terminé !

Sanda posa sa tasse et cracha, comme pris d'une rage subite :

— Impeccable, Bonnie ! Un commando lourdement armé et bien équipé expédié par notre transmetteur de bord, et quelques instants plus tard les trois Ulebs ne seront plus un danger !

— Crois-tu ? s'étonna Vivier.

John s'emporta :

— Bien sûr ! Nous avons le Paladin ! Rassembler cent hommes sous sa protection, avec des lance-roquettes, ça ne prendra que deux minutes et la planète retournera à sa condition initiale. Je suis volontaire pour cette mission.

Le Halutien soutint le roboticien et déclara, tonitruant :

— Je suis également de l'avis de votre second, *capitaine* !

Bontainer sauta sur ses pieds et marcha un moment de long en large.

— Non !

— Par le halo de la Galaxie, haleta Sanda, es-tu devenu fou ? La seule chance que nous ayons est ce maudit transmetteur. Il s'impose sans discussion aucune ! Allez, arme les hommes, engage le Paladin et faisons le ménage là-dessous. Harl Dephin rivalise avec une colonne d'Ulebs !

— Non, John ! répéta Vivier.

— Pourquoi ? hurla le roboticien.

Certains des autres officiers délaissèrent leurs pupitres et se rapprochèrent du groupe. Plutôt bruyamment, ils s'accordèrent eux aussi sur l'unique occasion de vaincre les étrangers.

Le colonel confirma une troisième fois :

— Non ! Ne comprenez-vous donc pas ?

Il tendit le bras et pointa le doigt sur son second.

— C'est la seule possibilité ! Bien sûr que ça l'est, oui, et elle crève tellement les yeux que j'en ai des sueurs froides !

— Toi oui, Bonnie, mais pas nous ! martela John. Pourquoi ne veux-tu pas choisir cette solution ?

— Précisément parce que c'est l'unique issue ! Cogite un peu : il existe un seul passage pour traverser une chaîne de montagnes. Où attendrais-tu quelqu'un qui voudrait la franchir ?

Sanda sursauta, rougit puis éclata d'un rire embarrassé :

— Je sais maintenant pourquoi je n'irai jamais plus loin

que capitaine. Je suis un peu stupide. Débile, *lusker* ramolli, comme dirait Amber avec pertinence ! Tu as tout à fait raison, commandant, je suis un âne et…

Il fut interrompu par les paroles du Halutien qui tonnèrent dans le poste central.

— Je suis déconcerté. J'ai toujours cru, jusqu'ici, bien connaître les Terraniens et savoir lire dans leur étrange psychologie… Or, cet homme est une énigme pour moi. Mais c'est sans importance car il a raison. Il faut imaginer une autre solution. Laquelle ? Rien ne vaut la méthode classique : s'approcher furtivement et frapper !

— Celle que personne n'attendrait, ajouta Bontainer.

— Exact !

— Nous suivons donc cette voie. John ?

Celui-ci scruta longuement son ami.

— Tu proposes quoi ?

— Fais équiper huit *Gazelles*. Avertis Dephin et l'Escadron Foudre. Tu assumes la direction de la mission. Mais avant tout, je reprends contact avec notre grand anthropologue.

— Je fonce ! déclara Sanda en contournant le groupe de gens et en bondissant dans son fauteuil.

En l'espace de quelques instants, il avait activé l'intercom général et distribué les ordres correspondants. L'alarme fut déclenchée dans différentes parties du vaisseau ; la voix du commandant en second, résonnant dans les haut-parleurs, exposa le plan et donna les premières indications aux hommes concernés. Puis il établit le contact avec Harl Dephin et le pria de se rendre à bord de la corvette numéro un.

— C'est tout ! souffla-t-il.

— Vous, vous restez ici, Tolotos, annonça Vivier. Le danger là-dessous est beaucoup plus grand pour vos semblables et vous-mêmes que pour nous. Je vous demande de m'aider ici, dans la centrale.

— Avec plaisir ! s'exclama le colosse.

La liaison radio fut entre-temps rétablie avec Spectorsky, qui était passablement affolé :

— Écoutez, mon gars… Les cent mille Halutiens commencent à devenir fous ! Ils nous attaquent, mais ils semblent quelque peu schizophrènes. Un simple facteur de diversion suffit pour qu'ils oublient immédiatement leur cible. Dépêchez-vous d'arriver !

— Où êtes-vous, Docteur ?

— À proximité du *Temple*. Vous souvenez-vous de ce corridor qui partait derrière l'ascenseur ?

— L'ascenseur… à l'intérieur du Halutien géant à la gueule grande ouverte ?

— Exactement, mon gars ! s'écria l'anthropologue. Un système de trappes et de rampes d'accès s'est constitué entre-temps dans le plafond rocheux. Vous n'aurez pas besoin de parcourir la totalité du chemin pour nous rejoindre.

— Parfait ! répondit le colonel. Écoutez attentivement : nous éjectons huit *Gazelles* selon la bonne vieille tactique d'approche furtive. Nous tenterons de déceler ce qui fait agir nos amis de manière si atypique.

— Espérons que vous vous comporterez normalement. Et que vous serez rapides !

Cela sonnait comme un véritable appel au secours.

— Pas de panique, nous arrivons ! Essayez de rester à proximité de ces passages. Nous amenons le Paladin avec nous. Dans le cas où vous découvririez une indication sur la transformation des Halutiens d'ordinaire aimables et pacifiques en bêtes féroces, n'hésitez pas à m'appeler. Je me trouve sur mon navire aux côtés d'Icho Tolot. C'est John Sanda qui dirige l'opération.

— Compris !

— Terminé !

Les huit avisos étaient déjà parés. Des commandos remarquablement entraînés et rodés par leurs précédentes interventions attendaient dans les sas de débarquement des engins discoïdaux. Les hommes portaient tous sans exception des spatiandres lourds de combat, totalement appropriés pour neutraliser la forte pesanteur et la densité de l'atmosphère halutienne. Le Paladin était à bord ; on pouvait le confondre avec un autochtone si l'on ne se tenait pas à sa proximité immédiate.

Bontainer sauta dans son fauteuil et leva la main.

— C'est parti ! Éjection des *Gazelles* dès que l'ennemi aura réagi !

Les blocs-propulsion mugirent et l'*Explorateur* fit un bond en avant.

Son écran SH activé, il s'élança vers la planète. Durant l'approche, Viver désigna leur cible à chaque aviso.

Il s'était écoulé soixante-dix minutes depuis le moment où ils avaient surgi de l'entr'espace et vu pour la première fois Haluta sur leurs moniteurs.

Ils savaient que la suite était une question de secondes.

CHAPITRE VII

Bontainer changea d'avis au dernier moment.

Il confia son poste à l'officier en second et lui expliqua en quelques phrases la conduite à tenir. L'*Explorateur* devait s'approcher aussi près que possible de la planète et à la première salve, les avisos appareilleraient dans différentes directions. Neuf objectifs étaient programmés pour embrouiller les créatures à l'œuvre sur Haluta, le temps que le vaisseau et les avisos soient en sécurité.

— Et vous, commandant ? s'enquit l'homme.

— Je me rends à bord de la *Gazelle* où se trouve le Paladin.

Il quitta la centrale, sortit son spatiandre de combat de l'armoire de rangement et embarqua quelques minutes plus tard dans l'engin discoïdal. Le premier tir séquentiel toucha alors l'*EX-8703* et ricocha sur l'écran. L'officier en second vira de bord, éloigna le navire de la zone d'action des radiants et ouvrit les sas. Avec une violente accélération, les huit avisos foncèrent hors des hangars, plongèrent vers la planète et s'écartèrent l'un de l'autre en zigzaguant.

La deuxième salve ne heurta que le vide.

Le but était clair : le domaine situé à environ mille mètres au-dessus du *Temple de l'Intouchable*, donc juste sous la surface. Escortées par de violentes tempêtes, les corvettes rasèrent le sol sur les derniers kilomètres, n'offrant ainsi aucun angle favorable aux tirs radiants, et elles atterrirent presque côte à côte. Les équipes d'intervention s'éjectèrent en toute hâte pour se mettre à l'abri alentour. Puis les avisos s'élevèrent les uns après les autres et se retirèrent à vitesse maximale en suivant un cap interdisant toute attaque. Le débarquement-surprise semblait avoir réussi.

— Ici Bontainer ! Nous progressons lentement et à couvert. Je prends la tête, étant donné mon expérience du terrain.

Environ cinq cents hommes convergèrent de toutes parts vers l'accès béant dans le sol. On voyait distinctement que des portes fermées depuis des millénaires avaient été grandes ouvertes. Probablement pour laisser sortir les Humidors… *Les Humidors ?* Qu'avait donc dit Spectorsky ? Ils avaient déserté les cavernes subhalutiennes ?

Rapides, les Terraniens procédèrent en silence et sans se faire remarquer.

Les neutralisateurs de gravité rendaient la marche supportable. Les systèmes intégrés aux casques filtraient l'atmosphère et l'armement lourd donnait confiance aux hommes.

Le colonel passa sur la fréquence spéciale :

— Bontainer à Spectorsky… À vous, Docteur !

Des parasites, un silence, pas de réponse, puis finalement la voix de l'anthropologue :

— Oui ! Je me trouve avec mes gens dans la gueule du Halutien de métal, si vous vous souvenez. Nous semblons y être en sécurité et vous y attendrons. Avez-vous vu *les choses* sur les rochers ?

— Oui, répliqua Vivier. Est-ce l'œuvre d'un volcan ?

— Non ! Ce sont les Humidors !

Pendant que les hommes continuaient de progresser vers l'entrée, ils remarquèrent le phénomène dont parlait Spectorsky.

Les Humidors étaient – ou plutôt, avaient été – les ouvriers des domaines souterrains d'Haluta. On les avait autrefois classés comme inoffensifs, aux dires des compatriotes de Tolot.

Jadis, c'étaient des créatures blanches au corps mou surmonté d'une tête ronde et chauve, plus qu'étrange avec ses yeux pédonculés. Elles avaient des bras interminables, des jambes trapues, d'énormes pieds et une démarche curieusement dégingandée. Les Humidors, à présent, s'étaient transformés…

— Là-haut, sur le rocher, Vivier ! indiqua Sanda.

Le colonel pivota.

Les corps jadis laiteux et flasques brillaient à présent d'un violet très marqué. Ils étaient boursouflés et contrefaits, tels des unicellulaires maléfiques en train de proliférer et d'étendre leurs pseudopodes. Après l'intrusion des Ulebs, ces êtres paraissaient s'être liquéfiés et écoulés par milliers à travers toutes les fissures – probablement même des portes secrètes s'étaient-elles ouvertes sur la totalité de la planète pour faciliter leur remontée au grand jour. Jusqu'alors, ils avaient pourtant mené une vie tranquille sous la surface, loin du bruit et de la clarté. Maintenant, ils semblaient être devenus une menace. Les Humidors mutés étaient animés de pulsations bizarres, dégoulinaient comme un gel liquide sur les blocs de pierre et évoquaient des médusoïdes très dangereux.

Le microcom de Vivier bourdonna :

— Commandant ?

Bontainer chercha l'orateur qui se manifesta par un geste. L'homme portait une multitude d'appareils à son bras et une petite valise métallique à la main. Quelques antennes sortant de cette mallette étaient braquées vers le plus proche rocher recouvert de cette masse violette extrêmement radiative.

— Qu'y a-t-il ? s'informa le colonel.

— Le rayonnement dont votre ami parlait émane précisément de ces pseudo-méduses !

— Je comprends mieux maintenant, murmura Vivier. Merci. Essayez d'en déterminer la nature.

— Je m'y emploie justement.

Bontainer se redressa et cria :

— En avant, nous continuons !

Ils arrivèrent à un système d'escaliers qui consistait en une colossale série de plates-formes menant graduellement vers le bas. Des amas informes d'êtres mauves reposaient sur la plupart des niveaux. Sans perdre un instant, les Terraniens s'enfonçaient de plus en plus loin vers le centre de la planète. Ils évitèrent les masses gélatineuses et débouchèrent finalement dans une sorte de salle dont presque la totalité du sol était recouverte d'Humidors.

— J'ai identifié le rayonnement, Monsieur !

Vivier s'immobilisa et vit une équipe d'hyperphysiciens se rassembler autour de lui. Ils sélectionnèrent un canal sur lequel ils pouvaient converser entre eux, et Sanda prit le commandement de la troupe pour remplacer son ami. La salle fut bientôt entièrement sous le contrôle des cinq cents Terraniens, bien aidés de leurs propulseurs individuels.

En pleine discussion avec ses scientifiques, Bontainer n'accorda aucune attention au message urgent envoyé par son second à deux des *Gazelles*, et John remit à plus tard de l'en informer.

— Alors, qu'en est-il ?

Vivier regardait les hommes manipuler leurs appareils de contrôle et dérouler les câbles qui devaient relier entre eux les éléments d'un véritable jeu de construction de la gamme la plus évoluée.

— Nous savons qu'il y a cinquante mille ans, les Halutiens alors enragés et cruels ont été calmés et domptés grâce à une invention lémurienne.

— Exact ! approuva le colonel. Ce que l'on appelle la thérapie psychogénique. Les compatriotes de Tolot ont subi pendant une longue période une mutation pacificatrice de leurs gènes.

— Le rayonnement mesuré et identifié avec précision provoque l'effet inverse, Monsieur !

Bontainer mit les poings sur ses hanches et secoua la tête.

— Les moyens mis en œuvre ici sont absolument inconcevables, déclara-t-il. Ce sont donc des hyperfréquences qu'on pourrait qualifier d'ondes de réactivation ! Et elles émanent des Humidors difformes… Cela prouve aussi qu'au bout du compte, ces êtres prétendument inoffensifs faisaient office de catalyseur punitif. Il a suffi d'actionner une commande… Ils se libèrent et mutent, émettent un rayonnement quintidimensionnel, et tuent pratiquement une planète entière. Ces flux radiatifs n'ont pas d'effet sur nous ?

L'expert répondit par la négative.

— Aucun ! Le métabolisme des Terraniens, différent de celui des Halutiens, ne réagit pas à ce stimulus.

— Au moins un point pour nous ! gronda le commandant.

Ils repartirent, allumèrent leurs propulseurs individuels et continuèrent les uns derrière les autres.

L'onde de réactivation, annihilant les effets de la pacification psychogénique, avait changé les cent mille Halutiens paisibles en bêtes féroces. Ils n'en étaient heureusement qu'au tout début de la métamorphose lorsqu'ils avaient bombardé le vaisseau… Puis ils s'étaient laissé abuser et n'avaient pas pris les corvettes sous un feu nourri. C'est probablement ce qui avait sauvé la vie des hommes de l'*EX-8703*.

Les Humidors étaient donc des créatures artificielles, comme beaucoup d'autres, créées cinquante mille ans plus tôt pour dominer les Halutiens récalcitrants. Les Bestians en étaient également les responsables.

Après l'apparition des trois Ulebs non identifiés, un processus particulier avait été activé ; les Humidors s'étaient liquéfiés et modifiés avant de diffuser le rayonnement anti-pacificateur.

Ainsi avait commencé la régression psychologique des cent mille autochtones – des derniers amis sur lesquels la Terre aurait pu compter.

— Il n'y a pas d'autre conclusion, affirma Vivier en suivant son second. Le chemin conduit de plus en plus profond dans les entrailles planétaires et cette fois, aucun champ énergétique neutralisant nos propulseurs individuels ne semble s'activer.

Une énigme de plus…

*
**

Quarante minutes plus tard, les premiers arrivés se rassemblèrent dans une salle que Bontainer connaissait bien.

De l'autre côté d'une courte galerie dans laquelle débouchait l'escalier permettant de poursuivre la descente, se révélait une halle cylindrique dont le plafond en coupole brillait d'une vive lumière verte. Celle-ci tombait sur la gigantesque silhouette dressée au milieu.

— Un vieux copain à nous ! s'exclama John en renforçant la puissance de ses tuyères dorsales.

Il s'éleva, le lance-roquettes et ses chargeurs à la main, puis entra dans la gueule du Halutien géant d'environ cinquante mètres de haut.

Les reflets verts de l'éclairage miroitaient sur le revêtement noir de la statue et sur les objets métalliques des Terraniens qui s'amoncelaient toujours plus dans la grande salle. La bouche bordée de dents tranchantes béait à un point tel que le commandant en second y était largement à l'aise.

Des murmures se firent entendre dans les télécoms.

— Ici Sanda. J'ai découvert Spectorsky et ses huit assistants.

Dans le feulement de leurs unités dorsales, Bontainer et une troupe de choc de dix hommes abordèrent l'ouverture. Le colonel put alors saluer l'anthropologue, presque méconnaissable sous son spatiandre.

— Je me réjouis de votre arrivée, colonel, mais les vrais dangers ne font que commencer seulement. Nous avons trois Ulebs, là derrière, qui n'ont guère envie de sympathiser !

Vivier répondit froidement :

— De notre côté, nous avons un Halutien très ami avec nous. Une édition spéciale pour Bestians !

— Tout de même pas…

— Mais si ! Le Paladin ! Il se fraie un chemin vers le *Temple de l'Intouchable* avec un autre commando. On y va ?

L'ascenseur s'abaissa soudain ; un des hommes avait appuyé sur la touche.

Les Terraniens descendirent sur environ un kilomètre. Bontainer apprit qu'il existait une deuxième sortie qui avait été ouverte pour les Humidors. Il était sûr à cent pour cent que le robot halutimorphe l'avait trouvée.

En bas, la progression s'effectua lentement, par étapes de cent mètres.

Un détachement se retranchait à chaque bifurcation et tentait de se rendre aussi invisible que possible. Le labyrinthe souterrain d'Haluta était rempli de Terraniens et d'Humidors allongés qui s'étaient changés en masses de matière mystérieuse. Ils brillaient d'une lueur intensément violette et émettaient un rayonnement aussi dur que maléfique.

Les cinq cents hommes se répartirent progressivement.

Il ne resta finalement que trente personnes, les chefs compris, qui se dirigèrent avec précaution en profitant de chaque abri vers le *Temple de l'Intouchable*. Tous étaient parés au combat. Les microcoms de casque étaient réglés sur la portée minimale ; seuls les neutralisateurs de gravité tournaient à plein régime.

— Qu'y a-t-il là devant ? chuchota le colonel.

Spectorsky se glissa furtivement à côté de lui.

— Des vasques de pierre – des vestiges de pillages… Quelques Halutiens morts, tués par un tir séquentiel, et un transmetteur prêt à fonctionner.

— Bien. Continuons !

Ils atteignirent une petite salle dans laquelle ils avaient passé autrefois de sinistres moments. À présent, les portes étaient grandes ouvertes et l'ascenseur emporta vers le bas plusieurs groupes de Terraniens. Le petit couloir suivant débouchait dans la halle géante.

— Attention ! lança Bontainer. Nous restons ici, c'est le Paladin qui entre d'abord.

Il fit signe en arrière.

Le titan d'atronite arrivait, rapide et imperturbable, sans aucun effort pour se cacher. Ce robot unique en son genre était la reproduction parfaite d'un Halutien. Le Sigan Harl Dephin, sous sa résille T.R.E.S., savait qu'il allait aujourd'hui devoir se surpasser.

Il se prit un instant à regretter d'avoir jadis refusé par orgueil un second rôle au Théâtre d'État de Siga… Bientôt, il aurait à coup sûr besoin des talents et des aptitudes d'un acteur professionnel !

Il se redressa de toute sa stature et se dirigea, les quatre bras ballants, vers le milieu de l'immense salle.

Derrière lui, plus de trente hommes étaient en haleine.

Les prochaines minutes allaient être décisives.

CHAPITRE VIII

La salle était parfaitement circulaire, comme le colonel l'avait encore en mémoire. Deux fois moindre que son diamètre, sa hauteur culminait à environ un demi-kilomètre. À peu près à quatre mètres au-dessus du sol, un étrange motif composé de nombreuses surfaces rectangulaires s'étirait sur le pourtour. Elles étaient blanches, délimitées par une bande d'un noir brillant. Près de l'entrée éloignée de cinq cents mètres, un pan de l'imposante paroi rocheuse jusqu'ici préservée s'était manifestement effondré.

La totalité des lieux baignait dans une sombre et menaçante lumière rouge.

La mosaïque dont le sol était constitué recevait également une partie de cette sinistre clarté. Les boucles déconcertantes et les lignes serpentines de cet ouvrage se perdaient entre les vasques de pierre.

Spectorsky déclara tranquillement à Bontainer :

— Le pan de roc s'est écroulé peu de temps avant notre fuite hors de cette salle, ce qui a engendré une brèche.

Il indiqua un point devant lui.

Dans la lumière rubis nimbant les deux mille coupes aplaties, le Paladin avait l'allure d'un personnage de légende. Les conques reposaient sur des colonnes de trois mètres de haut. Des appareils de mesure pourvus de neutralisateurs de gravité intégrés s'alignaient de toutes parts, des conducteurs pendaient et traînaient sur le sol, les réceptacles plus ou moins vides montraient clairement que des Halutiens et des Terraniens avaient travaillé ici de manière continue. Ces derniers s'étaient échappés pour ensuite revenir assez vite.

En revanche, des compatriotes de Tolot gisaient entre les socles, tués par des tirs séquentiels.

Le Paladin avait à présent atteint la proximité de la brèche dans la paroi.

— Monsieur ?

Un homme du groupe de physiciens s'avança prudemment et pointa l'index sur un affichage numérique qui semblait pris de frénésie.

— Une forme étrangère d'énergie ?

— Exact ! Ça vient de là-bas !

Bontainer regarda dans la direction indiquée.

Une lumière perçante et aveuglante flamboyait par-delà la faille. De puissantes machines invisibles mais dont on pouvait repérer les émissions radiatives étaient en activité.

— Nous avons capté de fortes impulsions.

Le robot géant disparut dans le flot de lumière brillante.

Vivier se redressa, leva la main et annonça :

— Pendant que le Paladin entre en action, nous traverserons la salle et ajusterons la station réceptrice.

— Très bien ! approuva Sanda. Ça urge !

Tandis qu'une trentaine de Terraniens se déplaçaient vers les deux piliers du transmetteur en profitant de toutes les couvertures possibles, la vie reprit possession de ce théâtre de mort. Une fois encore, rapidité et coordination parfaite étaient de rigueur. Le colonel consulta son chronographe et freina à proximité de l'appareil. Il s'accroupit et enfonça les énormes touches jusqu'à ce qu'il ait effectué la syntonisation précise. On pouvait à présent connecter la station émettrice de l'*EX-8703*.

— John !

— Oui ?

— Plaçons-nous en sécurité. Appelons les robots de combat avec leurs lance-missiles lourds.

Sanda ricana comme un gamin et signala, très décontracté :

— J'ai envoyé un message pendant que nous descendions. La salle du transmetteur de l'*Explorateur* doit déjà fourmiller de nos plus beaux modèles !

— Si nous les réceptionnons maintenant, cela peut contrecarrer le plan d'Harl Dephin. Attendons encore quelques secondes.

Il se tourna vers l'un de ses gens :

— Ne regardez que moi, et personne d'autre ! Dès que je vous donnerai le top, envoyez le signal. Ensuite, vous dégagez rapidement et vous montrez aux robots la direction à suivre. C'est clair ?

— Compris, Monsieur !

Les hommes s'éloignèrent en toute hâte à l'aide de leurs propulseurs individuels.

Ils atteignirent finalement un point duquel ils pouvaient voir simultanément la salle par-delà la paroi, et le transmetteur. Bontainer patienta, mais ses doigts pianotaient nerveusement sur la détente de son arme lourde. Il savait qu'une seule faille dans le dispositif pouvait donner des soupçons aux trois Ulebs qui auraient alors le temps de repousser l'attaque des Terraniens et d'alerter leurs congénères. Et dans ce cas, la catastrophe serait totale.

Mais Vivier ne voulait pas mourir. Tout au moins ni ici, ni maintenant.

Tous les regards étaient fixés sur le Paladin.

*
* *

Le colosse halutimorphe gravit les dernières marches qui séparaient la brèche béante du sol de la salle contiguë. Des blocs tombés du plafond traînaient partout. Le géant en écrasa quelques-uns puis il escalada les débris avec agilité et se précipita d'une allure martiale dans la pièce suivante.

Ce qu'il vit aurait dû le figer sur place, mais Harl Dephin maîtrisait son rôle à la perfection.

Il scruta les trois créatures, poussa un râle sourd et se jeta si violemment à terre que la roche trembla.

Il se trouvait dans la première des quatre immenses salles situées derrière le mur du *Temple*, et jusqu'alors non explorées. Elles étaient remplies de machines et d'imposantes consoles dont les façades étaient garnies d'écrans de visualisation, d'afficheurs en tous genres, d'un nombre déconcertant de régulateurs, de commandes et de touches surdimensionnées. À l'arrière-plan brillaient les piliers blancs d'un transmetteur ogival par lequel étaient arrivés les trois Bestians.

Le robot d'atronite martela si fort le sol de son front que de petites fissures naquirent du point d'impact, filant dans toutes les directions, et qu'une fine poussière jaillit de ces fentes. Puis le pseudo-Halutien frappa de ses quatre bras, les poings fermés, et rua avec ses jambes massives. Le vacarme résultant s'amplifia alentour comme si quelqu'un avait fait exploser en série des charges mi-lourdes.

Dans sa cachette, Bontainer leva et baissa la main.

C'était le signal pour le transfert.

Un témoin s'alluma dans la station d'émission de l'*EX-8703*. Les robots de combat se matérialisèrent aussitôt. Ils avaient été programmés avec une précision infernale et leurs bras armés étaient pourvus d'équipements additionnels qui semblaient d'un autre âge.

La première machine sortit en planant du transmetteur et vint se poser à proximité de Vivier.

À nouveau debout, le Paladin vacilla sur ses jambes-colonnes et s'inclina cinq fois devant chacun des trois Bestians. Ils se tenaient en demi-cercle face à lui et, immobiles, observaient en silence son manège. Il leur témoignait les curieuses et incompréhensibles marques de soumission qu'un Halutien, après sa psychomutation, devait être censé présenter à ses seigneurs et maîtres.

Il se jeta derechef sur le sol, puis un bruit de tonnerre envahit l'enfilade des salles. D'autres robots débarquaient du transmetteur terranien et s'arrêtaient à couvert près des derniers socles portant des coupes. Si nécessaire, ils pourraient intervenir en quelques dixièmes de seconde.

Le Paladin se figea soudain au milieu de sa pantomime.

Il se comporta alors comme un Halutien en pleine phase de cristallisation cellulaire, dont la substance corporelle se muait en une masse plus dure que la terkonite. Il demeura ainsi quelques minutes sous les regards foudroyants des trois monstres plus grands que lui, plus larges d'épaules et recouverts d'écailles vertes.

Puis le robot sursauta, pivota plusieurs fois sur lui-même et poussa un long cri à glacer le sang des hommes à l'abri dans leurs cachettes. Le colosse broya de ses mains quelques roches qui traînaient alentour, s'inclina et se redressa enfin avec humilité.

Ouvrant une gueule béante, il hurla un vocable inintelligible.

Le signal, pour Bontainer !

Le colonel s'élança en jetant :

— Allez !

Au même instant, Harl Dephin et son Escadron Foudre passèrent à l'attaque. Les haches de combat en action, les minimissiles sifflant de partout, les radiants et les cris de guerre du titan d'atronite transformèrent le secteur autour des trois monstres en une zone d'apocalypse. Deux Ulebs croulèrent sous la grêle des projectiles, furent réduits en charpie par les armes blanches et s'effondrèrent. De la fumée obscurcit la scène, de violents éclairs jaillirent et frappèrent le sol comme avec rage, tout ce qui était de verre se brisa, les roches fondirent et les machines lâchèrent des plaintes furieuses sous les décharges. Le troisième Bestian eut le temps d'activer son bouclier individuel et tenta de lutter, avec l'énergie du désespoir.

Quelques secondes passèrent…

Harl Dephin ne laissa aucune chance à l'étranger d'utiliser judicieusement ses armes. Telle une vivante avalanche de métal, il fonça sur l'Uleb dont il heurta de plein fouet l'écran avant de le repousser dans un bruit de tonnerre contre un énorme appareil. L'acier, les câbles et les relais se rompirent avec fracas et explosèrent. Les arcs électriques qui jaillissaient des vestiges des connexions se brisèrent sur le bouclier paratronique qui les dévia vers la cinquième dimension.

Le Bestian reprit sa respiration et résista.

Harl Dephin se retrouvait en grande difficulté, mais ses mouvements défensifs étaient si rapides que même les yeux perçants de Bontainer ne pouvaient en distinguer les enchaînements.

Le Paladin releva son lance-missiles, visa à la hâte et laissa les projectiles faire leur office. Les robots de combat surgirent à ce moment dans la salle en planant. Deux d'entre eux accélérèrent pour s'interposer entre le transmetteur et l'Uleb désespéré, puis commencèrent à faire feu.

Un matériel depuis longtemps relégué au placard par les armes radiantes, habituellement plus efficaces, entra alors en action.

Les traînées de fumée expulsées par des minimissiles au sifflement strident s'entrelacèrent en un motif complexe et bizarre à travers la grande salle. Dotées de têtes explosives à faible pénétration combinées à des charges chimiques à base d'acide concentré, ces roquettes guidées avaient toutes la même cible : le Bestian.

Les Terraniens n'eurent pas besoin de s'en mêler.

L'adversaire disparut sous les tirs acharnés des robots.

Cinq minutes plus tard, il y avait encore de la fumée, des restes qui se consumaient et de petites décharges qui jaillissaient des machines détruites. Les groupes se rassemblèrent lentement autour de Bontainer.

— Fin du premier acte ! déclara-t-il. Les trois maîtres d'Haluta ne sont plus. Smithson ?

Le physicien qui avait identifié et mesuré l'étrange rayonnement psychomutationnel s'approcha de Vivier. Les autres hommes, se sentant en relative sécurité parmi les androïdes de combat déployés, commencèrent à fouiller les environs.

— Commandant ?

— Recherchez quels engins ou émetteurs ont pu transformer en gelée nos placides Humidors !

— Je vais essayer.

Vivier se tourna vers John Sanda et Peter Shark.

— Pour éviter tout débarquement inopiné d'Ulebs, il nous faut mettre hors circuit le transmetteur là derrière.

Ils activèrent leur propulseur individuel et s'élancèrent dans la direction où l'adversaire avait voulu fuir. Ils n'eurent pas besoin de chercher longtemps.

Ils trouvèrent les touches correspondantes, les enfoncèrent et, avec un claquement fulgurant, les piliers disparurent.

— Fin du deuxième acte, murmura le colonel. Haluta est de nouveau cachée et inaccessible. Nous avons à présent deux atouts en main, mais j'aurais préféré une autre manière de les ramasser !

Ils revinrent lentement en planant jusqu'au centre du transmetteur.

— Où êtes-vous, Smithson ?

Le physicien trapu se tenait devant un appareil rappelant la combinaison d'une positronique et d'une horloge murale. Il avait posé ses doigts sur les commandes.

— Ce doit être ça, colonel.

Bontainer trancha sans hésiter.

— Tant pis si nous courons le risque d'abîmer des choses irremplaçables ! Tout ce qui est en rapport avec les trois monstres est mortel ou presque. En détruisant l'ensemble, nous ne faisons qu'éliminer les dangers potentiels.

Il remit son lance-missiles à son second et se fit donner une arme lourde, un véritable minicanon radiant.

Puis il ajusta son tir.

La machine se transforma en un tas de tôles duquel montèrent de larges volutes d'épaisse fumée. Des composants inconnus explosèrent à l'intérieur avec un bruit sourd.

— Le rayonnement de stimulation que je crois responsable de l'activité des Humidors a cessé, colonel !

Vivier sourit au physicien qui coupa ses appareils de mesure.

— J'espère bien !

Il sélectionna avec doigté un autre canal et appela un groupe d'hommes toujours assis dans leur cachette, non loin de la surface.

— Comment se comportent les médusoïdes violets qui traînent partout là-haut ? s'informa-t-il.

La réponse ne se fit pas attendre.

— Ils se sont modifiés ! Ils ne bougent plus, n'ont plus de pulsations... et leur rayonnement a également cessé. La lueur s'éteint lentement... Qu'avez-vous réussi, colonel ?

Bontainer répondit sans s'appesantir :

— Toutes sortes de choses, les gars ! Les trois monstres sont morts, le transmetteur responsable est hors d'usage et il y a de grandes chances que nos amis redeviennent normaux. Terminé !

Désormais, l'histoire était claire.

Comme l'avait prouvé la présence des trois Ulebs, les habitants du système d'Ennemi avaient redécouvert Haluta. Leur élimination, l'impossibilité de reconnecter la station réceptrice – tout du moins celle de cette salle – et la fin des Humidors dont le rayonnement avait métamorphosé les Halutiens en Bestians marquaient le retour prochain à la normale. Un problème cependant se posait encore, et il n'avait rien de simple.

Le colonel brancha la liaison avec l'*EX-8703* :

— Ici Bontainer. J'ai besoin d'Icho Tolot !

Le colosse devait escompter l'appel car sa voix puissante tonna immédiatement.

— Je suis là ! Qu'y a-t-il, *capitaine* ? Avez-vous pu aider mes camarades ?

— Oui, répliqua Vivier. Mais d'abord, quelques questions pratiques. Les huit *Gazelles* sont-elles dans le vaisseau ?

— Elles viennent d'apponter, mais elles sont parées à repartir si nécessaire.

— Tolotos, déclara le colonel avec empressement, assurez-vous en bien et venez vous poser avec l'*Explorateur* à proximité du *Temple*. Vous trouverez dans le sol quelques ouvertures que vous-même ignoriez. C'est là que nous vous attendons. Nous avons besoin de vous en urgence !

Deux secondes de réflexion :

— J'atterris là où vous le désirez dans exactement onze minutes.

— Parfait !

Vivier coupa la communication.

— Spectorsky ?

L'anthropologue arriva tout radieux en planant.

— Votre ton a l'air enjoué ! Que puis-je faire pour vous ?

Bontainer consulta son chronographe. Depuis leur émersion au voisinage de la planète, plus de quatre-vingt-dix minutes s'étaient écoulées.

— Combien de temps le rayonnement a-t-il agi, Docteur ? C'est très important !

L'anthropologue jeta également un regard sur son appareil de poignet puis répondit posément :

— Les Humidors ont commencé leur folle mutation il y a exactement deux heures et demie. L'émission de réactivation doit aussi à peu près coïncider.

Vivier réfléchit avant d'annoncer :

— Un Halutien valide devrait pouvoir le supporter. Je crois que nous ne risquons rien si nous abandonnons les cavernes pour remonter à l'extérieur, où notre vaisseau va bientôt atterrir.

Lorsque les cinq cents Terraniens, les robots de combat et le groupe de recherches de Spectorsky atteignirent la surface, l'*Explorateur* s'était déjà posé. Icho Tolot se tenait à côté de la rampe déployée et Bontainer plana jusqu'à lui.

— Avez-vous réfléchi entre-temps à ce que vous allez faire ?

Le colosse répondit, très grave :

— En fait, j'ai deux tâches à accomplir : d'abord constater le degré de souffrance qu'ont enduré mes camarades et vérifier qu'ils ne se sont pas changés définitivement en Bestians… Ce que je ne crois pas, car nous n'avons plus été bombardés sitôt que j'ai envoyé le bon code d'identification. Ensuite, j'ai appris ce qui se passe sur la Terre et combien le renfort de tous est indispensable. Je n'ai pas à courir très loin, Waxo Khana habite à proximité !

Vivier ajouta :

— Bonne chance, Icho. Je serai dans la centrale, les récepteurs connectés sur la fréquence standard d'Haluta au cas où il faudrait converser avec vos compatriotes.

Tolot prit appui sur ses bras de saut et déclara :

— Souvenez-vous comme votre première visite ici a été rapide. Je vous fais signe dès que je sais quelque chose de plus. Si mes amis sont devenus des Bestians, vous recevrez vite mon appel de détresse.

Puis il se mit à courir, fonçant à plus de cent kilomètres à l'heure.

— Bontainer a encore réussi ! dit John. Rentrons à bord, ces spatiandres de combat n'ont rien à voir avec des tenues de soirée convenables et j'aspire enfin à une pesanteur normale.

Les hommes regagnèrent le vaisseau.

Entre les collines et les petits rochers, entre les buissons et les arbres, les Terraniens et les silhouettes massives des robots de combat émergèrent des ouvertures dans le sol. Partout traînaient des tas de protoplasme figé qui avaient été jadis de paisibles Humidors blanchâtres. Icho Tolot, de son côté, se hâtait vers la maison de Waxo Khana pour constater si le *Gardien de l'Intouchable* s'était mué en Bestian ou était resté un Halutien normal et aimable.

Les hommes se débarrassèrent en silence des spatiandres et regagnèrent leurs cabines ou leurs postes de travail.

Trente minutes s'écoulèrent.

***

John, Vivier et Oomph Amber étaient assis devant l'écran activé mais aveugle, dans l'attente de l'appel d'Icho Tolot. Aniouchka, désormais *persona grata* dans la centrale, partageait avec eux un gigantesque plateau de nourriture et de boissons vitaminées rafraîchissantes.

Le Lourénien ricana, scruta la fille de ses grands yeux et piailla :

— *Lusker*, l'amie de Sandaboy, non ?

John le regarda d'un air amusé.

— On est content de te revoir, Oomph ! C'est *geimig* !

Amber se racla la gorge et rétorqua, ironique :

— Méticulisme de tous les triscaphes parfait ! Bontainer plus abominaffreusement fâché ?

Le commandant fit un geste de résignation.

— Notre pie a encore volé ! gémit-il. À peine Oomph a-t-il quitté le hangar polaire qu'il a démonté le levier chromé d'un sélecteur…

Sur le moniteur tridimensionnel, l'image s'éclaircit. On vit apparaître Icho Tolot et Waxo Khana.

Les haut-parleurs se mirent à vibrer lorsque le plus jeune des deux Halutiens commença à parler. John Sanda ajusta le volume pour que chacun puisse entendre sans avoir les tympans déchirés et Vivier bascula sur l'intercom général. Les autres officiers présents sur la passerelle s'approchèrent et formèrent un demi-cercle.

— *Capitaine*, tout est en ordre ! Mes camarades sont indemnes, le rayonnement n'a pas duré assez longtemps. Je viens de leur révéler à tous qui est responsable de leur sauvetage.

Waxo Khana, l'Ancien, prit la parole.

— Acceptez mes remerciements au nom de toute ma race, Bontainer. Malheureusement rien ne pourra changer le fait que huit de nos amis sont morts dans le *Temple de l'Intouchable*. Mais par votre intervention, nous avons été préservés du pire et nous avons une dette de reconnaissance envers vous.

Grave, le colonel répondit :

— Vous savez qu'Haluta a été découverte, Khanatos ?

L'Ancien accepta l'apostrophe sans protester, même si elle n'avait cours qu'entre les amis les plus proches. Or, il avait déjà mené d'âpres discussions avec Bontainer.

— Oui. C'est ce qui pouvait nous arriver de pire. Cependant, il est absurde de mentionner ici une quelconque culpabilité.

— C'est vrai ! Heureusement, la planète est redevenue ce qu'elle était auparavant : secrète et cachée. Les coordonnées ne sont connues que de rares Terraniens. J'ai par contre une requête à vous formuler.

Les yeux glacials du Halutien le scrutaient avec intensité.

— Oui ?

— Tolot vous l'aura déjà exprimée, je pense. Ces Bestians dont vous êtes tous issus attaquent la Terre. Neuf mille

Dolans ont surgi de l'hyperespace et quand nous avons appareillé, le Système Solaire était déjà en danger extrême.

— Par Haluta ! souffla l'Ancien. Comment cela peut-il être ? Nos amis les humains sont donc exterminés ?

Il se tourna vers Tolot. Derrière eux, d'autres de leurs compatriotes entrèrent dans le champ optique de l'appareil de visualisation. Une tension pleine d'espoir envahit soudain tous ceux qui, sur l'*Explorateur*, suivaient cette conversation.

— Ils vont l'être ! confirma Vivier. Des milliards de créatures totalement innocentes sont en cours d'annihilation. Je suis déjà venu vous parler de ce sujet. À cette époque, le danger était latent mais à présent, il s'est déclaré et si nous parlons trop longtemps, ce vaisseau regagnera un système dont les neuf planètes auront été ravagées.

Les yeux de Waxo Khana le fixèrent. L'Ancien avait compris ce que son interlocuteur voulait réellement.

— Vous exigez que nous combattions les Bestians ?

Vivier soupesa soigneusement sa réponse :

— Je vous demande de nous sauver, je ne l'exige pas ! Il y a une différence entre les deux.

— C'est beaucoup espérer, colonel !

Celui-ci sentit son cœur s'accélérer.

— Je viens de sauver cette planète, avec mon navire et mes gens.

— C'est également beaucoup.

— En effet. Alors veuillez trancher, Waxo Khana ! Mais rapidement, je vous en conjure. Chaque seconde supplémentaire coûte la vie à des milliers d'hommes.

— Donnez-moi cinq minutes, Bontainer. Pour la première fois de mon existence, je vais tâcher d'oublier ce que je suis et tenter de convaincre mes frères. Ils pourront très bien observer ou non mes directives. Cinq minutes !

— D'accord !

Vivier baissa la tête. La pression avait été trop intense. Il tendit la main droite, tâtonna sur la table, renversa une tasse vide puis ses doigts accrochèrent le paquet de cigarettes. Il en brisa deux lors de sa tentative de les allumer ; le briquet semblait soudain s'être changé en un mécanisme inconnu. Il finit par réussir et inspira calmement. Il attendit. Une minute… Deux… Tout, autour de lui, n'était que silence.

Trois minutes… Quatre !

Oomph Amber ressentait l'humeur du groupe et il commença à se tordre sur son fauteuil. Les influx psychiques ténus pénétraient dans son esprit, suscitant une confusion telle qu'il n'en avait jamais connue jusque-là. Cette véritable torture mentale fulgura à travers ses ganglions nerveux et il perdit presque conscience. Les plumets surmontant ses oreilles se hérissèrent, et l'empathe poussa un gémissement déchirant.

Cinq minutes.

— Colonel Bontainer ?

Vivier sursauta et se brûla les doigts en voulant éteindre la cigarette.

— Oui, Waxo Khana ?

— Écoutez ce que j'ai à vous dire en tant que représentant de tous les Halutiens !

— Oui !

Le visage du commandant devint blanc comme neige. Le destin du Système Solaire dépendait de cette annonce dont il redoutait la teneur.

CHAPITRE IX

À presque cinquante-deux mille années-lumière de là, une vague d'Apocalypse déferlait sur le Système Solaire.

Après la destruction d'environ vingt et un mille plates-formes du *Dispositif Leucocyte*, les Dolans toujours nombreux avaient dépassé l'orbite de Mars et fonçaient pour annihiler les mondes plus proches de Sol.

Tous les corps célestes extérieurs, de Neptune à la Planète Rouge, n'étaient plus que décombres sur la majeure partie de leur surface. La totalité des installations, des tours, des coupoles, des voies de communication, des complexes industriels et des spatioports étaient détruits. Ce spectacle rappelait malheureusement celui qu'avaient vu les scientifiques et les groupes d'intervention dans le musée souterrain d'Haluta. Les géants quadrumanes avaient jadis anéanti la culture de Lémur et l'histoire semblait se répéter, pour Sol III, avec des agresseurs d'une espèce similaire.

Les pertes étaient colossales.

Tous les hommes séjournant à la surface des mondes principaux et des lunes attaquées avaient péri. Aucun doute ne subsistait là-dessus. Il y avait toutefois une chance que des gens aient pu survivre dans des installations enfouies, dans les réseaux de galeries forés à travers les croûtes planétaires pour éviter d'endurer des conditions hostiles d'environnement.

L'Astromarine Solaire disputait son dernier combat avec l'énergie du désespoir.

Tandis qu'une première formation de Dolans se constituait puis progressait vers la Terre avec l'impétuosité inexorable d'un phénomène naturel, les unités-robots de *Old Man* harcelaient les nefs semi-organiques. Les ultimes espoirs de l'humanité reposaient sur le titan spatial…

Celui-ci avait éjecté la totalité de ses quinze mille ultracroiseurs pour les lancer en mode automatique contre les agresseurs. Ces vaisseaux dénués de toute émotion, de peur ou d'appréhension des risques se ruaient droit sur l'ennemi, en kamikazes inconscients.

Pas une chance ne leur fut octroyée.

Ils furent abattus bien avant de se trouver en position d'attaque favorable. En l'espace de vingt heures, tous les navires sans équipage furent complètement balayés.

Alors, les plates-formes porteuses de *Old Man* intervinrent.

Elles se désolidarisèrent pour foncer à la rencontre des sphères noires, mobilisant tout l'armement dont elles disposaient, ainsi que les radiants paraneutralisateurs qui s'avérèrent inefficaces. Elles réussirent toutefois à repousser temporairement les Dolans. Mais tandis qu'elles s'insinuaient entre la Terre menacée et la formation en coin, faisant feu sur tous les fronts, deux mille autres vaisseaux pseudo-vivants les contournèrent et les annihilèrent. Le ciel obscur, sur la face nocturne de Sol III, s'illumina d'innombrables petits soleils dont la durée de vie se comptait en une poignée de secondes. Les étoiles s'effacèrent durant toute une longue et impitoyable nuit, dépassées en brillance par les éclairs des explosions nucléaires.

Les sections détachables du titan spatial avaient vécu. Elles disparurent dans des embrasements visibles jusqu'aux limites du Système Solaire, un spectacle dantesque dont quelques navires stationnés en périphérie relayèrent la description.

Enfin, la coupole porteuse de la forteresse-robot géante se fragmenta et s'anéantit dans un monstrueux nuage atomique.

Old Man, l'héritage offert aux Terraniens par des Lémuriens conscients de leurs responsabilités, avait cessé d'exister.

Plusieurs Dolans surgirent alors à proximité immédiate de la Terre.

L'ensemble des systèmes défensifs était en alerte depuis quelques jours déjà. L'énorme potentiel militaire du monde central prit le relais et élimina les agresseurs en une série d'âpres combats. Mais les sphères noires s'étaient trop approchées et la face de la Planète Bleue affichait des plaies qui ne cicatriseraient jamais plus.

À travers le Sahara, par chance dans des zones non

habitées, un large et profond fossé s'étirait presque jusqu'à l'Atlantique.

Des icebergs fondaient dans le Grand Nord canadien.

Dans la taïga sibérienne, des forêts brûlaient et des lacs furent vaporisés en maints endroits.

Voici ce qui se déroulait pendant que Vivier parlait avec le *Gardien de l'Intouchable*.

*
* *

— De quoi avez-vous besoin, colonel Bontainer ? s'enquit l'Ancien.

— Je n'ai besoin de rien, c'est Sol III qui requiert tout vaisseau spatial dont vous pourrez vous passer !

Khana et Tolot se concertèrent rapidement.

— Quinze mille navires ! Avec chacun cinq Halutiens à bord, soit soixante-quinze mille personnes. Cela vous convient-il ?

Vivier approuva.

— Oui, mais leur rassemblement va prendre des heures !

Le Gardien de l'Intouchable répliqua, haussant la voix :

— Jetez un œil sur vos écrans !

Le colonel recula son fauteuil et scruta la galerie panoramique. Des navires étaient déjà parés à décoller : c'étaient les sphères noires bien connues d'un diamètre de cent trente mètres.

— Satisfait ? s'informa Icho Tolot.

Bontainer acquiesça, soulagé.

— Oui. Je vous remercie, Waxo Khana ! J'appareille en emmenant également l'équipe de recherches terranienne, nous nous retrouverons dans le Système Solaire.

L'Ancien ajouta :

— Un millier de vaisseaux ont confirmé qu'ils étaient prêts au départ. Allez-y, précédez-nous sans inquiétude. Nous savons quelles seront nos cibles : les Dolans !

Les trois yeux du vieux Halutien se rivèrent un instant à ceux du Terranien, puis le colonel se leva et salua.

— Je ne trouve pas les mots idoines, mais j'espère que Perry Rhodan aura la possibilité de vous remercier en bonne et due forme.

Puis Vivier donna l'ordre d'appareiller.

Les sas se fermèrent, les sirènes retentirent et on programma le cap sur Sol III. Cinq minutes plus tard, l'*EX-8703* fonçait à travers le ciel blafard d'Haluta.

*
* *

Des Dolans avaient pénétré dans l'atmosphère terrestre. Certains furent aussitôt détruits. Le combat autour du dernier bastion avait éclaté. Rhodan lui-même dirigeait la défense.

Cela se passait à la limite de l'exosphère, au zénith du Désert de Gobi et de Terrania, la perle blanche de l'urbanisme moderne. Deux sphères semi-organiques plongèrent selon une étroite spirale et furent accueillies par les tirs déchaînés des batteries au sol. Les hommes chargés de l'acquisition des cibles accomplissaient des exploits dont jamais personne n'entendrait parler : ils poursuivaient les agresseurs et lâchaient coup sur coup de leurs lourds canons transformateurs. Les deux Dolans étaient constamment contraints d'éviter les tirs concentrés de barrage qui les harcelaient de part et d'autre. Ils pouvaient difficilement manœuvrer dans de telles conditions, et encore moins viser. Pourtant, leur mission était de détruire cette ville.

— Là… s'écria soudain l'un des servants. Un troisième navire !

Il montra un point sur l'écran.

— Et un quatrième…

Les hommes scrutèrent avec stupeur leurs moniteurs sans oublier de faire pivoter les affûts massifs, d'aligner de nouveau les canons et de reprendre leur feu roulant. D'autres échos surgirent au-dessus de la ville, ténus et mystérieux.

— Qu'est-ce que c'est ? demanda quelqu'un.

— De petits vaisseaux d'environ cent cinquante mètres de diamètre !

— Des Dolans ?

— Non, ce doit être des corvettes – les pauvres diables !

Les écrans s'illuminèrent brusquement d'une pléiade de ces minuscules points extrêmement véloces. Et celui qui correspondait à une sphère semi-organique s'effaça alors.

— Disparu ! bégaya l'un des servants harassés en éclatant d'un rire hystérique.

— Quelqu'un a annihilé le Dolan… Ce ne peut être qu'une nef halutienne ! Jungens ! Cessez les tirs, Bontainer et les frères de Tolot sont arrivés !

Un officier surexcité se précipita sur le plus proche visiophone connecté par liaison souterraine et transmit l'annonce avec une voix stridente.

Environ quinze mille sphères noires avaient fait leur apparition dans le Système Solaire, tel un *deus ex machina*.

Seul un millier d'entre elles se rassembla autour de Sol III pour donner la chasse aux vaisseaux pseudo-vivants. Les Halutiens disposaient d'armes et d'écrans similaires ; cinq d'entre eux suffisaient pour piloter une de leurs unités et assurer la totalité des tâches à bord. Les nefs sombres plongèrent sous les Dolans, lâchant d'étranges spirales quintidimensionnelles qui se transformaient en concentrations sphériques à l'instant où elles touchaient les boucliers paratroniques. Ces derniers subissaient une surcharge et s'effondraient avant que l'énergie libérée ne disparaisse sous forme de veines irisées dans l'hyperespace.

Puis les canons séquentiels entrèrent dans la danse.

Les engins semi-organiques atteints s'annihilèrent dans de colossales explosions atomiques, et la proche banlieue de Sol III fut totalement balayée en quelques heures.

Pendant ce temps, les autres vaisseaux des compatriotes de Tolot fonçaient à travers le Système Solaire et détruisaient tout Dolan qui se trouvait sur leur trajet.

Recouvrant leur vieil esprit combatif, les Halutiens écumaient tout l'espace.

Ils s'avancèrent jusqu'à l'orbite de Mercure et nettoyèrent les alentours de la petite planète où les Gardiens Fréquentiels avaient ravagé toutes les usines, réduisant presque à néant les exploitations minières.

Un autre groupe fila en direction de Vénus, où il infligea aux vaisseaux semi-organiques une défaite dont seulement cent quatre-vingt-dix réchappèrent.

Mille navires halutiens se configurèrent en une ceinture défensive autour de la Terre tandis qu'une escadre lourde s'occupait de la Lune. Pendant des heures, des éclairs fulgurèrent et des sphères de feu naquirent au-dessus des cratères abandonnés et des restes des bâtiments.

Une formation renforça le premier contingent qui avait déjà atteint Mars où, comme autour de Phobos et de Déimos, un âpre combat faisait rage. Les heures suivantes décidèrent également de l'issue de la bataille en faveur des défenseurs.

Les vaisseaux halutiens prirent ensuite le contrôle de la ceinture d'astéroïdes, vestige de la planète Zeut, repérant des Dolans qui s'y étaient retirés après avoir localisé des croiseurs terraniens.

Le Système Solaire était désormais libre jusque-là, mais pas encore débarrassé de tout danger. Car les Bi-Conditionnés situés le plus à l'ouest s'étaient retirés très haut au-dessus de l'écliptique et ne s'aventuraient qu'un par un dans de rapides tentatives suicidaires. Ils furent tous interceptés avant d'arriver à proximité dangereuse des mondes habitables.

Jupiter fut sécurisée par deux mille cinq cents nefs halutiennes.

La planète géante aux innombrables satellites avait été le cadre d'un âpre affrontement. Des épaves de vaisseaux terraniens, bioposis et d'unités-robots de *Old Man* flottaient partout alentour.

Les seize lunes majeures dont Io, Europe, Ganymède et Callisto étaient entourées d'une ceinture protectrice de sphères noires. Les Dolans présents furent annihilés, changés en soleils artificiels qui brillèrent seulement quelques secondes avant de se diluer en nuages diffus…

Dans les parages de Saturne, la bataille acharnée que se livrèrent six nefs semi-organiques et huit navires halutiens entrerait dans les annales de la petite colonie établie sur Mimas. Les restes des Dolans détruits s'écrasèrent peu après dans un champ de décombres d'Encelade. Un tir séquentiel frôla même Thétys de près. Dioné, dont la surface avait été arasée, avait également été le théâtre épisodique de brefs combats impitoyables. Les Bi-Conditionnés en fuite vers Rhéa furent interceptés à hauteur de Titan et décimés jusqu'au dernier. Hypérion et Japet furent les muets témoins de la lutte que se livrèrent les adversaires en suivant des trajectoires extrêmement compliquées. Phoebé était environnée de carcasses de croiseurs de l'Astromarine Solaire, dont les survivants s'étaient échappés à bord de corvettes.

Quelque cent Dolans avaient cherché refuge dans l'espace périphérique d'Uranus.

Leur destin les rattrapa entre les cinq lunes Miranda, Ariel, Umbriel, Titania et Obéron.

Quant à Neptune, son satellite Triton fut l'ultime champ

de bataille et il vit le péril extrême conjuré à la dernière seconde.

Les nefs halutiennes menaient à présent des actions bien ciblées afin d'annihiler définitivement les Dolans. Elles surgissaient de très courtes plongées linéaires au beau milieu des vaisseaux semi-organiques en attente au-dessus et en dessous de l'écliptique, parachevant leur œuvre de destruction miraculeuse.

Belle ironie du sort, à l'échelle de la Galaxie : ces géants quadrumanes qui, des dizaines de millénaires plus tôt, avaient presque exterminé les Lémuriens sauvaient maintenant les Terraniens, lointains descendants de leurs victimes…

CHAPITRE X

Le plateau de l'immense table ronde était fait de bois précieux sillonné de veines marbrées. Sa bordure comportait toutes sortes d'équipements intégrés tels que visiophones, systèmes d'enregistrement et claviers de commande. En dix endroits, son pourtour présentait des échancrures pour améliorer le confort de ceux qui s'installaient dans les lourds fauteuils recouverts d'un luxueux cuir blanc. Pour l'occasion, deux de ceux-ci avaient été remplacés par des sièges spécialement adaptés à la morphologie d'étrangers bien plus massifs que des humains.

Le bureau dans lequel s'étaient réunis les dix protagonistes de la discussion se trouvait au dernier étage du bâtiment de l'Administration Solaire. On y bénéficiait d'un panorama unique sur l'ensemble de Terrania, pour peu que les brumes de l'aube ne noient pas la ville. À proximité du merlon en croissant de lune, les restes d'un Dolan abattu finissaient de se consumer et un mince filet de fumée montait droit vers l'azur métallique du ciel. Vues d'ici, la Terre et sa cité-capitale ne semblaient guère afficher de blessures mais les dix personnalités en conférence savaient qu'il en allait tout autrement.

L'Arkonide aux cheveux cendrés, dont les traits reflétaient tout le bouleversement intérieur, déclara à mi-voix avec une gravité inhabituelle :

— C'est une émotion sans bornes qui nous étreint face aux ruines de l'Empire Solaire. Et plus particulièrement face à celles du Système de Sol.

La tête entre les mains, Perry Rhodan acquiesça.

— Tu as raison… Nous serions tous morts à l'heure qu'il est si les hommes de l'*EX-8703* n'avaient pas réussi à mobiliser nos amis. Vous nous raconterez bientôt comment cela s'est passé, colonel !

Vivier Bontainer opina du chef et scruta tour à tour les autres participants, dont les deux Halutiens.

— Il est clair, Messieurs, récapitula Allan D. Mercant, que le seul ordre reçu par les Dolans était d'attaquer le Système Solaire. En lui, leurs commanditaires ont identifié sans le moindre doute le foyer d'expansion, la « cellule originelle » de l'Humanité. L'assaut des Bi-Conditionnés et ses conséquences directes ont considérablement modifié la situation. Nous tous, qui tenons entre nos mains le destin futur des hommes, devons nous préoccuper de ce qui se produira par la suite. En premier lieu, soucions-nous des opérations de sauvetage qui sont à lancer sans plus tarder. C'est un véritable travail de titan !

Il fit un signe de tête et se rassit.

— Oui, l'attaque est passée, répliqua Reginald Bull. Mais je pressens moi aussi des séquelles monstrueuses.

— Lesquelles ? s'enquit Waxo Khana.

— Des conséquences d'une telle portée qu'elles vont nous contraindre à révolutionner de fond en comble nos modes de pensée, répondit le Stellarque.

— Nous vous écoutons, dit le vieux Halutien.

Julian Tifflor siégeait à côté de Homer G. Adams, dont le domaine d'activité avait lui aussi subi des dommages irréparables.

— Des centaines de planètes colonisées, que jusqu'à présent nous tenions en main avec assez de fermeté, sont désormais en mesure d'exercer un chantage sur nous. L'influence que nous avions sur elles a été fragilisée, voire même annulée par les récents événements.

À son tour, Reginald Bull précisa :

— Par bonheur, c'est la plus petite des difficultés que nous aurons à surmonter dans les semaines et les mois à venir. Une simple affaire de diplomatie qui ne consomme ni capitaux exorbitants ni efforts surhumains – et en aucun cas une urgence rouge ! Non, il y a autre chose qui m'inquiète beaucoup plus…

— Tu n'es pas le seul, Bully, déclara Rhodan d'un ton mal assuré. Moi aussi, j'ai peur…

Les huit humains réunis, s'ils arboraient des vêtements immaculés, n'en affichaient pas moins les signes indéniables des épreuves de ces derniers jours. Les notions hiérarchiques étaient tombées, tout le monde ramait dans la même galère et devait fournir le maximum de ses efforts pour que le bateau évite les écueils. Rhodan, Sanda, Adams, Bontainer et les autres, tous étaient logés à la même enseigne.

— Dans le pont de matière qui relie les deux Nuages de Magellan, il existe un système stellaire où vivent les vrais commanditaires de l'agression des Bi-Conditionnés contre Sol. À savoir environ huit millions de Bestians du nouveau type, les Ulebs. Eux seuls portent la responsabilité des coups qui nous ont frappés depuis quelques années. Que va-t-il se passer avec eux ? Avons-nous un quelconque moyen de les neutraliser afin que plus jamais ils ne nous nuisent ?

Chacun réfléchit un long moment. Ce fut Tifflor qui rompit le silence.

— Je n'en connais aucun, excepté se battre… Des combats aussi dénués d'espoir qu'ils seront lourds en pertes…

Reginald Bull ajouta :

— Oui, des combats que nous ne serons jamais capables de gagner, vu les pitoyables restes de notre Astromarine, même si nous nous réarmons au mieux. Une tâche d'une tout autre ampleur que la construction d'un seul ultracroiseur neuf de la classe de ton *Krest V*, Perry !

— C'est exactement mon avis, répliqua celui-ci. Qu'en dis-tu, Atlan ?

Le Solitaire des Siècles posa l'index sur le front.

— Elle est ici, la solution ! Il faut réfléchir, pas se battre et tirer dans tous les coins !

— Et vous pensez déjà à une issue ? le sonda Adams.

— Oui et non, éluda l'Arkonide qui, ayant vécu l'évolution des hommes depuis l'âge de pierre et y ayant participé à plus d'un titre, savait qu'il valait mieux ne pas trop s'aventurer. Je suggère de mettre entre parenthèses temporaires la question de ces Bestians.

— C'est d'accord.

Rhodan reprit la parole.

— Avant que nous n'entreprenions quoi que ce soit et passions à autre chose, je tiens à vous remercier, colonel Bontainer, ainsi que tous vos gens. Racontez donc à nos amis ici présents les événements qui se sont déroulés sur Haluta, et dont je n'ai entendu pour le moment que quelques bribes…

Waxo Khana leva l'un de ses bras manipulateurs et désigna les astro-jumeaux.

— Je puis le faire, Stellarque ! Cet homme est d'abord venu à nous en votre nom afin de solliciter notre aide. Il a trouvé une planète dont les habitants commençaient à être frappés de démence. Spectorsky, ou l'un de mes huit congénères qui ont péri, avait déclenché une alarme fréquentielle. Un transmetteur est entré en action et trois de ces êtres que vous nommez Ulebs se sont matérialisés dans les sous-sols d'Haluta. Ils n'ont pas été longs à identifier ce monde comme une planète secrète sur laquelle s'étaient réfugiés des renégats de jadis. Ils ont donc décidé de nous soumettre à nouveau et c'est un dessein qui a bien failli aboutir.

« Le Paladin et les robots de combat de Bontainer ont eu raison de ces trois monstres. Puis ils ont détruit les appareils à l'origine du rayonnement de réactivation émanant des Humidors, épargnant à près de cent mille Halutiens le triste sort d'une transformation en Bestians. C'est tout cela qui a pesé dans la balance en faveur de l'intervention massive dans laquelle nous nous sommes lancés juste après. Vous en avez vu les résultats vous-même, Stellarque !

— Je crains fort, déplora Rhodan, que nous autres Terraniens ne soyons jamais en mesure de vous remercier assez pour cet appui qui nous a sauvés. Quant à vous, Vivier, que puis-je vous accorder ? Un grade supérieur, une super-promotion, un revêtement d'or ou de platine pour votre vaisseau ? Allez-y, exprimez les vœux qui vous tiennent à cœur !

John Sanda se mit à ricaner sous cape. Il savait quelle allait être la réponse.

— Des vacances, Monsieur ! lâcha Bontainer, laconique.

— Des vacances ?

— C'est cela, oui, des vacances ! Des vraies, durant lesquelles j'essaierai de retrouver mon épouse. Je m'inquiète énormément de son sort. Avant que nous ne partions pour Haluta, il m'a été impossible de la joindre.

Perry Rhodan désigna Julian Tifflor.

— Aidez notre ami avec tous vos moyens, Tiff ! Et quand ses vacances seront finies, qu'il vienne nous aider à réorganiser notre Astromarine. Nous avons le devoir de remettre en état ce qu'il en reste pour que ses missions les plus élémentaires puissent à nouveau être remplies. Les chantiers et barges-robots auront fort à faire, en espérant que tous nos complexes industriels n'ont pas été détruits. Par chance, nos magasins et leurs stocks ont été à peine endommagés. Nous allons donc reformer autant que possible nos escadres militaires et, plus important encore, notre flotte commerciale.

— D'accord avec vous, je serai là ! confirma Vivier.

— John Sanda, continua le Stellarque, je veillerai à vous promouvoir de façon conséquente dès que la situation sera plus calme. D'ici là, je vous demande d'assister Homer G. Adams dans le lancement et le suivi des actions d'aide humanitaire qui s'imposent. Vous utiliserez pour cela votre *Explorateur* autant que nécessaire. Votre avis, Messieurs ?

Le génie de la finance acquiesça avec complaisance.

— J'accepte cette collaboration avec joie, Perry !

Peu après, les Terraniens prirent très cordialement congé des deux Halutiens et Waxo Khana les assura, pour l'avenir, du soutien indéfectible de son peuple.

***

Un chaos sans précédent régnait à l'intérieur du Système Solaire. Ce désordre s'était établi peu après les derniers combats spatiaux. Des milliers de navires, dont les commandants n'avaient en rien reçu des ordres exprès, semblaient s'être donné rendez-vous dans le secteur qui grouillait d'unités de toutes sortes.

Des nefs composites des Bioposis, partiellement détruites mais encore manœuvrables, planaient aux côtés de vaisseaux terraniens. Des croiseurs de l'Astromarine, leurs blocs-propulsion morts à tout jamais, attendaient d'être pris en remorque vers les chantiers de radoub. Les sphères noires des Halutiens continuaient à guetter d'éventuels Dolans rescapés et s'associaient à l'occasion aux diverses opérations de transport en cours. Des épaves, des carcasses en partie fondues et refroidies, les derniers fragments de *Old Man* et de ses sections détachables filaient dans tous les azimuts, qui selon une spirale sous l'effet de la gravitation d'un corps céleste proche, qui sur une trajectoire de collision avec d'autres de ces *derelicts* cosmiques.

Quant au Stellarque, sa rencontre avec les Halutiens l'avait enrichi d'une nouvelle et terrible certitude : les vaisseaux-cônes des Ulebs ne se laisseraient pas aussi facilement abattre que les Dolans… Les armes hyperénergétiques ne pourraient rien contre leurs écrans qui, par nature, différaient des boucliers paratroniques des nefs semi-organiques, et il serait insensé de songer à leur opposer des unités halutiennes.

Les premières actions d'aide humanitaire, suscitées et suivies par Adams et Sanda, commençaient à porter leurs fruits. Des navires de l'Astromarine encore aptes au vol, mobilisés et affectés selon une codification sectorielle hâtive, se posaient partout où l'on avait besoin d'assistance. Les contingents d'élite participaient à ces opérations en utilisant des véhicules et des engins qui, normalement, ne servaient que lors d'affrontements armés.

Des barges et des unités à moitié vides décollaient afin d'aller récupérer des épaves et de les ramener au sol grâce à leurs faisceaux tracteurs et à leurs projecteurs antigrav.

Et pendant ce temps, Perry Rhodan réfléchissait sans relâche à la façon d'éradiquer la menace latente qui pesait toujours sur l'Humanité.

Le foyer du péril était le système d'Ennemi. Un système dont on ne concevait ni comment l'attaquer, ni comment le détruire. Un système dont, à tout instant, pouvait déferler une nouvelle vague d'assaut sur Sol et ses planètes ravagées.

Que faire ?

Pas la moindre solution en vue…

Huit mille nefs-cônes géantes, abritées par des écrans que nulle race de la Galaxie ne savait percer, seraient à même d'anéantir l'astre tutélaire de la Terre et tous ses satellites, condamnant des milliards d'êtres humains. Il serait rayé de la carte du ciel, ce Système Solaire blessé dans lequel tout était en ce moment tenté pour sauver des vies. Des hommes étaient tirés de situations catastrophiques… Des groupes ensevelis depuis des jours sous des décombres se voyaient libérés grâce aux batteries radiantes des croiseurs de bataille, utilisées pour percer des brèches dans la couche de gravats recouvrant presque chacun des mondes qui orbitaient autour de Sol…

On s'efforçait, avec l'énergie du désespoir et un acharnement encore jamais vu, de revenir à l'état antérieur des choses. Ou à ce qui pouvait s'en approcher le plus après l'Apocalypse. Les pertes subies par l'Humanité étaient énormes et s'accroissaient d'heure en heure. On découvrait sans cesse de nouvelles victimes.

Plus jamais, se disait Perry Rhodan, le Système Solaire ne pourrait être ce qu'il avait été…

DEUXIÈME PARTIE

ALERTE GALACTIQUE

CHAPITRE PREMIER

Oui, me voici, je crée des ciels nouveaux, une terre nouvelle ;
et les premiers ne seront pas rappelés,
ils ne monteront pas au cœur.

Isaïe 65, 17[1]

— Si tu te promènes sur des braises ardentes, ne t'étonne pas de voir tes pieds griller, murmura le capitaine Oglu.

Rien n'indiqua si le major Eril Shukento, commandant du croiseur léger *Panto Pea*, avait ou non entendu la remarque. De toute façon, il était bien trop occupé par les manœuvres consistant à éloigner le navire de la bordure inférieure d'un ouragan énergétique.

Le bâtiment tressaillit à nouveau sous les forces effrayantes d'une hyperonde de choc. La coque sphérique laissa échapper des gémissements pareils à ceux d'un être vivant sensible.

— Je conseille de plonger dans l'œil du cyclone, Monsieur, dit Yuma Kitatse après avoir effectué quelques calculs.

L'officier se retourna et jeta un regard pensif à son second. Comme d'ordinaire, le visage du fluet lieutenant-colonel affichait un sourire énigmatique. Seuls ses yeux sombres laissaient soupçonner la tension nerveuse qui l'habitait.

— L'héroïsme est la vertu des suicidaires, déclara dans l'intercom le responsable de la détection. Je vous préviens, Monsieur, que nous allons devoir traverser les pires perturbations avant de retrouver un peu de calme.

1. Traduction d'André Chouraqui.

Eril Shukento releva la tête et contempla la large face aplatie de Nash-Nash Oglu.

— Vous avez une meilleure idée ? lança-t-il sans chaleur.

L'homme écarta une mèche de cheveux noirs de son vaste front.

— Hélas non, Monsieur. Dommage qu'on ne puisse plus demander au Stellarque pourquoi il nous a envoyés dans le Centre galactique.

La liaison s'interrompit brusquement après un bref et violent vacillement de l'image.

Presque instinctivement, le commandant pressa le bouton d'alerte du service de maintenance. Depuis qu'ils étaient parvenus dans cet ouragan de radiations, il n'en avait que trop souvent fait usage.

— Nous devons risquer un vol linéaire, dit-il à son second. Merci de me communiquer les coordonnées de trajectoire.

Son écran de transmission s'illumina aussitôt et afficha les complexes informations nécessaires à une plongée dans l'entr'espace.

Eril Shukento se mordit la lèvre inférieure. Son expérience lui soufflait que les chances du *Panto Pea* de survivre à la tempête étaient de l'ordre d'un pour dix mille. La seule manœuvre susceptible de réussir consistait à s'engager dans l'œil du cyclone énergétique relativement peu agité. Mais pour cela, il fallait au préalable traverser une zone qu'on ne pouvait qualifier au mieux que d'infernale dans les conditions actuelles. Le major hésitait à lancer ses gens au cœur de ce chaos apocalyptique.

Il décida finalement de prendre le risque ; il devait se montrer à la hauteur de ses responsabilités.

D'une voix calme, accentuant chaque syllabe, il transmit ses instructions à l'équipage tandis que ses doigts glissaient déjà sur les touches de programmation du pilote automatique.

Le *Panto Pea* accéléra, ses blocs-propulsion fonctionnant par intermittences. Il était constamment agité de part et d'autre par la violence des ondes de choc. L'écran SH vacillait comme une chandelle dans le vent ; sollicité en permanence jusqu'au seuil de saturation, il ne faudrait pas dix minutes avant qu'il s'effondre définitivement.

À soixante-dix pour cent de la vitesse de la lumière, le

commandant abaissa la manette du convertisseur-compensateur kalupéen. Les machineries lourdes à l'intérieur du vaisseau semblèrent manifester leur désaccord par des hurlements aigus mais, finalement, le champ structural se déploya en un éclair, expédiant instantanément le croiseur hors du continuum normal, vers l'énigmatique zone de libration de l'entr'espace.

Trois géantes bleues se présentèrent sur l'écran du détecteur de masse. Elles étaient si proches l'une de l'autre qu'il était impossible d'en cadrer une isolément. Ils devraient pourtant passer entre elles pour parvenir dans l'œil du cyclone.

Eril Shukento se mit en liaison avec le centralcom. L'équipe de maintenance avait rapidement réparé les dégâts.

Sur le moniteur, le visage barbu de Tondo Hewitt afficha un air interrogateur.

— Préparez la moitié de nos balises hypercom pour les expulser au plus vite, capitaine, ordonna le major. Code d'identification du navire, informations sur notre situation ainsi que sur le sort prévisible du *Panto Pea* !

L'homme jura. Une grimace déforma sa face balafrée.

— Je dois aussi enregistrer nos avis de décès ? C'est O.K., Monsieur, ajouta-t-il hâtivement en voyant les sourcils de son supérieur se froncer de manière menaçante.

— Je vous aviserai le moment venu ! déclara finalement Shukento, et il coupa la liaison.

Il examina ensuite froidement la trouée qui paraissait minuscule entre les trois géantes bleues. Celles-ci exerçaient fort probablement de puissantes forces d'attraction contraires susceptibles de mettre le navire en danger. Le bâtiment pourrait parfaitement être arraché à la zone de libration, ce qui le précipiterait vers sa fin. D'où l'ordre donné au capitaine Hewitt. Si le vaisseau venait à être perdu, il voulait au moins tenter d'envoyer quelques sondes. Lors des recherches qui auraient lieu par la suite, leur découverte et les informations contenues permettraient de faire connaître à tous dans quelles conditions le *Panto Pea* avait sombré.

Les yeux d'un bleu délavé du commandant s'assombrirent un instant.

Il pensait aux planètes dévastées du Système Solaire et n'était soudain plus si sûr que quelqu'un se soucierait du sort d'un croiseur léger disparu. Durant les semaines qui venaient de s'écouler, on avait déploré la perte de dix mille vaisseaux de l'Astromarine. La dernière offensive de la Première Puissance Fréquentielle avait pratiquement mis l'Empire à genoux. Des splendides édifices qui s'élevaient majestueusement dans le ciel ne subsistaient au mieux que des décombres fumantes.

Eril Shukento était au courant, par les récents rapports, que la surface de la Terre n'était presque plus qu'un immense champ de ruines. Pourtant, soixante-dix pour cent de la population avaient survécu – grâce au réseau dense de bunkers profondément enterrés. Un système mis en place depuis un siècle et demi à l'initiative de Perry Rhodan.

Le recensement exact des morts se poursuivait avec hésitation. Pour les autorités, la priorité allait aux survivants. En conséquence, ni le major ni quiconque à bord du croiseur ne savait ce qui était advenu de leurs familles. Celle de Shukento habitait à Port Elisa, une ville ultra-moderne sur la côte est de l'Australie. Les abris souterrains de cette agglomération l'étaient tout autant, aussi pouvait-il espérer que sa femme et ses quatre enfants étaient encore en vie. Mais il n'avait aucune certitude.

Il enviait Yuma Kitatse, son commandant en second. Ce dernier était célibataire, ses parents vivaient sur une colonie éloignée et avaient probablement été épargnés par la catastrophe.

— La trajectoire est établie pour le centre exact, Monsieur, annonça l'intéressé. Je recommande une accélération supplémentaire.

Eril Shukento hocha la tête.

Sa dextre poussa en avant la manette réglant la puissance du kalup, jusqu'en butée. Sur l'écran du détecteur de masse, les trois soleils bleus semblèrent se décaler sur le côté.

Il fixait, comme hypnotisé, l'étrange jeu de couleurs qui se discernait derrière l'ouverture. Cet effet était dû à des forces hyperénergétiques venues de l'extérieur, qui influençaient la zone de libration.

— Encore douze secondes, signala Kitatse.

Le major fit hurler quelques instants les sirènes. Puis il rabattit la visière de son casque, imité par le reste de l'équipage.

À neuf cent mille fois la vitesse de la lumière, le *Panto*

Pea fila au sein de l'espace linéaire pour traverser cette oasis de tranquillité située en plein milieu du triangle solaire, et confondue avec son barycentre.

L'officier serra les lèvres quand les écrans de la galerie panoramique explosèrent ; le navire geignit de toute sa membrure sous les coups de marteau imaginaires. Avec un claquement assourdissant, une brèche d'un mètre de large se forma dans la cloison transparente séparant le poste de commandement de la centrale de détection. Sur tous les leviers de contrôle et les casques des hommes dansaient des feux de Saint-Elme. Le plafond s'incurva comme si le plastométal n'était plus qu'une mince feuille de papier. Une épaisse fumée jaune et âcre s'éleva de quelques instruments.

Et ce fut fini.

Le silence soudain paraissait irréel. Eril Shukento et Yuma Kitatse se dévisagèrent, la face blême. Puis le premier pressa anxieusement la touche du circuit intercom général. Incrédule, il haussa les sourcils en constatant que, contre toute attente, le témoin vert s'éclairait.

Il se racla la gorge et attira le microphone plus près de lui après avoir rabattu son casque en arrière.

— Ici le commandant ! (Il choisit ses mots aussi soigneusement que d'habitude). Les chefs de section sont priés de faire leur rapport au poste central dès que possible. Terminé !

*
* *

Une demi-heure plus tard, on était fixé sur l'étendue des dégâts. Eril Shukento alluma une cigarette, réfléchit quelques secondes puis abaissa sa main gauche sur l'interrupteur du livre de bord positronique.

— Vingt septembre 2437, 23 h 14, temps standard. C'est le commandant qui parle. Le *Panto Pea* se trouve dans l'œil d'un cyclone hyperénergétique après avoir traversé le front d'ondes de choc. Les instruments de détection et de transmission sont momentanément hors d'usage. Nous savons seulement que nous sommes proches du Centre galactique et qu'une distance de trois cents à cent années-lumière nous sépare encore de Halut. Le navire est partiellement en état de manœuvrer. Dix-neuf hommes ont été gravement blessés, un est mort. Nous tentons de rallier un astre approprié afin d'effectuer des réparations au sol. Nous reprendrons ensuite notre vol. Nous escomptons un retard de quarante heures. Terminé.

Il éteignit et remarqua alors que le voyant de l'intercom clignotait. Il activa l'appareil. Le large visage aplati du responsable de la détection se dessina sur l'écran.

— J'ai trouvé quelque chose, Monsieur, annonça-t-il. Pourriez-vous venir me voir ? Les systèmes de transmission ne sont pas rétablis.

Le major opina du chef, coupa la liaison et se redressa. Il parut ainsi grandir, son corps maigre accentuant d'autant plus son aspect dégingandé. À pas mesurés, il se dirigea vers la brèche dans la paroi séparatrice et la traversa.

Yuma Kitatse leva les yeux sur lui et son sourire s'élargit quelque peu.

C'est du pur Shukento, pensa-t-il, *que de profiter du moindre avantage, y compris si on doit celui-ci à une catastrophe.*

Nash-Nash Oglu tourna la tête quand le commandant fit son entrée. Son front s'ornait d'une bosse. Comme si cela portait ombrage à sa dignité, il rabattit par-dessus une mèche de ses cheveux noirs luisants.

— On a misé sur le bon taureau, déclara-t-il, suivant sa propension à utiliser en toute situation d'anciens dictons et expressions, erronés et employés à tort et à travers.

— Cheval, mon ami, cheval, rectifia son supérieur.

Ses lèvres frémirent, unique indication de sa bonne humeur.

Le capitaine sourit puis activa le convertisseur d'échos de l'hypersenseur. D'innombrables petits points verts constellèrent l'écran gris-blanc. Il en filtra la majeure partie jusqu'à ce qu'il n'en subsiste plus qu'un.

— Distance : neuf années-lumière et demie environ, lut-il sur l'afficheur de données. Vu la trajectoire, un astéroïde errant. Surface régulière. Six cents kilomètres de diamètre. Se déplace entre deux sortes de colonnes d'hydrogène surchauffé. Sera probablement capturé dans cinq mille ans par une minuscule étoile jaune.

— Voulez-vous dire par là que nous devrons attendre cinq mille ans avant d'atterrir sur… « Oglu » ?

— Oglu ? Hum… Trop d'honneur pour un planétoïde insignifiant, Monsieur. Vous ne pensez pas ?

— Au contraire, capitaine.

Le commandant retrouva brusquement son sérieux.

— Bon travail, Nash-Nash. Dès que vous aurez toutes les données, transmettez-les au second. Cela lui permettra de calculer la trajectoire. Que fait notre cyclone ?

— Il se retire en boudant, Monsieur. Dans trois heures environ nous pourrons reprendre notre route sans souci. (Il secoua la tête). Sincèrement, je me demande pourquoi le Stellarque nous a envoyés aussi loin en reconnaissance près de Halut.

— Il s'inquiète pour ses amis.

Les yeux noirs du capitaine brillèrent d'ironie.

— J'ai bien entendu le message mais le sens m'échappe. Les Halutiens qui ont sauvé le Système Solaire de la destruction totale devraient avoir besoin de notre aide ?

Eril Shukento haussa les épaules.

— Peut-être. Ils habitent finalement à proximité de la porte qui reliait jadis la Voie Lactée à Andromède…

— Elle n'existe plus, si vous parlez bien de l'Hexagone des Sextuplées, Monsieur.

— Non, ce n'est pas ce que j'avais en tête.

Nash-Nash Oglu fronça les sourcils.

— Vous voulez dire qu'il pourrait y en avoir d'autres ?

— Ou des accès dérobés, capitaine. Au fond, nous ne savons pas grand-chose du Centre galactique.

— Rien d'étonnant, Monsieur. Seuls des suicidaires en puissance iraient s'aventurer dans ce chaudron de sorcières. Je ne respirerai à nouveau que quand nous serons rentrés…

Il s'arrêta net. Son visage s'assombrit abruptement. Le souvenir de la Terre dévastée et le sort incertain de sa famille l'accablèrent plusieurs secondes.

— Sol III est et reste notre patrie, murmura le commandant. Qu'importe à quoi elle ressemble maintenant !

Il se retourna pour s'en aller. Pendant ce temps, les techniciens œuvraient à changer les écrans de la galerie panoramique sur la passerelle. Le grand secteur frontal était déjà fonctionnel. À sa surface brillait et luisait la mer étoilée du Centre de la Voie Lactée, semblable à un mur infranchissable dont les joints auraient été remplis de masses d'hydrogène en fusion.

C'était une image d'une beauté brutale. *Aussi brutale que les êtres qui peuplent les planètes de cette galaxie*, pensa amèrement le major.

Il informa Kitatse qu'Oglu allait lui fournir les données pour la nouvelle trajectoire puis il se rendit dans la salle de communication de la grande positronique de bord.

Là, il se laissa tomber dans un des fauteuils en coquille, alluma une cigarette et regarda fixement devant lui, rêveur.

Il se demandait ce qui allait suivre. Grâce à l'aide des Halutiens, les Dolans avaient été certes anéantis mais le principal adversaire se terrait toujours derrière le gigantesque bouclier paratronique entourant le système d'Ennemi. Aucune arme connue ne s'était pour l'instant montrée capable de le détruire ou de le déchirer.

Si Roi Danton n'était pas parvenu à atteindre le monde des Ulebs avec son commando et à annihiler le champ de décalage temporel, l'Humanité ne saurait même pas aujourd'hui où vivait son adversaire mortel.

Hélas, ces informations ne serviraient à rien tant qu'on resterait impuissants devant un écran d'une telle portée.

Ces conditions interdisaient tout retour à la normalité au sein de l'Empire. En fait, dans le Système Solaire, presque toutes les énergies étaient mobilisées pour garantir ne serait-ce que le minimum vital aux survivants, empêcher les épidémies d'éclater et assurer le ravitaillement.

Eril Shukento fut violemment arraché à ses réflexions quand le bout rougeoyant de sa cigarette lui brûla les doigts. Murmurant un juron, il la jeta dans le désintégrateur à déchets.

Quelques secondes durant, il joua avec la pensée d'utiliser la positronique de bord pour satisfaire la curiosité qui le tourmentait. Mais il y renonça. Un commandant de croiseur ne disposait pas des informations suffisantes pour exploiter convenablement les multiples facteurs politiques, économiques et militaires. Même si le cerveau P fournissait des réponses, elles seraient peu fiables.

Il se releva en soupirant.

Yuma Kitatse fit alors son entrée.

— J'ai programmé la trajectoire, avisa-t-il, le sourire aux lèvres. Nous ne serons toutefois pas capables d'appareiller avant deux heures. Je vous recommande de prendre un repas chaud. Vous pourriez en avoir besoin, Monsieur.

C'était curieux. Jusqu'à présent, Shukento n'avait ressenti aucune faim. Mais maintenant, son estomac vide se manifestait nettement comme s'il n'avait attendu que cela pour se rappeler à son bon souvenir.

— Mille mercis, répliqua-t-il. Je vous conseille de faire de même. Ou avez-vous mieux en vue ?

— Pas pour le moment, rétorqua le second.

***

— N'oubliez pas de me rappeler que je dois faire virer le coq, déclara le major et, morose, il remua sa nourriture avec sa fourchette.

Yuma Kitatse haussa les sourcils.

— Pourquoi, Monsieur ?

Le commandant indiqua son assiette.

— Pour ça ! Aujourd'hui, c'est du riz avec du thon, hier c'était du riz avec de la morue, avant-hier du riz avec de la sauce au soja – et demain ce sera probablement du riz avec des ailerons de requin. Je n'ai rien contre le riz, mais je sens que je commence à devenir allergique.

Son compagnon afficha un sourire impénétrable.

— Le lieutenant Matsukuto n'est pas responsable, Monsieur. Nous avons quitté le Système Solaire avec les magasins frigorifiques vides et nous avons dû nous contenter de ce qu'il y avait sur Homy, notre planète de ravitaillement. Sur Terre, la plupart des hommes se pourlècheraient vraisemblablement les dix doigts s'ils disposaient de nos réserves.

— Effectivement. Oubliez ça, Kitatse. Je suis tout simplement énervé parce que nous sommes bloqués ici sans pouvoir rien faire.

Le second afficha un sourire timide. Son supérieur ne remarqua pas le discret mouvement de main en direction du bar. Le sergent, derrière le comptoir, saisit aussitôt. Il se présenta quelques instants plus tard à la table avec un grand verre de whisky rempli de glaçons.

Le lieutenant-colonel le prit, hocha la tête en remerciement et le tendit au commandant.

— Qu'est-ce que ça veut dire ? demanda Shukento en haussant les sourcils. Vous savez pourtant parfaitement que je ne bois jamais d'alcool durant mon service.

Cela n'affecta en rien l'entrain de Kitatse.

— C'est à usage thérapeutique, Monsieur. Justement dans l'intérêt du service, vous devriez faire quelque chose contre votre tension nerveuse. Buvez lentement, s'il vous plaît.

L'air du major demeura ombragé.

— Je ne prends des médicaments que sur ordre du médecin, lieutenant-colonel !

Le sourire toujours aux lèvres, le second répliqua tandis que sa main se tendait vers l'intercom de la table :

— Alors permettez-moi de faire appel à notre psychologue en chef, Monsieur…

Le commandant le dévisagea, consterné, puis il secoua la tête :

— Vous n'abandonnez jamais, n'est-ce pas ? Bien, je ne voudrais pas déranger notre brave homme. Mais c'est l'unique raison pour laquelle je boirai ce whisky, pour me soigner. À la vôtre !

Il leva le verre et, pensif, l'agita en écoutant les glaçons s'entrechoquer. Il le vida lentement, les paupières baissées. Son visage blême reprit peu à peu des couleurs. Son regard s'illumina.

— Je crois que ça fait du bien, murmura Eril Shukento. Mais pourquoi ne buvez-vous pas, Kitatse ?

— Je suis en service, Monsieur, déclara le lieutenant-colonel.

Il repoussa sa chaise et disparut avec une légère révérence sans que son supérieur ait pu répondre quoi que ce soit à cette remarque singulière.

Secouant la tête, le major le suivit des yeux puis il sourit et se redressa également afin de rejoindre le poste de commandement.

Le cyclone s'était entre-temps presque entièrement dissipé. Il fallut néanmoins encore une heure avant que le *Panto Pea* en mauvais état ne puisse mettre le cap sur le planétoïde Oglu, suivant une route relativement sûre.

La majeure partie des neuf années-lumière et demie fut couverte en une brève manœuvre linéaire. Finalement, le croiseur décéléra et alla se poser lentement à la surface du corps céleste solitaire.

Shukento se chargea lui-même d'organiser les travaux de réparation nécessaires. Il ordonna ensuite à son second de prendre la tête d'un petit détachement pour effectuer une reconnaissance. Il ne s'attendait pas à un quelconque danger, mais des découvertes scientifiques avaient été souvent faites ainsi à l'impromptu sur des astéroïdes errants. Peu importantes, certes, mais elles contribuaient toujours à compléter la gigantesque mosaïque à laquelle œuvraient les cosmologistes, astrophysiciens et exobiologistes depuis des siècles.

Ce ne fut que quand les messages émis régulièrement par le groupe de recherches cessèrent d'arriver qu'il commença à voir les choses sous un autre angle.

Il donna l'alarme.

Les équipes de maintenance furent rappelées. Une cinquantaine de robots se déployèrent en cercle pour former un blocus infranchissable.

Le major décida de diriger en personne les investigations. Il emmena dix astrosoldats et trois machines de combat ainsi que le capitaine Nash-Nash Oglu, celui-ci ayant – après lui – la plus grande expérience des missions dangereuses.

Les hommes portaient des spatiandres lourds de type KSK-2436, un modèle qui n'avait été livré qu'un an plus tôt à peine. On les appelait souvent en plaisantant des « blindés monoplace » ; ils rendaient les mouvements difficiles mais, côté protection, ils n'avaient pas d'équivalent dans toute l'Astromarine.

Comme Shukento savait dans quelle direction la troupe de Kitatse s'était engagée, il passa en tête. En raison de la faible force d'attraction du planétoïde et de l'absence d'atmosphère, les propulseurs individuels leur servirent uniquement à se placer sur une trajectoire orbitale. Les hommes et les robots flottèrent ensuite à neuf cents mètres d'altitude, se déplaçant juste en dessous de la vitesse du son.

Au début, il n'avait accordé aucune importance à la forme régulière de l'astre. Mais maintenant, avec la disparition du groupe de reconnaissance, il commençait à se demander si des êtres intelligents n'y étaient pas pour quelque chose. Rien ne le prouvait toutefois. En dépit de l'apparence uniforme générale, il existait de nombreux paysages accidentés – gorges, failles et petits cratères – qui pouvaient tout à fait être d'origine naturelle.

— Qui cherche le péril y glisse, murmura Nash-Nash Oglu tandis qu'il observait avec attention le terrain au-dessous de lui.

Les rayonnements des colonnes d'hydrogènes surchauffées éclairaient suffisamment la surface, rendant inutile l'utilisation des détecteurs infrarouges.

— Personne ne peut prévoir le danger, répliqua Shukento, irrité. Maintenant, plus que jamais.

— Ici le sergent Froggy, Monsieur, se manifesta une voix dans les microcoms de casque. J'ai aperçu quelque chose.

Le commandant sourit furtivement à la pensée de la silhouette athlétique de l'intervenant, laquelle ne s'accordait pas vraiment avec son nom puis, contrarié, il fit la grimace.

— Qu'avez-vous découvert, sergent ?

— Des traces de pas ou du moins ça y ressemble. D'en haut, on ne voit pas bien.

— Montrez-nous ça ! décida le major. Décélérez à fond !

Hommes et machines freinèrent pratiquement de concert. Les empreintes repérées étaient déjà hors de vue. Une quarantaine de secondes s'écoulèrent encore avant que le groupe ne puisse faire marche arrière à raz du sol. Froggy précédait Shukento de peu. Il infléchit légèrement la trajectoire à quelques reprises puis s'immobilisa dans un petit cratère.

— Ça doit être ici, Monsieur.

La dépression faisait dans les cent cinquante mètres de diamètre, n'atteignant pas plus de dix mètres de haut. Une couche de saleté grisâtre en recouvrait le fond. Le cône central jetait une ombre double.

Et juste devant se distinguaient nettement des traces de pas. Le commandant comprit que quelques hommes avaient dû se poser ici et tasser la poussière avec leurs bottes. Les empreintes accomplissaient un demi-tour autour de l'éminence culminant à six mètres puis s'arrêtaient abruptement.

— Nous nous posons à côté, ordonna-t-il. Les robots, sur le pourtour pour assurer notre protection !

Il ne voyait pas quels risques ils pouvaient courir. Néanmoins, il était conscient que bien souvent, d'autres Terraniens avaient été pris au dépourvu par de soudaines menaces inattendues. Certains avaient survécu, pas tous.

Quand il coupa son antigrav, ses bottes lourdes s'enfoncèrent de quelques centimètres dans la poussière qui commença aussitôt à glisser à la surface tel un être vivant. Cet effet était connu du major ; il ne présentait aucun danger.

Il suivit lentement les traces. On ne parvenait pas à les distinguer précisément, mais plusieurs personnes avaient dû fouler ce terrain. Cependant, cela pouvait remonter à une demi-heure comme à dix mille ans. Le cratère était probablement né des milliards d'années plus tôt quand l'intérieur du planétoïde n'était pas encore refroidi. Le cône central, typique de phénomènes volcaniques secondaires, en était la preuve manifeste.

Pensif, il observa la paroi rocheuse irrégulière devant laquelle s'arrêtaient brusquement les empreintes. Ceux qui les avaient faites avaient sans doute décollé de là. Il pouvait toutefois y avoir une autre explication.

Shukento releva son désintégrateur lourd.

— Oglu, Froggy ! Vous me couvrez en cas de danger !

Les deux hommes se postèrent sur ses flancs. Le premier jeta un œil sur les appareils de détection fixés à son bracelet gauche.

— Pas d'énergie à signaler, Monsieur.

Le major fit un pas en direction du monticule. Avant qu'il ait pu en accomplir un second, le capitaine s'écria d'une voix étranglée :

— Vite, dégagez !

Sans chercher à comprendre les raisons de l'avertissement, le commandant du *Panto Pea* enfonça le bouton de démarrage d'urgence de son propulseur dorsal. Il s'éleva dans un nuage de poussière tourbillonnante.

Il ne parvint à retrouver les idées claires qu'après avoir atteint une altitude de cinq cents mètres.

— Stop ! Faites du sur-place avec vos antigrav ! Que chacun se signale !

Quelques hommes montèrent jusqu'à sa hauteur dans leurs spatiandres de combat. Probablement étaient-ils tous aussi surpris et perplexes que lui, à l'exception de Nash-Nash Oglu. Néanmoins, obéissants, ils donnèrent leur nom.

— Plus personne ? demanda Shukento d'un timbre voilé après que les voix se furent tues. Le sergent Froggy manque à l'appel. Capitaine, qu'avez-vous repéré ?

— Une soudaine impulsion d'énergie, Monsieur. Typique de l'érection d'un champ de transport.

Le major prit une profonde aspiration.

Son compagnon ne s'était pas exprimé clairement parce que les capacités d'analyse du petit détecteur fixé à son bracelet étaient limitées. Mais il ne doutait pas une seconde que lui aussi avait pensé à un transmetteur de matière.

***

— Manifestement, toute la troupe de reconnaissance a disparu de la même façon que le sergent Froggy, déclara Eril Shukento. Comme personne ne donne signe de vie, j'en déduis qu'ils ont été projetés ailleurs ou qu'ils sont morts.

— Ici le lieutenant Tapgon, Monsieur, se signala un des astronautes par le microcom de casque. Je propose que nous passions à l'action au plus vite.

— Trop de zèle peut se montrer mortel, lança Nash-Nash Oglu avec un sarcasme évident.

— Mais… voulut protester le jeune homme.

Son supérieur lui coupa la parole.

— Le capitaine a raison. Nous ne serons d'aucune aide aux disparus en partageant aveuglément leur destin.

Il appela le poste de commandement du *Panto Pea* et réclama trois triscaphes, dix machines de combat ainsi qu'un détecteur portatif d'énergie.

Quelques minutes plus tard, l'équipement était livré.

Une unité télécommandée fut envoyée en avant.

— Tentative numéro un, annonça-t-il. Nous devons d'abord déterminer de quel type de phénomène il s'agit. C'est essentiel pour la suite des événements.

Il observa avec attention le robot qui descendait en flottant dans le vide. Après s'être posé dans la poussière, il s'avança d'un pas régulier vers le cône central.

Il s'en approcha jusqu'à trois mètres puis une cloche brillante flamboya brusquement pour s'éteindre un instant plus tard.

La machine de combat avait disparu.

Les résultats de l'analyse énergétique mirent quelques minutes pour arriver.

— Champ de transport hémisphérique, généré par des projecteurs mi-lourds. Surface affectée : vingt mètres de diamètre.

— Hyperfréquences ? se renseigna Shukento.

— Je me creuse encore la cervelle à ce sujet, Monsieur, lui signala le capitaine Oglu. L'appareil n'a décelé aucun canal de dématérialisation précis, tout juste une très faible fluctuation de structure, mais non directionnelle.

— Ou réglée sur une si courte distance que les instruments n'ont pu en déterminer l'orientation, fit le commandant.

— C'est possible, Monsieur.

Le major prit sa décision en moins de quelques secondes. Si le faisceau de transport n'avait pu être repéré, c'était que la station réceptrice se trouvait à l'intérieur du planétoïde. Par conséquent, il fallait tenter de neutraliser ou de détruire la partie émettrice. Il avait hélas abandonné tout espoir de récupérer sain et sauf un des hommes disparus. S'ils vivaient encore, ils se seraient manifestés par radio.

Il ordonna de forer un puits à cinquante mètres du cône, au moyen des désintégrateurs lourds des triscaphes. Après cent mètres de profondeur, s'ils ne tombaient toujours pas sur des installations technologiques, une galerie horizontale devrait alors être creusée en direction du centre du cratère.

Une fois que les blindés eurent commencé leur ouvrage, Nash-Nash Oglu arriva en flottant à côté de Shukento.

— Prudence est mère de la survie, déclara-t-il d'une voix sombre. Pensez-vous que nos mesures de sécurité suffisent, Monsieur ?

— Arrêtez un peu de massacrer ces pauvres proverbes ! le tança son supérieur. Rien n'interdit d'insister sur les précautions.

— On a le droit d'être curieux, Monsieur. (L'homme se racla la gorge). Avez-vous une hypothèse pour expliquer qui a construit ce piège et à quelles fins ?

Le commandant fronça les sourcils, pensif. Il ne s'était pas posé la question pour l'instant.

— En tout cas, il s'agit de représentants d'une civilisation ayant atteint un haut niveau technologique, répondit-il posément. Mais pour quelle raison installer un tel système camouflé sur un astéroïde solitaire, cela m'échappe. Ou avez-vous une petite idée là-dessus ?

— Le transmetteur ne peut-il pas tout bonnement être l'entrée normale ? murmura Nash-Nash Oglu, se parlant surtout à lui-même. Nous n'avons finalement découvert aucun autre accès. Quelqu'un s'est peut-être livré à des expériences sur ce planétoïde il y a des siècles ou des millénaires et a simplement tout abandonné sur place.

— Alors c'était du gaspillage. On ne laisse pas traîner comme ça un tel matériel et de coûteuses stations énergétiques. Les frais de récupération devaient être de loin inférieurs au prix même de l'installation.

— Il y en a qui jettent les solars par les fenêtres. Il existe aussi de tels gens sur la Terre… (L'officier en charge de la détection du *Panto Pea* s'interrompit). Du moins il y en avait autrefois, poursuivit-il à voix basse.

Le major serra les lèvres. Petit à petit, il réalisait que presque tout ce qui avait jadis constitué la vie quotidienne des Terraniens avait disparu. Ceux qui séjournaient quasi en permanence dans l'espace en étaient les premiers conscients.

Le message d'un blindé volant le débarrassa du souci de répondre.

On était tombé sur une galerie de configuration annulaire.

Shukento ordonna de se mettre au travail. Il chargea ensuite trois robots de combat de se placer au bord du puits et les fit passer en tête. Seuls lui et Nash-Nash Oglu suivirent. Il ne voulait pas exposer plus de gens que nécessaire à des risques incalculables.

De puissants projecteurs illuminèrent le tunnel de coupe circulaire. Des reflets brillants se dessinèrent sur les parois.

— Revêtement de plastométal ou quelque chose de similaire, détermina le capitaine.

Le souterrain semblait faire le tour complet d'une zone comprenant le cône central et correspondant au rayon d'action du transmetteur. Du coup, la direction à prendre présentait peu d'importance.

Le commandant fit passer deux des machines en tête et positionna l'autre dix mètres en retrait pour protéger leurs arrières. Oglu et lui branchèrent leurs écrans SH, activèrent leurs générateurs antigrav et se laissèrent remorquer, flottant juste au-dessus du sol.

Le silence oppressant était caractéristique des installations dépourvues d'atmosphère. Il apportait un sentiment d'absolu qui impressionnait toujours le major, sans qu'il puisse en expliquer la raison.

Ils avaient dû progresser sur une soixantaine de mètres quand une boule de feu apparut brusquement devant eux, enfla sans un bruit et s'éteignit aussitôt. Il ne restait plus rien du premier robot.

— Halte ! ordonna Shukento. Ton analyse sur la destruction !

Il s'adressait à la deuxième machine de combat en tête. Celle-ci répondit sans se retourner :

— Faisceau de transport hyperénergétique, Monsieur. Déduction logique : une charge fissile a été matérialisée directement à l'intérieur de mon confrère et a explosé. Appareil de type inconnu.

Les deux hommes gardèrent le silence toute une minute. Puis, doucement et d'une voix traînante, le commandant du *Panto Pea* déclara :

— Je ne connais dans l'histoire de l'Empire qu'un instrument permettant d'amener instantanément un objet sur son objectif : le transmetteur fictif.

— Il y a du Délos dans l'air… murmura Nash-Nash Oglu.

Il paraissait tendu, comme parcouru d'une sorte de frisson respectueux.

Le major se demanda si l'être collectif désincarné de la planète artificielle était vraiment dans le coup. Il avait quitté l'Univers connu depuis déjà plusieurs générations, mais les installations sur cet astre errant pouvaient dater d'un million d'années. Quel était donc leur usage ? D'après les faibles souvenirs qui lui restaient de l'Encyclopédie Impériale, l'Immortel n'avait jamais rien fait qui ne soit pétri de logique.

— Active ton écran SH et poursuis ta route ! ordonna-t-il au deuxième robot.

— Je me permets de remarquer que je serai probablement détruit lors de la tentative, signala la machine.

— C'est ce que nous voulons déterminer, rétorqua Shukento.

— Très bien, Monsieur.

La construction ne souleva pas d'objection supplémentaire. Elle avait obéi à l'équivalent positronique de l'instinct de conservation en rappelant à son maître les dangers auxquels elle serait exposée. Elle avait ainsi accompli son devoir ; un cerveau P ne connaissait pas la peur.

Elle s'avança tranquillement et, quelques secondes plus tard, elle aussi disparaissait dans une explosion silencieuse.

— Les écrans SH ne servent donc à rien, murmura le

major. Il ne nous reste plus qu'à voir si nous pouvons détruire ce système de protection.

Une appréhension inexplicable l'empêchait d'utiliser le terme « transmetteur fictif » une deuxième fois.

Il ordonna au troisième robot de passer devant et d'ouvrir le feu sur les parois.

Puis il fit signe à Oglu de reculer. Lui-même flotta jusqu'au point de sortie. Nul ne pouvait deviner les répercussions que pourrait avoir l'usage d'armes radiantes.

Les faisceaux d'impulsions plongèrent le secteur dans une véritable fournaise. Les éclairs éblouissants masquaient les décharges énergétiques du désintégrateur.

Le plafond de la galerie s'écroula soudain et ensevelit la machine.

— Stop ! intima le commandant. Tout va bien ?

— Tout va bien, Monsieur, reçut-il comme réponse.

L'amas de roches s'ébranla et la construction s'extirpa du tas avec des mouvements saccadés.

— Conséquence naturelle des tirs, Monsieur. Aucune riposte perceptible.

— Qui rit vendredi, dimanche décédera, lança ironiquement Nash-Nash Oglu.

Le major Eril Shukento ne lui prêta pas attention. Il ordonna au robot de volatiliser la montagne de débris. Quand le passage fut à nouveau libre, il laissa l'unité passer devant lui.

Retenant son souffle, il attendit l'explosion. Qui ne vint pas.

— Venez ! intima-t-il au capitaine.

— Je ne peux pas m'en empêcher, murmura son compagnon tandis qu'il arrivait en flottant, mais je commence à avoir froid dans le dos.

Le commandant admit en secret qu'il ressentait exactement la même chose. Il lui paraissait incroyable qu'un transmetteur fictif puisse constituer l'unique dispositif de sécurité de ce tunnel.

Il s'arrêta net. Sa bouche s'ouvrit pour lâcher un cri de colère alors qu'il lui semblait soudain que son esprit était brouillé par une arme psychique.

Devant lui se tenaient *deux* robots de combat !

L'un d'eux se signala par télécom :

— KR-332 de retour de mission spéciale, Monsieur. J'ai

désactivé les défenses automatiques quand j'ai vu que vous vous trouviez en danger.

— Je rêve tout éveillé ! lâcha Oglu.

Il voulut se précipiter vers la machine mais le major l'en empêcha.

— Halte ! Ce pourrait être une illusion – ou une simple imitation. Si c'est vraiment l'être de Délos qui est à l'origine de ces lieux, je m'attends même à d'autres subtilités.

— Venez tous les deux ! ordonna-t-il aux robots. Coupez vos écrans SH. Abaissez vos armes !

Ils obtempérèrent. La protestation n'était pas incluse dans leur programmation.

— Dispensez-vous de toute question ou examen, Monsieur, murmura le capitaine. Cela ne servirait à rien.

Shukento en convint rapidement. Si on devait bien cette installation à l'Immortel, toutes les illusions générées seraient parfaites. Ils ne pourraient jamais les déceler avec les moyens à leur disposition.

Entre-temps, les robots étaient arrivés et s'étaient figés, attendant d'autres ordres.

— KR-332, dit-il prudemment, raconte-moi ce que tu as découvert après ton passage dans le transmetteur !

— Je me suis retrouvé dans une chambre où j'ai été attaqué par des gaz neurologiques et des rayons paralysateurs, Monsieur. Par précaution, je me suis comporté comme un être vivant organique.

— Tu as simulé l'inconscience ?

— Oui, Monsieur. Au bout de dix minutes, en temps standard, une trappe s'est ouverte. J'ai glissé le long d'une rampe et ai atterri dans un caisson d'hibernation. Dix autres minutes plus tard, je me suis libéré et j'ai examiné les environs. Personne ne m'a arrêté. Je suis parvenu dans une sorte de poste de commandement et ai activé une série d'écrans d'observation. Je vous ai alors repérés et j'ai vu deux robots de combat être anéantis. Quand la troisième machine a pris la paroi sous son feu, j'avais localisé le cerveau contrôlant les dispositifs de sécurité. Je l'ai isolé du circuit d'alimentation énergétique. Finalement, je me suis orienté et ai localisé la galerie circulaire.

— Tu n'as découvert aucun humain ?

— Non, Monsieur.

— Guide-nous jusqu'à l'installation cryogénique.

*
* *

Eril Shukento espérait retrouver le sergent Froggy et le groupe de Kitatse plongés dans un sommeil artificiel, aussi ressentit-il un intense soulagement quand ce souhait se réalisa.

Il existait toutefois plusieurs caissons, dont une trentaine avaient été manifestement détruits par des inconnus.

— On jurerait qu'on a libéré un éléphant dans un magazine de porcelets, constata Nash-Nash Oglu.

— Un magasin de porcelaine, le corrigea le major.

Puis il éclata d'un rire agacé. Dans le passé, cette installation avait dû capturer quelque chose qu'elle n'avait pas su garder sous contrôle.

Il décida de laisser dormir encore un peu ses hommes. Les lieux devaient être étudiés de près au plus vite. Quand il tenta d'entrer en contact par télécom avec l'équipe restée à l'extérieur, il comprit pourquoi KR-332 n'avait pu l'appeler plus tôt. Les ondes radio normales étaient réfléchies par les parois.

Le robot les mena au poste central. De là, le commandant essaya de déterminer la raison d'être de ce complexe au moyen des systèmes de surveillance. Mais en dehors des mécanismes de défense désactivés, tout ce qu'il put distinguer fut des engins à l'usage indéterminé disposés à intervalles réguliers au cœur de la roche du planétoïde.

Nash-Nash Oglu découvrit finalement que plus rien ne fonctionnait. Plus bas gisaient les débris d'une grande positronique. Des câbles déchiquetés en sortaient puis couraient en direction des multiples appareils.

— Quelle qu'ait pu être l'utilité de cette base, constata-t-il, elle ne sert plus à rien maintenant. Seuls les automatismes de sécurité sont encore opérationnels.

— J'aimerais tout de même bien savoir, murmura pensivement le major, qui a mis tout ça hors service. Il ne peut s'agir que de machines…

— Ou d'êtres vivants, chuchota le capitaine, qui soient tout aussi résistants…

Eril Shukento se retourna et tenta de discerner les traits de son compagnon sous la visière du casque. Il n'en voyait toutefois qu'une tache blême. Il se doutait néanmoins qu'ils partageaient la même idée. Mais aucun d'eux ne désirait en parler maintenant.

— Nous allons tout enregistrer, photographier, radiographier puis collecter des échantillons, dit-il. Oglu, veuillez revenir en arrière avec un robot et faire le nécessaire pour que les mesures idoines soient prises. Avant tout, une équipe médicale doit s'occuper des dormeurs.

Une fois que le capitaine se fut éloigné, il tenta de trouver le transmetteur fictif. KR-332 signala alors que celui-ci avait été détruit par les armes de son « collègue ».

— C'était l'unique solution pour vous sauver, Monsieur, ajouta-t-il dans un but explicatif. Tenter de vous en emparer aurait déclenché une riposte dévastatrice.

Le major le crut mais il n'en regretta pas moins ce geste. L'Empire aurait bien eu besoin d'un tel instrument pour se débarrasser à jamais de la menace des Ulebs.

Puis une autre idée lui vint.

Si les responsables des destructions infligées à ce complexe étaient bien ceux à qui il pensait, les Bestians de la Première Puissance Fréquentielle auraient dû entrer en possession de cette arme suprême. Vu que manifestement ils n'en disposaient pas, soit son hypothèse ne tenait pas, soit les intrus avaient tous été tués. Il décida de faire rechercher le corps d'une créature étrangère.

Une demi-heure plus tard, l'endroit grouillait de techniciens, de médecins et d'analystes. Les hommes plongés en hibernation furent emmenés à bord du *Panto Pea* dans leurs caissons. Chaque millimètre carré fut soumis à un examen fouillé et minutieux.

Un cybernéticien découvrit finalement une masse informe, dure comme du verre, à l'intérieur de laquelle on pouvait vaguement reconnaître la silhouette d'un être pourvu de six membres. Il avait été fort probablement victime d'un processus de compression moléculaire car le bloc n'était pas plus long qu'un avant-bras humain, bien qu'il fallût deux robots pour le transporter et cela avec difficulté.

Shukento le fit acheminer dans un local du croiseur et posta quatre machines de combat à proximité pour le veiller en permanence. Elles reçurent comme instruction de l'expulser immédiatement dans l'espace par un sas au moindre signe suspect.

Les analyses prirent fin peu avant l'achèvement des

travaux de réparation. Les différents rapports furent remis à la positronique de bord, y compris la trajectoire reconstituée du planétoïde.

Ainsi que le major s'y était attendu, le cerveau P ne tarda pas à déclarer qu'aucun résultat ne saurait être communiqué en absence de certaines informations-clés ; il pourrait seulement fournir quelques indices mais, en raison de l'immense complexité du problème posé, pas avant une dizaine d'heures.

Une vraie éternité. Du moins, c'est ce que pensait alors le commandant. Il ignorait à quel point ce temps allait vite passer.

CHAPITRE II

Le major Eril Shukento écoutait avec satisfaction le bourdonnement régulier des convertisseurs kalupéens. Depuis une demi-heure, le *Panto Pea* avait regagné la quiétude de l'entr'espace, suivant une trajectoire qui devait le mener à proximité du soleil Halut après un voyage de deux semaines-lumière.

Tous les dommages causés par le cyclone hyperénergétique avaient été réparés. La vie à bord avait repris son cours normal, même si la tension sous-jacente se laissait deviner à mille petits détails. Les hommes originaires du Système Solaire se souciaient naturellement de leurs proches mais, malgré tout, leurs craintes étaient reléguées à l'arrière-plan en raison de l'éventualité de nouvelles tempêtes radiatives.

Le commandant appela la centrale de détection. Le large visage du responsable se dessina sur l'écran de l'intercom.

— Qu'est-ce que ça donne ?

— On a quelques heures de tranquillité en perspective, Monsieur, répondit Nash-Nash Oglu en souriant. Mais les prédictions ne valent pas grand-chose dans ce secteur spatial instable. Il ne faut pas vendre la peau de la loutre avant de l'avoir tuée. La situation peut évoluer à tout moment.

L'officier supérieur soupira.

— J'aimerais bien que vous perdiez l'habitude d'employer des proverbes à tout bout de champ, et en les estropiant qui plus est.

— Laissez donc un pauvre homme vieillissant à son unique distraction, Monsieur, supplia le capitaine et il battit tristement des paupières.

Eril Shukento ne put s'empêcher de rire.

— Vous ne changerez jamais. Bon, tant pis. Veuillez me prévenir au moindre signe de tempête énergétique.

— Bien entendu, Monsieur. Mais auparavant, je compte…

L'écran vola en éclats dans une violente déflagration. Quelque chose frappa le major au visage puis une terrible force l'éjecta de son siège. Une immense forme sombre le frôla et traversa le plancher avec fracas. Il parvint à refermer son casque pressurisé. L'instant suivant, il heurtait une paroi pour être aussitôt projeté dans une autre direction.

À son grand étonnement, il ne perdit pas connaissance. L'esprit curieusement clair, il en arriva à la conclusion que ceci ne pouvait pas être un nouvel orage. Le capitaine Oglu l'en aurait alerté à temps.

Il mit quelques secondes à réaliser qu'il était en état d'apesanteur. Le poste de commandement avait été effroyablement dévasté. Des débris et du sang flottaient dans l'air et un trou de plusieurs mètres de diamètre béait au sol comme au plafond. Tel un nageur, un homme se déplaçait avec d'étranges mouvements, laissant derrière lui une large traînée écarlate. Une main blafarde s'élevait d'un amas de décombres en un geste accusateur. Des médirobots apparaissaient déjà par le panneau d'accès ouvert, pour s'occuper des blessés.

Mais pour Eril Shukento, tout semblait se dérouler dans un autre univers. Les yeux écarquillés, il fixait l'écran frontal demeuré intact.

Les étoiles du Centre galactique paraissaient tournoyer autour du *Panto Pea* dans une folle sarabande. Or, c'était le navire lui-même qui était affecté d'un mouvement de rotation. Toutefois, ce n'était pas non plus cela qui préoccupait le Terranien.

Comme hypnotisé, il contemplait l'abîme d'un noir stygien qui s'était formé entre les soleils resserrés, lui donnant l'impression que sa vision se perdait dans l'irréelle éternité, quoi que celle-ci puisse être.

La gravité artificielle se rétablit brutalement. Les genoux du commandant se plièrent instinctivement et il fit un roulé-boulé.

Quand il examina à nouveau l'extérieur, le gouffre ténébreux s'était évaporé.

Il réalisa lentement que le croiseur venait de subir une catastrophe dont il n'avait réchappé que de justesse. Cette pensée lui rendit tout son dynamisme.

Il balaya la passerelle du regard. Le lieutenant-colonel Yuma Kitatse était assis par terre et se tenait le ventre. Son visage avait pris une teinte verdâtre. Un médirobot s'immobilisa au-dessus de lui et introduisit des sondes qu'il pilotait à distance.

Quelques membres de l'équipage dont les blessures n'étaient pas trop graves avaient regagné leurs postes de travail pour vérifier les positions.

Shukento tenta d'activer le circuit intercom général mais celui-ci ne fonctionnait plus. Considérant qu'il ne servirait à rien de courir à travers les diverses sections du navire pour se procurer des informations, il grimpa sur un siège cassé pour accéder à la centrale de détection par le panneau bombé à demi fermé. Là, les dégâts étaient moindres. Néanmoins, des éclats de verre et des débris d'appareils jonchaient le sol. Deux hommes manquaient. Probablement avaient-ils été emmenés par des unités de soins.

Penché en avant dans son fauteuil-coquille, Nash-Nash Oglu manipulait les contrôles d'ajustement de la reconnaissance d'image à distance. En entendant les éclats se briser sous les pas de son supérieur, il se retourna.

Sa bouche s'ouvrit à moitié. La peur se lisait dans ses yeux.

— Monsieur, vous vous êtes regardé ? jeta-t-il.

En deux pas, il fut auprès du commandant ; il lui prit le bras avec fermeté et l'amena jusqu'à un siège disponible. Il requit sans tarder une assistance médicale au moyen de son télécom de bracelet.

— Qu'est-ce… qu'est-ce que ça veut dire ? demanda Eril Shukento, sonné.

Le capitaine haussa les sourcils, étonné, puis il saisit par terre un morceau de plastométal et plaça sa face réfléchissante devant le visage du major.

Ce dernier vit avec effarement le fragment dentelé profondément planté dans sa joue gauche. La blessure était béante. Ce ne fut qu'alors qu'il commença à ressentir la douleur.

— Vous devez vous faire soigner immédiatement, s'inquiéta le responsable de la détection.

L'officier secoua prudemment la tête. Il leva les yeux quand un médirobot apparut en flottant par la porte et dirigea sur lui son projecteur de rayon tracteur.

— Je suis le commandant de ce navire, articula-t-il péniblement. Tout le monde à bord dépend de mes décisions. Je vous ordonne ne pas perdre de temps avec ma personne.

De minces tentacules métalliques se déployèrent à l'avant de la machine et palpèrent les lèvres de la blessure. Des témoins s'illuminèrent et une voix nasillarde déclara :

— Vos ordres ont force de loi pour moi, Monsieur. Néanmoins, vous devriez être immédiatement soigné. Vous avez une double fracture du maxillaire supérieur ; sur votre visage, l'os de la pommette gauche est brisé et le masséter transpercé. Vous souffrez aussi probablement d'un traumatisme crânien.

Ce fut en essayant de sourire que Shukento réalisa que les muscles faciaux ne lui obéissaient plus totalement.

— Oui, et alors ? grogna-t-il involontairement. Il y a pire. Je demande des soins palliatifs rapides. La situation l'exige.

Devant cet ordre, le médirobot ne pouvait plus soulever d'objection. Des instruments brillants firent leur apparition, trois pistolets à injection sifflèrent simultanément, la plaie fut aspergée d'un mélange de plasma antibiotique et de régénérateur cellulaire puis recouverte d'un pansement organique.

Le tout n'avait pris que quelques secondes.

— Directives exécutées, Monsieur, dit la machine. Je vous conseille toutefois d'obéir aux recommandations suivantes…

— Promis ! l'interrompit le commandant.

Dès que le robot eut quitté les lieux, l'homme interrogea Oglu du regard.

Ce dernier répondit à la demande muette, le visage grave.

— Cette fois, nul cyclone énergétique n'était en cause, Monsieur. J'ai repéré plusieurs escadres importantes qui se sont matérialisées non loin du Centre galactique. Elles ont déclenché une puissante hyperonde de choc.

Shukento se leva de son fauteuil et alla se poster devant l'écran du télésenseur. Appuyant les poings sur le rebord de la console de contrôle, il observa les échos laissés par trois essaims d'objets situés à une grande distance. On ne distinguait aucun détail. L'interprétation positronique qui s'affichait en direct à côté indiquait toutefois nettement qu'il s'agissait de navires jaillis de l'hyperespace ou d'un continuum encore supérieur.

Le major se rassit lentement. Son esprit s'éclaircissait, manifestement suite aux injections. Il réalisa qu'il ne pouvait absolument pas s'agir de vaisseaux terraniens, pas plus que halutiens.

Avant qu'Oglu ait pu transmettre ces informations au cerveau P, le *Panto Pea* fut ébranlé par une nouvelle secousse.

Le commandant se contraignit à ignorer momentanément le chaos à bord. Le plus important était ce qui se jouait maintenant au Centre de la Galaxie. Les systèmes de détection montraient que deux autres flottes étrangères venaient apparemment de surgir du néant.

Nash-Nash Oglu siffla doucement entre ses dents. Il tenait entre les mains un rapport d'analyses.

— Qu'y a-t-il ? demanda Shukento.

— Une vague hypothèse seulement, Monsieur. Les hyperondes de choc s'écartent légèrement du type de celles relevées lors de la rematérialisation d'un vaisseau après une transition.

Le major tendit l'oreille.

Un soupçon s'insinua dans son cerveau. Il était toujours imprécis mais, inconsciemment, le Terranien réalisait que la mission de reconnaissance à laquelle on l'avait affecté devait présenter un lien avec l'apparition des escadres étrangères.

Là-dessus, le capitaine Oglu transmit les données obtenues à la positronique de bord. Bien qu'il semblât distrait, Shukento accueillit les premiers résultats avec un esprit clair et limpide. Les hypothèses se confirmaient.

Il connaissait dans les grandes lignes les aventures vécues par Perry Rhodan dans la lointaine M 87. Et surtout, comme tous les officiers de l'Astromarine, il était informé du mode de fonctionnement des mystérieux propulseurs transdimensionnels employés par les Okefenokees ou les Halutiens. Ils servaient exclusivement aux vols longue distance entre îles stellaires. Pour des raisons techniques, le retour dans le continuum normal devait impérativement se produire au centre d'une galaxie. La forte concentration de masses solaires et les intenses échanges hyperénergétiques qui s'y déroulaient ne laissaient pas le choix.

Eril Shukento retrouva soudain sa clarté d'esprit. Il croyait savoir qui étaient les inconnus et pourquoi ils apparaissaient maintenant.

Il se mit en rapport avec toutes les sections du navire et, malgré quelques problèmes de liaison, réussit à communiquer ses ordres. Ceux-ci étaient clairs et sans ambiguïté.

En dépit des nombreux blessés et des multiples dégâts, le *Panto Pea* devait mettre au plus vite le cap sur les flottes étrangères qui venaient de se rematérialiser.

*
* *

Un nouvel ébranlement de structure força le croiseur à virer brusquement de bord. Déjà lourdement touché, il faillit ne pas y résister. Filant à accélération maximale, il échappa de justesse aux hyperondes de choc.

L'équipage tentait de rétablir le contact avec la chaîne de stations-relais afin d'informer le Système Solaire sur ce qui se tramait dans ce secteur.

En vain.

Le responsable des transmissions, le capitaine Tondo Hewitt, conseilla au commandant de faire immédiatement route vers la Terre.

Shukento refusa.

— Nous n'avons pas le choix, Monsieur ! le conjura l'officier.

Son visage était couvert de sueur ; la vague de chaleur d'une explosion lui avait roussi les cheveux et la barbe.

— Aucun de nos messages n'est parvenu à passer. Il fallait s'y attendre. Les rayonnements parasites du Centre galactique nous isolent complètement.

— Nous y arriverons, le rassura le major en souriant. Vous pouvez me faire confiance. Mais avant, nous devons déterminer à qui appartiennent les astronefs étrangers et quelles sont leurs intentions.

Tondo Hewitt garda le silence quelques secondes puis secoua la tête.

— La moitié de l'équipage est hors de combat, Monsieur, et le navire a tant souffert qu'il ne supportera pas un nouveau choc. Ce serait irresponsable de retourner là-bas.

Le commandant opina du chef.

— Vous avez raison. C'est pour cela que nous attendons la fin des ébranlements. Je suis du reste parfaitement conscient du risque que je prends. Mais le Stellarque a besoin d'informations plus substantielles que celle, bien vague, de l'apparition d'inconnus dans la Galaxie.

Son interlocuteur poussa un juron et coupa le contact.

Eril Shukento adressa un sourire à Oglu.

— Notre officier des transmissions est déjà très occupé. Il va bien devoir réaliser que nous ne pouvons pas faire autrement.

— L'astronaute plie jusqu'à se rompre, commenta sarcastiquement le chef de la détection. Si les « gars » d'en face ont des intentions hostiles, ils transformeront le *Panto Pea* en nuage de gaz !

Le major ne put rien répondre à cela. Il savait seulement qu'il devait se procurer des données précises à tout prix avant de quitter ce secteur spatial.

Tandis que, dans le navire, les travaux de déblaiement progressaient lentement et que les appareils et circuits hors service étaient réparés ou remplacés, Eril Shukento surveillait les hyperondes de choc. Elles se succédaient toutes les dix-huit minutes dans le Centre galactique, avec la régularité d'un métronome. Tout son plan reposait sur cette périodicité parfaite.

Après vingt-cinq minutes sans secousse, il fit prendre de la vitesse au *Panto Pea*. En une seule étape linéaire, celui-ci se rapprocha jusqu'à neuf heures-lumières de l'escadre étrangère. Il devenait dès lors possible de voir à qui on avait affaire.

Nash-Nash Oglu cadra avec tant d'acuité un des vaisseaux inconnus qu'il eut l'impression de ne flotter qu'à quelques kilomètres d'eux.

Le commandant sentit son cœur faire un bond quand une forme cylindrique se révéla. Les résultats des analyses ne tardèrent pas à arriver.

La nef avait une longueur de trois mille mètres pour cinq cents de diamètre. Sa poupe s'évasait jusqu'à doubler cette dernière valeur. Telles de grosse verrues, des coupoles imposantes recouvraient la coque. L'officier n'avait jamais vu de bâtiment de ce type – en dehors des images que Perry Rhodan avait ramenées de M 87.

Le responsable de la détection le reconnut lui aussi.

— Indubitablement un croiseur de combat des Constructeurs du Centre, Monsieur, murmura-t-il, la voix tremblant d'excitation. Qu'est-ce que les Okefenokees peuvent bien venir faire dans notre galaxie… ?

Le major déglutit de façon audible.

Fiévreusement, il aida Nash-Nash Oglu à poursuivre l'analyse. Les derniers rapports arrivaient.

Au moins soixante mille vaisseaux de combat lourds et superlourds étaient en train de se déployer en formation d'attaque typique, avec une synchronisation parfaite.

— Cela n'augure rien de bon, commenta doucement le capitaine. Monsieur, nous devrions faire demi-tour et alerter l'Empire. Si le *Panto Pea* est détruit, l'Humanité sera prise au dépourvu.

Eril Shukento le dévisagea un instant et conclut qu'il était sérieux. Un sourire las traversa son visage.

— Vous vous trompez, répliqua-t-il. Les maîtres de M 87 n'ont aucune raison de venir nous agresser. Je suppose qu'ils ont été attirés ici par un événement qui s'est produit hors de notre Galaxie.

— Que voulez-vous dire ?

— Cela, vous l'apprendrez de ces gens eux-mêmes, assura le commandant.

Son faciès se transforma en un masque blême. Une lueur scintilla dans ses yeux ; après tant de missions à risque accomplies en commun, Oglu ne connaissait que trop bien cet air déterminé.

— Vous ne comptez pas vous en approchez encore plus, Monsieur !

— Si, répondit-il tranquillement. Vous ne pensez tout de même pas que nous sommes passés inaperçus ? On nous a repérés depuis longtemps, ou alors ils sont très insouciants, ce qui ne concorde pas avec le caractère des Constructeurs du Centre. Vu qu'à ce stade ils ne nous ont toujours pas attaqués, je ne vois pas pourquoi ils le feraient maintenant.

— Celui qui joue avec le feu ne chantera pas de sitôt, déclara sombrement le capitaine en suivant du regard Shukento qui se dirigeait vers le poste de commandement.

Les doigts du major glissèrent avec une assurance surnaturelle sur le clavier tandis qu'il transmettait ses instructions aux différentes sections du navire par l'intercom enfin réparé. Le croiseur prit de la vitesse, passa dans la zone de libration et regagna l'espace normal à quatre-vingt secondes-lumière de l'armada.

Il accéléra aussitôt et vint se placer sur une trajectoire parallèle aux unités surgies de M 87. Comme les systèmes de retransmission ne fonctionnaient toujours pas, Oglu lui décrivit la réaction des étrangers.

La flotte ne bronchait pas. Un des plus imposants bâtiments finit toutefois par quitter la formation et s'approcha jusqu'à dix millions de kilomètres du *Panto Pea*.

Le capitaine Tondo Hewitt se manifesta soudain par intercom.

— Quelqu'un est en train d'émettre à notre intention, sans doute depuis le grand vaisseau là dehors, Monsieur.

— J'arrive, répliqua Shukento.

Il confia la passerelle à l'officier en second et se précipita vers le centralcom.

Le témoin d'appel de l'hypercom principal clignotait. Le responsable libéra la place devant l'appareil quand son chef fit son entrée.

Le commandant s'assit, hésita encore un instant et abaissa sa main sur le clavier d'activation.

Une lumière fluorescente emplit l'écran, se transforma en une sarabande de couleurs scintillantes puis se condensa pour former une image stable.

Le Terranien eut l'impression que l'être de haute taille à la peau brune et au visage étroit qui lui apparaissait se trouvait tout à côté de lui. Il était complètement humanoïde, et la lueur dans ses yeux le lui rendit aussitôt sympathique.

— Croiseur léger de l'Empire Solaire *Panto Pea* ! se présenta-t-il. Je suis le major Shukento. Vous désirez me parler, Okefenokee ?

Ce dernier terme ne s'appliquait pas exactement à son interlocuteur, en tout cas pas si on parlait des gnomes vivant sur Pompeo Posar. Il s'agissait d'un Constructeur du Centre, et ce peuple se composait d'Okefenokees hyperrégénérés. L'officier en était informé. Il utilisait à dessein cette appellation pour faire comprendre qu'il savait bien à qui il avait affaire.

L'individu sur l'écran sourit. C'était un sourire franc, cordial, bien qu'il fît un peu penser à celui qu'un maître adresserait à son chien.

— Mon nom est Eynch Zigulor. J'ignore si cela vous dit quelque chose… ?

Le commandant retint son souffle. Et comment, qu'il le connaissait !

— Vous êtes un des scientifiques que Perry Rhodan a libérés de l'esclavage dans le système central des Bestians, non ?

Il tenait cette information des instructions transmises et il se souvenait aussi que l'individu s'était toujours montré amical envers les Terraniens.

L'être inclina la tête.

— C'est bien cela. On m'a dépêché dans cette Galaxie en tant qu'envoyé spécial des Neuf-Penseurs.

— Avec une flotte armée jusqu'aux dents ! lui reprocha Shukento. Nous aurions préféré que vous nous préveniez avant et demandiez la permission de vous faire escorter d'une escadre de combat. Vous vous trouvez sur le territoire de l'Humanité terranienne !

L'Okefenokee afficha un sourire compréhensif.

— L'Empire Solaire n'a pas à redouter notre présence, major. (Sans transition, son ton redevint grave). D'un autre côté, ce que nous faisons concerne uniquement les ressortissants de notre galaxie, que vous appelez M 87.

— Je crains que Perry Rhodan ne partage guère votre avis.

— Votre peuple n'aurait rien à y gagner, répliqua Eynch Zigulor. Mais même si j'étais d'accord avec vous, je ne serais pas capable d'influer sur nos actions. Je dispose uniquement d'un mandat politique. Le chef des opérations militaires est Kibosh Baïwoff.

Il s'écarta légèrement. Manifestement, il modifiait également le réglage de la caméra car Eril Shukento eut soudain une vue d'ensemble du poste central étranger.

Tout au fond, il aperçut un être halutimorphe en combinaison ivoire et dont la tête supportait un ornement conique. Probablement un générateur susceptible de déployer un bouclier individuel infrangible en cas d'urgence. Les pierres de la Radiance Bleue, sur sa poitrine, le désignaient comme un Druisant.

De chaque côté de l'écran, le major distingua en sus des créatures évoquant des crapauds de constitution massive… sans doute des Dumfries, les troupes de combat de M 87.

Il observa Baïwoff alors que celui-ci s'adressait à l'Okefenokee dans une langue incompréhensible. Simultanément, l'angle de vue se rétrécit à nouveau. L'humanoïde revint au centre de l'image.

— Terranien ! fit-il d'une voix qui résonnait avec fermeté. Prenez au plus vite contact avec Perry Rhodan. Informez-le que nous ne tolérerons aucune ingérence dans nos affaires. Il faudrait mieux pour lui qu'il se tienne à l'écart. Je répète. Nous n'avons nulle intention hostile en ce qui concerne l'Empire Solaire.

Avant que Shukento ait pu protester ou présenter d'autres arguments, la projection s'effaça. Eynch Zigulor avait simplement coupé la liaison.

L'instant d'après, Nash-Nash Oglu signalait que la flotte de combat prenait de la vitesse dans le but manifeste de se glisser dans l'espace linéaire.

Le major revint en courant à la centrale de commandement.

— Appareillage immédiat ! lança-t-il à ses hommes. Direction la Terre !

***

Eril Shukento prit note du rapport de l'officier en second et regagna son siège.

Profitant d'une manœuvre d'orientation dans l'espace einsteinien, la troisième, il avait enfin pu transmettre un message crypté à Perry Rhodan par l'intermédiaire d'une chaîne de navires-relais. Ceci fait, il avait consenti à rejoindre l'hôpital de bord pour y être opéré. Le *Panto Pea* poursuivait sa course éperdue vers le Système Solaire.

À présent, la boule de feu jaune de Sol brillait dans le secteur central de l'écran du détecteur de masse, grosse comme une cerise.

Le major ne ressentait plus qu'une légère douleur au visage, sur la gauche. L'intervention s'était bien passée. Une substance biosynthétique avait comblé le vide laissé par les fragments d'os brisés et les muscles déchirés qu'on avait dû retirer. Elle assurerait provisoirement leurs fonctions et s'éliminerait naturellement dans les trois prochaines semaines, le temps que l'organisme se régénère.

L'état de Yuma Kitatse, le commandant en second, avait empiré. Il souffrait de fortes hémorragies internes ainsi que de nombreuses fractures de la colonne vertébrale. On attendrait probablement son transfert sur un navire-hôpital pour l'opérer et le soigner.

La respiration de Shukento s'accéléra involontairement quand la positronique de vol linéaire engagea la manœuvre de retour à l'espace normal. Trente secondes plus tard, le kalup se tut. L'image familière de la Galaxie se dessina à nouveau sur les écrans de la galerie panoramique. Sol se trouvait à quinze minutes-lumière de là.

Un croiseur de surveillance ne tarda pas à se manifester.

Une fois que le major eut expliqué qu'il était impossible au *Panto Pea* de se poser sur une planète en raison de ses propulseurs à impulsions défaillants, on lui communiqua les coordonnées de l'endroit qu'il devait rallier. Elles ne lui disaient toutefois rien.

Il les transmit au module astronautique du cerveau P, mais la réponse qu'il reçut en retour ne le tranquillisa pas pour autant. Son objectif se situait quelque part au milieu de la ceinture d'astéroïdes, unique vestige de l'antique monde détruit à la fin de l'Impérium Lémurien, Zeut. Néanmoins, il ne correspondait à aucun rocher connu.

Shukento haussa les épaules. L'ordre devait quand même bien avoir un sens. En une brève étape linéaire, il rapprocha le navire du point indiqué, le pilota à travers les planétoïdes et aperçut soudain devant lui une singulière structure.

Elle évoquait une blastula, un amas globulaire de cellules, mais d'une dimension tout autre. L'ensemble faisait dans les quatre cents kilomètres de diamètre.

— Ce sont des épaves, Monsieur ! jeta Nash-Nash Oglu, excité. Des croiseurs sphériques reliés entre eux !

À dix kilomètres de distance, le commandant put distinguer des détails sur le secteur frontal de la galerie panoramique : il s'agissait d'un assemblage d'ultracroiseurs, de supercroiseurs et de bâtiments de l'Astromarine Solaire – ou du moins ce qu'il en subsistait. Les coques de terkonite étaient fissurées et trouées, des tourelles de tir brisées tenaient tant bien que mal à leur surface et des dépressions circulaires prouvaient que des explosions avaient eu lieu à l'intérieur.

Une gigantesque décharge cosmique…

Les nombreuses petites plates-formes de maintenance et la lumière qu'on voyait poindre par endroits au travers des brèches et des hublots indiquaient toutefois que ce qui restait d'une fière flotte allait connaître une nouvelle destinée. Peut-être deviendrait-elle un port de transbordement ou un hôpital spatial.

Le témoin d'appel de l'hypercom clignota.

Eril Shukento activa l'appareil et se présenta. Le visiteur fit de même.

— Ici *SC-22*, capitaine Bolder. J'ai reçu comme instruction du Stellarque de vous prendre à bord et de vous amener à Luna-Port. Une équipe spéciale se chargera de votre unité.

— Nous avons une centaine de blessés graves, dit le responsable du *Panto Pea*. Que va-t-il advenir d'eux ?

— Ils seront temporairement hébergés dans la clinique à l'intérieur du tas de ferrailles là-dehors. Le navire-hôpital *Virchow* est attendu pour demain et il pourra s'en occuper. Ne vous faites pas de soucis pour eux.

Le major observa minutieusement les traits gravés au couteau et bronzés de son interlocuteur, arrivant à la conclusion qu'il pouvait lui faire confiance. Il remit le commandement à son officier en second. La *Gazelle* s'était entre-temps ancrée au tunnel d'accès G-8.

Shukento fit ses adieux à l'équipage puis se dirigea vers la sortie. Devant la porte, il marqua une pause et jeta un œil en arrière. Après l'épreuve des hyperondes de choc, le *Panto Pea* ne serait plus jamais le même ; le Terranien avait passé trois ans et demi à son bord et le considérait presque comme un être vivant, sensible, tout en étant conscient de l'absurdité de telles pensées romantiques.

Les salutations entre lui et Bolder furent brèves. Tandis que l'aviso mettait le cap sur le couple Terre-Lune à toute vitesse, le pilote déclara :

— Le Stellarque s'attendait à quelque chose de ce genre, major. Les puissants ébranlements de structure provoqués par l'effondrement de l'écran protégeant le système d'Ennemi ont dû être remarqués de tout l'Univers. Il s'agit finalement d'un type complètement nouveau et que l'on tenait jusque-là pour impossible : un champ temporel polarisé vers le futur.

— Mais c'était pourtant le cas lors des aventures du *Krest III* à l'âge lémurien. Sinon, jamais il n'aurait pu revenir à l'ère actuelle.

Bolder sourit.

— Cela n'avait rien à voir. Vous pouvez me croire, le

voyage dans le temps est ma spécialité. La nef amirale a, à cette occasion, regagné une époque qui existait déjà, son propre présent si vous préférez. Elle s'est déplacée ainsi sur un axe passé-avenir. Ceci n'a été cependant possible que parce qu'elle avait emprunté le même chemin à l'aller.

— Si je vous comprends bien, l'écran temporel autour du système d'Ennemi était quelque chose de tout à fait original ? demanda le major Shukento, intéressé. Mais alors… on devrait pouvoir également se projeter en avant avec le matériel adéquat ; des jours, des mois, des années – voire des siècles !

— Votre déduction est séduisante, répliqua le capitaine, elle n'en reste pas moins purement théorique. Car même si les appareils des Bestians permettaient quelque chose de ce type – et nous n'en sommes pas sûrs – nos proches et nos lointains descendants ne verront certainement pas d'un très bon œil leurs « sauvages » ancêtres venir fouiner chez eux.

Le commandant du *Panto Pea* se mit à rire, égayé par l'idée d'hommes primitifs – relativement parlant – voyageant dans cette époque distante pour ramener avec eux les principales innovations qui leur serviraient à accomplir un bond technologique, bouclant ainsi un cercle vicieux.

— Je me doute de ce qui vous amuse, major, déclara Bolder. (Son visage reprit soudain son sérieux). Mais c'est tout autre que risible, ça, vous pouvez me croire. Les paradoxes engendrés par un saut dans l'avenir seraient bien pires que ceux liés à une incursion dans le passé. Pour cela, nous avons besoin d'une véritable police temporelle afin d'empêcher les abus ou mieux encore, détruire toutes les machines de ce type et effacer la mémoire des individus qui en connaîtraient les plans.

Eril Shukento hocha la tête en un lent mouvement. Il n'avait pas réfléchi à cet aspect des choses. Et plus il y songeait, plus la pensée que le voyage dans le futur puisse un jour être possible l'effrayait. Il comprenait que tôt ou tard le simple mortel souffrirait de telles tentatives. Un indescriptible chaos en serait vraisemblablement la conséquence.

Ses cogitations furent subitement interrompues quand la *Gazelle* se posa sur le tarmac de Luna-Port.

Il jeta un œil à l'extérieur et serra les dents alors que la surface dévastée et presque complètement arasée du satellite de la Terre se révélait à son regard. Les Dolans avaient réduit les infrastructures en poussière. La surprise fut aussi d'autant plus grande quand l'aviso plongea soudain vers le bas et s'immobilisa après quelques centaines de mètres dans un hangar illuminé.

— Venez ! lança le capitaine Bolder et il déboucla son harnais. Perry Rhodan vous attend dans la centrale de contrôle de Nathan.

La pensée du cerveau ultraperformant enfoui au cœur de la Lune l'effraya.

Le pilote le remarqua et déclara pour l'apaiser :

— Il n'a pas subi le moindre dommage, major. Le déploiement de ce qu'on appelle les écrans multidimensionnels n'a été achevé que quelques jours avant l'attaque. L'hyperimpotronique a mis au point diverses mesures de protection depuis que l'on connaît les effets des canons séquentiels.

Eril Shukento cessa progressivement de s'étonner. Manifestement, il restait encore nombre de détails qui lui avaient été cachés – à lui et à la plupart des autres humains.

Ils s'enfoncèrent dans les profondeurs de la Lune grâce à un véhicule à sustentation magnétique puis terminèrent à pieds, empruntant des puits anti-g pour gagner les installations de contrôle et de protection.

Ils s'arrêtèrent enfin devant le portail constituant l'accès principal au plus grand des cerveaux P connus. Le champ énergétique qui obstruait leur chemin était transparent ; néanmoins le major ne réussissait pas à voir au-delà. Ce ne fut que quand lui et le capitaine Bolder eurent progressé cinq minutes durant dans un tunnel structural qu'il comprit qu'il avait affaire ici à un empilement d'écrans en interférence sur plusieurs dimensions. Rien d'étonnant à ce que même les armes des Dolans ne soient pas parvenues à passer.

Après qu'ils eurent franchi cette barrière, une bande transporteuse les amena au centre du cerveau.

Perry Rhodan était engagé dans une discussion animée avec un groupe de scientifiques. À l'arrivée du commandant du *Panto Pea*, il se retourna et s'approcha de lui de quelques pas.

— Je vous remercie pour votre audacieuse intervention, dit-il, et il lui serra la main.

Eril Shukento afficha un franc sourire.

— Pour être sincère, Monsieur, j'ai failli succomber de terreur à plusieurs reprises durant la mission…

Le Stellarque rit.

— Cela ne vous a pas coupé la langue, en tout cas. (Il redevint sérieux sans transition). Au travail, maintenant !

***

Il fallut cinq heures et demie pour présenter à Nathan la totalité des informations récentes et formuler avec précision les données du problème, puis exactement soixante-treize secondes au cerveau hyperimpotronique pour les exploiter et fournir une réponse selon un processus logique.

Il commença par affirmer que les puissantes hyperondes de choc engendrées par l'effondrement du champ temporel du système d'Ennemi, le 20 août, s'étaient propagées dans tout l'Univers. Mais seuls les Constructeurs du Centre, qui gardaient constamment un œil sur le produit dégénéré de leurs expériences biologiques, avaient pu en saisir pleinement les implications. Grâce à leurs appareils de détection ultra-sophistiqués, il leur avait été de surcroît possible d'en repérer l'origine exacte.

Probablement s'attendaient-ils à un événement de ce type, Perry Rhodan leur ayant appris que l'Humanité affrontait les Ulebs et leurs alliés. Tôt ou tard, un des deux adversaires finirait bien par porter un coup décisif. Les Okefenokees seraient depuis longtemps intervenus, poursuivit Nathan, s'ils avaient connu le lieu précis où les Bestians avaient élu domicile. Et maintenant que c'était fait, les flottes de combat déjà rassemblées n'avaient plus qu'à s'élancer.

À présent, la gigantesque armada devait filer droit sur le système d'Ennemi, dans le pont de matière reliant les Nuages de Magellan.

Les personnes présentes se dévisagèrent, conscientes de ce que cela impliquait.

Le major Eril Shukento avait appris avant même que ne tombent les tout derniers résultats que le professeur Arno Kalup, le constructeur du premier convertisseur linéaire, et l'hyperphysicien Geoffry Abel Waringer faisaient partie du groupe de scientifiques réunis dans la centrale de contrôle principale de Nathan.

Le gendre du Stellarque prit alors la parole.

— Il faudrait commencer à réfléchir, déclara-t-il en jetant un œil à Perry Rhodan, à la façon de nous protéger contre la flotte des Okefenokees.

Le Premier Terranien lui adressa un regard interrogateur.

— Tu es sérieux, Geoffry ? demanda-t-il. Je connais très bien Eynch Zigulor. S'il nous assure que sa mission ne nous concerne nullement, je le crois. En outre, quel intérêt auraient les habitants de M 87 à venir attaquer l'Humanité ou d'autres peuples de notre Galaxie ? Ils ne présentent pas le moindre danger pour nous. L'immense abîme qui sépare nos îles stellaires est la meilleure garantie que des conflits seront impossibles dans l'avenir.

— Parfois, s'immisça Bolder, l'évolution technologique prend des tours inattendus, Monsieur. Il se peut que dans plusieurs années cette distance ne soit plus considérée que comme un saut de puce.

— Trente-deux millions d'années-lumière ne deviendront pas si vite insignifiantes, professeur ! rétorqua Arno Kalup.

Shukento tendit l'oreille. Que le capitaine intervienne dans la discussion l'étonnait déjà. Et maintenant le plus grand physicien de l'Empire Solaire lui donnait du « professeur ! »

Le major se tourna vers un scientifique proche, et lui demanda quelle était au juste l'importance de cet homme.

Son voisin sourit.

— Le docteur Lagness Border est un de nos plus éminents génies, mon cher. Son origine est tenue secrète par notre Stellarque mais ses facultés inhabituelles me font penser qu'il y a de l'ingénierie génétique là-dessous.

L'officier siffla doucement entre ses dents.

Le sujet de son intérêt s'apprêtait à développer son hypothèse quand l'imposant panneau blindé s'ouvrit pour laisser passer un gigantesque Halutien.

— Tolotos… ! s'écria le Premier Terranien et il s'avança vers le colosse. Mon vieil ami ! J'ai enfin l'occasion de vous remercier pour votre aide fraternelle. Que serait devenue l'Humanité sans vous ?

Le géant quadrumane prit prudemment la main tendue et la serra tout aussi délicatement.

— On ne parle pas de ce qui va de soi, Rhodanos.

Il s'esclaffa. Les hommes firent une grimace douloureuse.

— Je suis ici parce que j'ai entendu l'annonce de l'arrivée des Okefenokees. Nous nous sommes immédiatement concertés. On m'a envoyé en tant que porte-parole officiel de mon peuple.

Le Stellarque haussa les sourcils, étonné.

— Pourquoi une procédure à ce point solennelle, Tolotos ? Nous sommes d'avis qu'ils ne présentent aucun danger. Ils nous ont promis de ne s'occuper que de leurs propres problèmes.

Le colosse se tut quelques secondes puis reprit d'un ton courroucé :

— Je le crois aussi, Rhodanos ; vous oubliez seulement qu'un de leurs soucis, c'est nous !

Et tout en disant cela, il se frappa la poitrine du plat de la main.

Perry dévisagea le Halutien, décontenancé.

— Parce que votre race est directement apparentée aux Bestians ? s'étonna-t-il. Mais c'est accessoire ! Parmi toutes les formes de vie qui peuplent l'Univers, la seule chose qui compte vraiment c'est l'esprit et – excusez l'analogie – tous vos congénères ont un mode de pensée humain.

— C'est votre avis – et également le mien, déclara le professeur Bolder. Hélas, il ne faut pas s'attendre à ce que les Okefenokees se montrent capables de réflexions logiques à la vue d'un Uleb… ou d'un Halutien. Leur peur irraisonnée du fruit de leurs propres expériences biologiques s'est transformée en une incurable névrose. Non, Monsieur, nous devons considérer comme probable que l'un des buts des Constructeurs du Centre est aussi l'éradication de nos amis.

— C'est bien possible, murmura le Stellarque confus, mais personne – en dehors de quelques humains absolument dignes de confiance – ne connaît la position de leur planète, même approximativement. Ce devrait être la meilleure protection pour votre peuple, Tolotos.

— La meilleure protection pour mon peuple… (Le géant quadrumane parlait lentement et sur un timbre atone qu'on ne l'avait encore jamais entendu employer)… aurait été de laisser les Dolans terminer leur œuvre de destruction.

— Vous voulez parler de l'extinction de l'Humanité ? s'écria Abel Waringer stupéfait. Ça ne peut pas être sérieux !

— Oh, que si ! déclara Tolot. Mais d'un point de vue

purement intellectuel, bien entendu. En aucun cas, mes congénères n'agiraient aujourd'hui comme ils auraient pu le faire jadis. Ce que je veux dire, c'est que les maîtres de M 87, en particulier le Druisant, sont parfaitement au courant de l'amitié entre nos deux peuples. Ils ont certainement acquis la certitude que quelques humains connaissent la position de Halut.

— Nous ne la trahirons jamais ! s'écria le Premier Terranien.

— Mon cher ami Rhodanos, répliqua le colosse, toutes ces réflexions auront déjà été menées à terme par les Constructeurs du Centre. Je peux à coup sûr affirmer quelle sera leur conclusion logique : exercer un chantage sur l'Humanité. Que feriez-vous si Kibosh Baïwoff exige de vous que vous exterminiez les miens ?

— Je lui opposerais un refus clair et net ! s'exclama le Stellarque, indigné. À quoi pensez-vous, Tolotos ? Comment pourrions-nous faire un geste pareil alors que vous nous avez sauvés des Dolans ?

— Je vous remercie, Rhodanos, dit le géant d'un ton presque solennel. À présent vous devriez vous demander si la flotte de l'Empire Solaire, en triste état, sera capable d'affronter soixante mille supervaisseaux des Okefenokees qui disposent, n'oublions pas, d'écrans paratroniques !

Les hommes se regardèrent, interloqués.

Puis Perry Rhodan reprit la parole :

— J'ai déjà réfléchi au problème, Tolotos, même si c'était dans un autre but. Je pensais aux huit millions d'Ulebs qui vivent sur les planètes du soleil Ennemi.

— Pardon… ? s'écria Arno Kalup.

Son tempérament colérique éclatait à nouveau. Ses bajoues aux veines bleuies tremblaient violemment.

— Quoi ? Vous avez envisagé de venir en aide à ces Bestians ! Alors c'est que la raison vous a abandonné. Ah ! Je vais vous dire ceci, Monsieur le Stellarque : plus vite ces monstres seront anéantis, mieux je me sentirai !

Le Premier Terranien sourit.

— Vous avez oublié une chose, mon cher professeur : les Gohks qui résident là-bas et qui n'ont aucune idée des actions destructrices brutales de leurs « partenaires ». J'ignore encore comment leur épargner un sort horrible mais si la moindre possibilité se présente, je mettrai tout en œuvre pour la réaliser.

— Je n'avais pas pensé à ça, admit Kalup à mi-voix. Vous parliez des Ulebs.

— Effectivement. (Rhodan haussa les épaules en un mouvement qui parut inconscient). Je sais que je ne peux pas les sauver et que je ne le dois pas, Messieurs. Pourtant, l'extermination implacable de huit millions d'êtres extrêmement intelligents me rend malade. De telles choses m'ébranleront toujours, qu'importent les nuisances qu'ait apportées cette race à l'Humanité.

— Dans ce cas, nous devons contenir nos émotions, Monsieur, intervint tranquillement Lagness Bolder. Les Bestians sont comme une tumeur cancéreuse dans le corps de l'Univers ; vu qu'on ne peut pas éliminer le tissu infecté, il faut opérer. Nous ne pouvons pas laisser continuer à vivre ce qui est de nature aussi hostile.

— En outre, ajouta Icho Tolot d'une voix retentissante, vous oubliez manifestement la plus terrifiante arme des Okefenokees, Rhodanos.

Le Stellarque regarda le Halutien, les yeux écarquillés.

— Vous voulez dire l'inhibiteur métabolique… ?

— Oui, cet appareil qui accélère des milliards de fois la dégénérescence cellulaire d'un être vivant, le faisant vieillir et tomber en poussière en quelques secondes. Aucun de nous ne sait si, avec une focalisation suffisamment forte et la puissance nécessaire, le rayonnement ne pourrait pas traverser les écrans SH de vos navires. Or, si tel devait être le cas…

Le colosse se tut, mais son silence était bien plus éloquent que la parole.

Perry Rhodan fixait le sol. Au bout d'un moment, il releva la tête et dévisagea à tour de rôle les personnes présentes.

— Messieurs, déclara-t-il à voix basse, suite à l'intervention de Tolotos, mon choix est fait. Je suis fermement décidé à contrecarrer les plans des Okefenokees, qu'ils en aient après Haluta ou l'Humanité. Professeur Bolder, j'aimerais que vous restiez ici avec notre ami pour explorer toutes les pistes imaginables. Nathan vous assistera, bien sûr.

Il se tourna ensuite vers le major Shukento.

— Vous avez parlé d'un dossier concernant une sorte d'astéroïde-forteresse.

Le commandant du *Panto Pea* tira un petit paquet de plastonite de sa poche de poitrine et le tendit au Stellarque.

— Il contient toutes les informations que nous avons pu obtenir sur le planétoïde Oglu, Monsieur.

Rhodan le remercia d'un sourire et remit l'objet à Lagness Bolder.

— Déterminez qui a construit cette station, à quelles fins – et qui a pu la rendre inutilisable.

— Vous pouvez nous faire confiance, Monsieur, répliqua le capitaine.

Perry hocha la tête et se retourna vers les autres hommes.

— Veuillez me suivre dans le plus proche transmetteur. Nous allons rejoindre le quartier général et prendre les mesures nécessaires. J'aurai besoin de vos conseils, Messieurs.

Il tourna alors les talons et, d'un pas élastique et souple, se dirigea vers le panneau blindé.

Eril Shukento quitta la centrale de contrôle de Nathan en dernier. Face à la porte il pivota encore une fois et jeta un œil en arrière. Lagness Bolder et Icho Tolot se tenaient devant la console préopératoire et examinaient les documents avec une attention soutenue.

*
* *

Cinq minutes plus tôt, le mulot-castor avait fait son apparition dans le quartier général situé sous l'ancien désert de Gobi – à ceci près qu'après l'attaque des Dolans, le secteur était redevenu une région désolée au-dessus de laquelle planaient des nuages sombres de poussière et de cendres.

Le Stellarque était actuellement en conférence mais L'Émir s'en soucia peu. Il se téléporta en plein milieu de la table et jeta de sa voix aiguë :

— À ce que j'ai entendu, tu as décidé du sort du système d'Ennemi, Perry ! (Il se campa les poings sur les hanches). En ce qui me concerne, tous les Ulebs peuvent griller en Enfer, mais si vous comptez faire partager ce destin aux Gohks, je ne marche pas !

Rhodan leva ses yeux rougis. Au cours du dernier mois, il s'était à peine permis quelques heures de sommeil. Il se serait depuis longtemps effondré sans son activateur cellulaire.

— S'il te plaît, petit ! dit-il, soucieux. Ne nous dérange pas maintenant. Si je pouvais les aider, je mettrais tout en branle. Mais peut-être que l'inspiration te viendra. Tu peux aller voir Nathan de ma part et tenter ta chance là-bas.

Le mulot-castor dévoila son incisive blanche.

— Tu me le permets vraiment ?

Quand le Premier Terranien opina du chef, il se téléporta sur ses genoux, lui donna un baiser sonore sur la joue, redescendit à terre et se dandina vers le panneau en sifflotant.

Eril Shukento eut soudain une idée.

— L'Émir ! lança-t-il doucement avant de se reprendre : je veux dire Officier Spécial L'Émir…

— Laisse tomber ce grade idiot, fit l'Ilt et il observa le commandant du *Panto Pea* avec attention. Tu voudrais que je t'amène chez toi ?

— Oui, répondit l'humain en rougissant. Hanna, ma femme, et mes enfants…

— J'ai déjà pigé.

Le mulot-castor se tourna vers le Stellarque.

— Chef ! Tu permets que je fasse un saut à Port Elisa avec ce jeune homme… ?

Perry Rhodan fronça les sourcils, puis son visage s'orna d'un sourire.

— Du moment que ce lieu ne se situe pas en plein cœur d'Andromède, oui, petit. (Il adressa un signe de tête à Shukento). Bonne chance, major. À bientôt !

L'intéressé poussa un soupir de soulagement. Il s'approcha de L'Émir et lui prit la patte, mais l'Ilt eut un geste de dénégation.

— Nous ne pouvons pas nous téléporter d'ici. Si tu savais les pièges vicieux qu'ils sont allés installer dans les systèmes de sécurité du quartier général !

Comme le petit était connu de tous et que son rang d'officier spécial lui conférait largement tous les droits, ils franchirent en peu de temps les contrôles stricts. Une fois à l'extérieur, le mulot-castor saisit la main de l'humain et, avant que celui-ci ait pu réagir, ils se rematérialisaient déjà sur une morne dune grisâtre au bord d'un océan.

Shukento étudia les alentours. Il ne voyait partout que du sable, de la poussière et des éboulis rocheux épars. Loin à l'intérieur des terres, quelque chose se dressait dans le ciel, évoquant la carcasse d'un voilier pré-atomique.

— C'était un croiseur lourd, Eril, expliqua L'Émir. Il devait se trouver sur l'astroport de Port Elisa quand les Dolans ont frappé.

Le major respirait difficilement.

— Comment, tu ne veux pas dire que…

— Si. Les dunes et les décombres sont tout ce qui reste de la ville. Attends, j'ignore la position de l'abri. Je dois m'orienter à partir des impulsions cérébrales.

Il resta immobile quelques secondes, la tête penchée sur le côté, puis il la releva.

— Viens !

Ils se matérialisèrent aussitôt dans un vaste local qui ne pouvait appartenir qu'au réseau souterrain, vu qu'il ne subsistait pas un seul bâtiment en surface.

Deux hommes et quatre femmes, assis derrière des bureaux, étaient plongés dans des communications visiophoniques. Ils se figèrent lors de l'apparition soudaine de Shukento et du mulot-castor.

— Service de recensement et de transmissions, murmura L'Émir au major puis il se tourna vers un individu de forte carrure, vêtu d'une combinaison jaune. Vous vous appelez McIntire et vous êtes le patron ici…

L'interpellé battit des paupières, confus. Son visage rougeaud était agité de tremblotements. Il finit par jeter d'une voix rauque :

— Officier Spécial Les Mirettes… !

— Eh oui, en personne !

L'Ilt dévoila son incisive et poursuivit :

— Et celui-là – il indiqua son compagnon – est mon ami Eril Shukento. Il recherche sa femme Hanna et ses enfants. Où sont-ils ?

L'homme déglutit puis il se reprit.

— Hanna Shukento, c'est bien ça ?

— Oui, répliqua le major. Nous avons un contrat de mariage à durée illimitée.

McIntire hocha la tête, ses doigts épais glissèrent ensuite sur le clavier de son ordinateur.

— Je dois interroger le registre central, murmura-t-il.

Il cessa de pianoter. L'instant suivant, une imprimante se mettait en marche.

L'officier ne se contint plus. Il s'avança et arracha la

feuille de plastopapier. Un soupir de soulagement lui échappa alors.

— Abri principal, quartier B-3800, Hanna Shukento, quatre enfants.

Le chef du service rayonnait. Son visage était pareil à celui d'un angelot de Noël tout joufflu.

— Tous mes vœux de bonheur, major. Ce secteur n'est pas très loin d'ici, à deux cents mètres de profondeur environ. Je vais vous…

— Pas la peine ! intervint l'Ilt. J'ai repéré les lieux. J'emmène Eril là-dessous.

Avant que l'intéressé ait pu ajouter quoi que ce soit, il se retrouva dans un long couloir éclairé, près d'une porte en acier.

L'Émir cligna de l'œil.

— Je pense que vous pouvez faire le reste du chemin tout seul.

— Non, répondit Shukento. Tu m'as conduit ici et tu m'as déposé sur le seuil, pas directement à l'intérieur, faisant preuve d'une grande délicatesse. Tu m'accompagnes. En outre, ma famille voudra te remercier.

Il apposa son pouce contre le vibreur.

Quelques secondes plus tard, il serrait sa compagne dans ses bras. Il enlaça ensuite ses enfants à tour de rôle. Puis Hanna vit le mulot-castor et interrogea son époux du regard.

Celui-ci éclata de rire.

— C'est L'Émir m'a amené ici. Sans lui, je ne serais pas venu aussi vite du Q.G.

Les yeux de la jeune femme s'écarquillèrent. Elle prit l'Ilt par les épaules et l'embrassa en plein sur son incisive étincelante tandis que les petits les entouraient, exultant d'allégresse.

***

Shukento ne consacra pas plus d'une demi-heure à sa famille. Il avait saisi aux paroles de Rhodan qu'on aurait vite besoin de lui.

Ce bref instant lui avait permis d'apprendre que tous les habitants de Port Elisa, du moins ceux présents en ville au moment de l'alerte, avaient pu être sauvés. Le système de bunkers avait été sérieusement ébranlé durant dix minutes pendant l'attaque mais, dans l'ensemble, il avait tenu. Hanna et les enfants étaient logés dans une petite chambre équipée tant bien que mal. Les repas étaient préparés dans la cuisine collective et servis dans des réfectoires. On trouvait des écoles et des médecins en nombre suffisant et le réseau visiophonique était en parfait état de marche. Il n'y avait aucun souci à se faire pour le ravitaillement, même s'il se composait principalement de concentrés. Dès que l'Astromarine pourrait livrer des machines et du matériel, les travaux d'évacuation débuteraient.

— Ce n'est pas comme ça partout, expliqua le mulot-castor tandis qu'un puits anti-g les conduisait vers le quartier général de Gobi. Quelques abris ont été détruits, d'autres si gravement touchés que les survivants campent à l'air libre – malgré le danger d'effondrement. Mais, dans ces cas précis, une aide humanitaire a immédiatement été apportée. (Il haussa les épaules). Hélas, la capacité de chargement des navires restants ne suffit pas. Ce sont des millions de gens qui devront encore attendre pendant des mois.

Eril Shukento hocha la tête. Son regard se porta sur les indicateurs lumineux de profondeur. Ils venaient de passer les quatre mille mètres. Ils se trouvaient donc déjà au niveau de l'état-major des forces de combat solaires. Il savait qu'il s'agissait en fait d'une sphère de neuf kilomètres de diamètre, constituée de terkonite à forte densification moléculaire, de plastobéton et de diverses couches intermédiaires. Elle abritait des puits anti-g escamotables et des tunnels de secours, des transmetteurs, des cerveaux positroniques et de gigantesques génératrices de construction compacte. Différents écrans protecteurs étaient érigés à l'intérieur de l'enveloppe elle-même. La roche tout autour avait été pulvérisée par des champs vibratoires afin de former un sable extrêmement fin. En cas de largage de bombes à fusion, il empêcherait les ondes de choc de se propager. Le major avait appris que pas une seule sécurité n'avait fait défaut durant la phase culminante de l'attaque des Dolans.

À huit mille quatre cents mètres de profondeur, L'Émir et Shukento descendirent de l'ascenseur.

Perry Rhodan se trouvait au centre du quartier général, un gigantesque amphithéâtre construit au XXIVe siècle avec d'innombrables pupitres, consoles positroniques et panneaux de contrôle. Au-dessus du sol scintillait la projection tridimensionnelle de la Galaxie et des Nuages de Magellan.

Le Stellarque prenait justement congé de quelques chefs de flottilles. Ses cheveux étaient imprégnés de sueur et sa voix sonnait rauque après s'être longtemps fait entendre.

— Ah, les revoilà ! dit-il en apercevant l'officier et L'Émir. Major Shukento, je dois vous parler.

Il les entraîna dans une salle voisine, demanda à ce qu'on leur apporte du café et des tartines puis se laissa choir dans un fauteuil-coquille. Il resta figé dans cette position des minutes durant, les yeux fermés. Cela lui suffit manifestement pour recouvrer de nouvelles forces car quand il les rouvrit, son regard avait retrouvé sa clarté habituelle.

— Nous – à savoir le haut-commandement et moi-même – avons décidé de demeurer pour l'instant passifs sur le plan militaire. L'ordre a naturellement été donné de mobiliser sur-le-champ toutes les unités lourdes disponibles, y compris ce qui nous reste des trois mille vaisseaux équipés de paraneutralisateurs – un millier environ.

Il s'interrompit brièvement quand une ordonnance apparut avec un chariot et lui versa du café. Il fit ensuite signe à L'Émir et au major de se servir.

— Il est peut-être impoli de parler la bouche pleine, fit-il en souriant, mais l'urgence ignore les convenances.

« Le professeur Bolder vient de nous communiquer une nouvelle très importante. Lui et Tolot ont suivi les recommandations de Waringer en tentant de déterminer ce que les Okefenokees savaient de nos radiants à contrechamp. Après avoir épluché les informations disponibles, Nathan a répondu qu'ils ignoraient même leur existence. Ce facteur sera peut-être décisif.

L'Émir émit un sifflement aigu.

— Chef, si les Okifenoquoi… ah zut… enfin, ces êtres avec ce nom qui devrait être proscrit par la loi ignorent tout de cette arme, ils ne doivent du coup posséder aucune parade. Ha ! Ils ne vont pas en croire leurs yeux quand on va niqu… euh… neutraliser leurs écrans paratroniques !

Le Stellarque s'éclaircit la gorge.

— La manière de s'exprimer du lieutenant est quelque peu non conventionnelle, dit-il à Shukento sur un ton d'excuse. Faites autant que possible la sourde oreille à ses écarts de langage.

Il se tourna de nouveau vers le mulot-castor.

— J'espère que tu as vu juste, petit. De toute façon, je n'ai pas l'intention de combattre les Okefenokees, sauf en cas de légitime défense. Je vais plutôt prendre l'initiative du point de vue diplomatique.

« Major, vous vous demandez peut-être pourquoi j'accorde tant d'intérêt à votre collaboration… ?

L'officier hocha la tête en silence.

— Bien entendu. On vous doit le premier contact avec Eynch Zigulor, aussi je préfère que vous soyez là quand je commencerai les pourparlers. En outre, vous avez fait une découverte importante dans le Centre galactique, d'autant plus que le transmetteur fictif permet de conclure à l'implication de l'être collectif de Délos. J'attends à tout moment…

Il s'interrompit quand le témoin d'appel de l'hypercom s'alluma.

— Établissez la liaison ! ordonna-t-il en se tournant vers le socle de projection.

Une image se matérialisa. Le visage du professeur Lagness Bolder pivota dans leur direction. Tolot se distinguait derrière lui.

— Vous pouvez parler, l'invita le Stellarque quand il vit le scientifique hésiter en raison de la présence de Shukento.

L'homme hocha la tête et s'humecta les lèvres.

— Voici le résultat de l'analyse des données concernant le planétoïde Oglu, Monsieur. Il est certain à quatre-vingt-six pour cent qu'il a été aménagé par l'intelligence désincarnée de Délos, ou antérieurement par les êtres qui l'ont ensuite constituée. La positronique devait intervenir dès l'apparition dans le Centre galactique de vaisseaux équipés de propulseurs transdimensionnels. Les appareils répartis dans l'astéroïde n'ont pu être identifiés. Nous nous en occuperons plus tard. Nathan suppose avec trente-neuf pour cent de probabilité qu'ils doivent émettre un rayonnement ou une fréquence inconnus destinés à anéantir toute nef de ce type.

« Les restes découverts proviennent d'un Bestian responsable de la mise hors service du mécanisme de contrôle. Vraisemblable à quatre-vingt-huit pour cent.

Perry Rhodan respirait lourdement.

— Cela ne nous sert pas à grand-chose, non ?

— Exactement, se manifesta Icho Tolot. Cette mystérieuse entité a dû autrefois remarquer l'arrivée des Ulebs et a sans doute compris le danger qu'ils représentaient pour les peuples de la Voie Lactée. Elle a pris des mesures pour interdire de nouvelles incursions. Je ne parviens cependant pas à m'expliquer comment un seul individu a fait pour tomber sur cette installation et la désactiver.

Ses quatre yeux luisaient d'un feu rouge sombre.

— D'un autre côté, Rhodanos, il nous a sauvé la vie. Si le système avait été encore opérationnel quand nous sommes revenus de M 87…

Le Stellarque blêmit.

— Effectivement ! Et je commence déjà à le regretter parce que les Okefenokees sont parvenus ainsi à passer sans être détectés. Le sort – si j'ose m'exprimer de façon aussi peu scientifique – nous joue de sales tours.

— Peut-être, s'immisça le professeur Bolder, n'y a-t-il qu'un seul metteur en scène en coulisses – à savoir l'Immortel de Délos. Je considère comme plausible qu'il ait reconnu par la suite que le dispositif mis en place ne présentait pas que des avantages et risquait d'attirer les Bestians sur Oglu…

Perry Rhodan prit une profonde inspiration.

— Nous allons nous pencher sérieusement là-dessus. Pour l'instant, merci.

Il coupa le contact.

Mais avant qu'il ait eu l'occasion de se tourner vers le major, le vibreur de l'intercom se fit à nouveau entendre. Une sentinelle demanda si le Stellarque était d'accord pour recevoir le maréchal solaire Allan D. Mercant.

— Envoyez-le-moi ! ordonna le Premier Terranien.

Quelques minutes plus tard, l'homme faisait son entrée. Comme toujours il revêtait l'apparence d'un citoyen standard de l'Amérique du XXe siècle. Jamais un non-initié n'aurait reconnu en lui le chef de la Défense Galactique.

Sans attendre d'invitation, il s'assit. Un sourire se discernait à grand-peine sur ses lèvres.

— Je vois comme une ironie perfide briller dans votre regard, mon cher… fit Rhodan en traînant sur les mots.

Le visiteur fronça les sourcils, toussota et déclara sur un ton tout à fait calme :

— Non sans raison, Stellarque. Vous ne devinerez jamais

qui a soudain envoyé une délégation sur la Terre pour nous proposer son aide… !

Perry se pencha en avant. Ses yeux scintillaient. Puis il éclata de rire et croisa les bras sur sa poitrine.

— Voyons voir qui… Les Akonides, sans doute ! Ils ont appris l'arrivée de la flotte de M 87. Ces gens savent penser, Mercant. Ils ont vite saisi ce que signifiait une telle armada pour notre Galaxie.

— Dommage, soupira le chef de la Défense Solaire. Vous avez déjà trouvé. (Son discret sourire refit son apparition). Mais ce n'est pas tout, Monsieur. En dehors d'eux se sont présentés aussi des Francs-Passeurs, des Arkonides et même nos ennemis acharnés, les Antis du culte de Baàlol.

Le Stellarque fronça les sourcils. Il observa attentivement le visage de son ami.

— La nouvelle de l'arrivée des Okefenokees s'est répandue étrangement vite, mon cher. Je suppose que vous n'y êtes pas innocent, non ?

Mercant haussa les épaules et, cette fois, afficha une franche gaieté.

— On fait ce qu'on peut !

Perry Rhodan hocha la tête.

— Merci, Allan. Veuillez vous arranger pour que les délégations soient reçues avec les honneurs. Les négociations doivent mener à l'envoi d'escadres dans le Système Solaire par tous les peuples de la Voie Lactée qui s'y sont préparés.

— J'y ai pensé. Des agents versés depuis des années dans la psychologie de nos voisins y travaillent déjà. Ce seront des pourparlers individualisés – et très courts.

Eril Shukento avait écouté le commentaire de Mercant avec étonnement. Il savait certes que le chef de la Défense Galactique était un homme de grandes capacités, mais le major comprenait soudain que ce « citoyen quelconque » à la couronne de cheveux clairsemés était bien plus que cela, à savoir un génie.

Une fois que le responsable de la sécurité se fut retiré, le Stellarque se leva.

— Je suis attendu pour un briefing. (Il regarda son chronographe). Il est l'heure. Veuillez me suivre.

CHAPITRE III

Le *Yerkola* était l'un des cinquante vaisseaux que Perry Rhodan avait laissé stationnés dans le système d'Ennemi lors de son départ précipité pour la Terre. Le croiseur léger de la classe des Villes se situait à proximité immédiate du gigantesque écran paratronique, dans l'axe approximatif de la Galaxie-patrie.

Le major Penta Schiroff en assurait le commandement. Pour le moment, il était assis dans sa cabine, faisant face à son second. Tous deux disputaient une partie d'échecs en 3-D.

L'officier supérieur venait d'avancer une pièce. Il se laissa aller en arrière, bâilla à s'en décrocher la mâchoire et déclara :

— À vous, Ramdor !

Le lieutenant-colonel Ochra, le menton appuyé sur ses mains jointes, se creusait la cervelle en étudiant la configuration de l'échiquier. Il finit par secouer la tête.

— On ne pourrait pas arrêter là, Penta ? Dès que ça s'éternise, ça me porte sur les nerfs. Cela fait des semaines qu'on reste immobile devant ce foutu mur à attendre que quelque chose se produise. Et il n'est toujours rien arrivé, sinon que j'ai pour l'instant perdu huit parties.

Schiroff alluma une cigarette.

— Vous en avez aussi gagné six. O.K., c'est bon. Terminé pour aujourd'hui. Je fais encore un saut sur la passerelle puis je vais me mettre à l'horizontale.

Ramdor Ochra poussa un soupir de soulagement et se leva. Il se figea quand le témoin d'appel de l'intercom se mit soudain à clignoter d'un rouge alarmant.

— Il doit y avoir du neuf ! jeta-t-il.

Le major était déjà devant l'écran. Apparemment, il s'agissait d'une communication de première importance.

— Ici le commandant !

Le visage du responsable du centralcom s'afficha sur le moniteur.

— Un message du quartier général de Gobi. Priorité Un, Monsieur.

— Transmettez-le-moi ! ordonna Schiroff.

Peu après, il tenait en mains une retranscription du texte. Il la survola et siffla entre ses dents.

— Nous regretterons bientôt la routine, Ramdor, commenta-t-il. Le Q.G. annonce qu'une flotte de soixante mille cuirassés okefenokees venus de M 87, avec des équipages de soldats dumfries, a mis le cap sur le pont de matière entre les Nuages de Magellan. Selon toute probabilité leur but est le système d'Ennemi. Nous devons nous retirer à cinquante millions de kilomètres et éviter tout geste qui pourrait être considéré comme hostile.

— Quoi… ? (Le commandant en second était sans voix). Les Okefenokees ? Mais ce sont les ennemis mortels des Bestians, non ?

— Hum ! (Schiroff se gratta pensivement derrière l'oreille). Et, façon de parler, ils ont dû entendre le vacarme provoqué par l'effondrement du champ temporel. Je me demande bien s'ils vont parvenir à forcer ce mur infranchissable.

Tout en parlant, il avait bouclé son ceinturon d'armes. Ramdor Ochra suivit son exemple. Les deux hommes quittèrent la cabine et empruntèrent la bande transporteuse qu'ils abandonnèrent devant le panneau blindé donnant accès à la centrale de commandement.

Quand ils entrèrent, les officiers présents discutaient déjà des dernières évolutions.

Penta Schiroff sourit puis déclara d'une voix forte :

— Messieurs, du calme, s'il vous plaît ! Je vais demander au chef d'escadre s'il a reçu de nouvelles instructions.

Grâce à une chaîne de relais composée de croiseurs légers et de corvettes, celui-ci gardait en permanence le contact avec le quartier général des forces de défense solaires.

Le major dut attendre bien dix minutes que la liaison hypercom soit établie. Il en profita pour observer sans laisser paraître d'émotions le champ mat scintillant qui s'étendait sur tout le secteur frontal de la galerie panoramique. Il ne s'agissait que d'une portion de l'écran paratronique qui protégeait le système d'Ennemi mais cela donnait déjà une bonne idée des forces colossales requises pour l'ériger et le maintenir en place.

— Il nous suffira peut-être de patienter quelques siècles, murmura-t-il ironiquement, se parlant à lui-même, et cette chose s'effondrera toute seule par manque d'énergie…

Le colonel Malokow répondit enfin.

Sa moustache fournie et son visage anguleux lui conféraient l'allure martiale d'un gladiateur romain. Une calvitie totale adoucissait néanmoins cette impression.

— Bien sûr que j'ai reçu des ordres spéciaux, major ! (Il haletait ; probablement avait-il trop bu et trop fumé la veille au soir). Le Stellarque nous assure que les Okefenokees et les troupes dumfries n'ont pas l'intention d'agresser l'Empire Solaire.

Penta Schiroff fronça les sourcils.

— Ça a l'air parfait, presque trop parfait, Monsieur. Ils s'expriment comme des individus imbus de leur supériorité. Une telle vanité incite généralement à faire usage de sa propre force pour commettre des exactions, ainsi que l'a largement démontré l'Histoire.

— Allons donc ! L'Histoire ! grogna Malokow d'un ton dédaigneux. (Il soufflait encore plus fort). Si le Stellarque affirme que les Okefenokees ne nous attaqueront pas, c'est qu'ils ne nous attaqueront pas. Vous avez compris, major ?

Penta Schiroff bouillait intérieurement, mais il garda une apparence totalement sereine.

— Oui, Monsieur.

Il coupa la liaison et s'adressa à son second :

— Vous avez entendu ce lourdaud, Ramdor ! (Il singea le ton de son supérieur) : « Si le Stellarque affirme que les Okefenokees ne nous attaqueront pas, c'est qu'ils ne nous attaqueront pas ! » (Il prit ensuite une profonde inspiration). Ce calme ne me dit rien. Et je n'arrive pas à m'imaginer Rhodan se fiant aveuglement aux assurances des Constructeurs du Centre.

Il appela le centralcom.

— Écoutez-moi ! jeta-t-il au responsable des transmissions. Tout ce qui peut être prononcé sur les ondes m'intéresse, que ce soit ou non adressé directement à nous. Qu'avez-vous à me proposer qui sorte de l'ordinaire ?

L'homme sourit. Il connaissait parfaitement son supérieur.

— Eh bien, Monsieur, il y a par exemple une requête secrète émanant de l'hyperimpotronique lunaire Nathan, destinée à tous les chefs d'escadres et officiers qui ont participé à l'aventure de M 87. On aimerait bien savoir si les Okefenokees ou les Dumfries sont au courant du fait que nous disposons de radiants paraneutralisateurs. D'autres questions portent sur l'armement de leurs navires. En particulier sur le fameux inhibiteur métabolique. On se demande si les astronefs pourraient en être équipés.

— Merci beaucoup, dit Schiroff. Vous m'avez été d'une grande aide.

Il adressa à son second un regard qui en disait long.

— Ça n'a pas l'air de cadrer avec les propos lénifiants de Malokow, n'est-ce pas ?

Ramdor Ochra haussa les épaules.

— Il semblerait bien que le Stellarque se prépare à toutes les éventualités.

— Il ne semble pas, c'est le cas ! Seulement, Perry Rhodan se trouve dans une situation peu enviable. Il est délicat d'affronter un adversaire quand on ignore de quelles armes il dispose. Aucune planification tactique raisonnable n'est envisageable dans de telles conditions.

— Comment travaille au juste cet inhibiteur métabolique, Monsieur ? s'enquit le navigateur, un homme à peine sorti de l'adolescence.

Penta Schiroff le lui expliqua.

Son interlocuteur frissonna.

— Effrayant ! Vous dites qu'en quelques secondes un être vivant tombe en poussière ?

Le major hocha gravement la tête.

— Il ne devrait par contre ressentir aucune douleur. Probablement est-il plongé dès le premier instant dans un état d'engourdissement qui entraîne une perte de conscience…

Son visage arbora une expression rêveuse.

— Je me demande toutefois si un inhibiteur métabolique est à même de percer nos écrans à surcharge de haute énergie. Si seulement nous le savions…

Ramdor Ochra voulut répondre quelque chose, mais le hurlement de l'alerte de détection lui coupa la parole.

Une formation de plusieurs centaines de nefs cylindriques gigantesques venait de se matérialiser. Leur poupe évasée en forme d'entonnoir les désignait sans équivoque comme des bâtiments dumfries.

Ces navires n'auraient cependant pas dû se trouver déjà là. Ou alors ils disposaient de blocs-propulsion linéaires aux capacités d'accélération inimaginables…

Ils n'étaient pas éloignés de plus de dix millions de kilomètres d'eux. Aucun des croiseurs terraniens de la classe des Villes ne s'était encore retiré à l'écart comme ordonné ; les étrangers les avaient pris par surprise.

Le colonel Stefan Malokow se signala par hypercom.

— À toutes les unités ! Rejoignez la position qui vous a été assignée. Nous ne sommes pas en situation de combat. Les Okefenokees ne nous attaqueront pas. Terminé.

Schiroff se mordilla la lèvre inférieure tout en observant les mastodontes surgis de M 87.

— Qu'avez-vous, Penta ? interrogea son second.

Le major lui jeta un regard singulier.

— Rhodan doit apprendre d'une façon ou d'une autre de quelles armes disposent les Constructeurs du Centre… murmura-t-il à mi-voix. Et en outre, il faut clarifier ce qu'ils entendent quand ils disent adopter un comportement pacifique envers l'Humanité.

Ramdor Ochra eut un sourire gêné.

— Ne vous faites pas violence. Demandez au colonel Malokow si nous pouvons nous permettre de nous approcher pour les tester.

— Ah, Malokow ! (Schiroff rejeta d'un geste dédaigneux cette proposition). Il n'endossera aucun risque.

Il fit pivoter son siège-contour.

— Messieurs, j'ai l'intention de me diriger vers la flotte dumfrie – en prenant bien sûr un maximum de précautions. Sonder les forces de combat des Okefenokees et voir jusqu'où ira leur tolérance est à mon avis d'une importance cruciale. Mon plan va naturellement à l'encontre des ordres donnés, et je ne veux contraindre personne à participer à une telle infraction. Qui s'y oppose ?

Les hommes se regardèrent en silence puis l'officier artilleur finit par déclarer :

— Si vous voulez avoir une réponse positive, commandant, vous devriez plutôt demander qui est pour.

Certains réprimèrent un rire.

— Très bien. Alors, qui est pour ?

Toutes les mains se levèrent. Les visages des Terraniens étaient graves. Ils connaissaient le risque. Mais ils savaient aussi qu'il fallait le prendre.

Penta Schiroff hocha la tête.

— Merci beaucoup. Nous allons nous approcher lentement de l'armada avec notre écran SH activé. Trajectoire tangentielle pour que nous puissions nous dégager dans les plus brefs délais. Aucune riposte aux tirs, s'il vous plaît. Les Okefenokees ne doivent pas savoir de quelles armes nous disposons. De toute façon, nous ne pourrons pas percer leurs boucliers paratroniques.

Il passa sur le circuit intercom général et informa l'équipage de l'action prévue. Il mit ensuite le cap à accélération minimale sur la flotte dumfrie.

Les navires cylindriques ne semblaient pas tenir compte du croiseur léger terranien. Ils se regroupaient, manifestement pour lancer l'attaque sur le système d'Ennemi.

— Cinq millions de kilomètres, annonça le responsable de la détection. Nous sommes sondés par des faisceaux senseurs. Rien d'autre à signaler.

Les mains de Penta Schiroff reposaient sur le pupitre de contrôle principal. Il poussa lentement une manette vers l'avant. Le *Yerkola* atteignit quinze pour cent de la vitesse de la lumière, puis vingt. Sur le secteur d'agrandissement de l'écran frontal, une des gigantesques nefs étrangères gagna en taille jusqu'à sortir du cadre de l'image.

— Encore un million et demi de kilomètres. Nous ne sommes plus palpés que par un seul bâtiment, Monsieur.

Prenant une décision soudaine, le major accéléra à fond et propulsa le croiseur à la verticale. Il s'éloigna de la flotte des Okefenokees dans le hurlement de ses machines.

Quelques secondes plus tard, le Terranien s'étonnait que nul n'ait ouvert le feu. Dès lors qu'il ne restait plus qu'un unique vaisseau dumfrie à s'intéresser à lui, il s'était attendu à une attaque imminente de sa part.

— Commandant à détection, dit-il. Sommes-nous toujours sondés ?

— Activité énergétique à l'intérieur de la nef, annonça l'officier en charge du repérage. (Son visage, sur le moniteur, paraissait tranquille puis soudain sa bouche se déforma pour crier). Augmentation automatique de la puissance de notre écran SH ! Quelque chose l'a touché !

Sa voix devint un murmure et s'interrompit.

Penta Schiroff vit avec horreur les traits de l'homme se dégrader extrêmement rapidement et sa tête se transformer en un crâne décharné, avant de se dissiper dans un nuage de particules grisâtres.

Il frappa du poing sur le dispositif d'activation du bloc-propulsion linéaire. Les convertisseurs des kalups hurlèrent, dans les entrailles du navire, puis l'univers normal s'effaça. Au-dehors ne se distinguaient plus que les étranges phénomènes lumineux de l'entr'espace.

Soulagé, le major se retourna – et se figea.

Son commandant en second, le navigateur, l'officier artilleur, un cybernéticien : tous avaient disparu. Seule la poussière sur leurs sièges-contours trahissait ce qu'il était advenu d'eux.

Schiroff regarda de l'autre côté du poste central.

Là, ses hommes étaient en vie. Mais dans leurs yeux se lisait une indicible horreur…

***

Le major Eril Shukento poussa un soupir audible quand le *Krest V* laissa derrière lui l'espace linéaire pour regagner le continuum normal ; à quelques millions de kilomètres de là stationnait la gigantesque flotte de combat de M 87.

Il détourna son regard et s'intéressa à la table des cartes près de laquelle était assis le Stellarque en compagnie d'Atlan, de Roi Danton et des mutants. Eux aussi observaient l'écran.

Il secoua inconsciemment la tête, dérouté par le souverain des Libres-Marchands. Le fils du premier responsable de l'Empire Solaire avait pu cacher sa véritable identité à des milliards d'humains pendant des années, se livrant à une sorte de bouffonnerie cosmique, pour des raisons sérieuses il est vrai. Mais depuis que son secret avait été révélé au grand jour, Michael Reginald Rhodan avait remisé ses allures excentriques comme on range un manteau trop porté. Il se comportait maintenant avec naturel, vivacité, faisant preuve à l'occasion de gravité.

Les traits tirés et moroses d'un officier de l'Astromarine Solaire s'affichèrent sur les écrans de la centrale de commandement. Il parlait d'une voix basse et hésitante.

— Ici le major Penta Schiroff, du croiseur léger *Yerkola*. J'ai une annonce importante à faire, Monsieur.

La réponse du Premier Terranien fut également amplifiée par les haut-parleurs.

— Le chef de votre escadre m'a informé de votre violation des ordres. Vous vous êtes approché de la flotte étrangère en dépit d'instructions claires et précises. J'aimerais particulièrement connaître les raisons d'un tel manque à vos devoirs !

L'homme hocha la tête. Son visage ne trahissait rien de ce qu'il pouvait penser de ce reproche justifié.

— Avant mon initiative, nous ignorions tout des moyens à disposition des vaisseaux dumfries. Et surtout, nous ne savions pas si les Okefenokees avaient doté leurs troupes de leur arme secrète, l'inhibiteur métabolique.

La voix du Stellarque trembla légèrement quand il demanda :

— Et maintenant vous croyez avoir la réponse, major ?

Les traits de Schiroff se raidirent. Un feu singulier brilla dans ses yeux.

— Oui, Monsieur. Ils en sont bien pourvus – et nos écrans SH ne nous sont d'aucune aide. (Il ajouta plus bas :) Plus de la moitié de mon équipage est tombée victime d'une telle attaque, Monsieur.

Un murmure de stupéfaction parcourut la centrale de commandement et s'interrompit net sur un geste de Perry Rhodan.

— Le colonel Malokow propose de vous faire passer en cour martiale, major. Qu'avez-vous à dire à cela ?

— Je suis prêt à assumer la totale responsabilité de mes actes, Monsieur. J'étais conscient des risques auxquels j'exposais le *Yerkola*. Mais l'expérience si chèrement acquise aidera peut-être à sauver des millions de vies.

— C'est parfaitement possible, répliqua le Stellarque en esquissant un sourire sans joie. Vous avez contrevenu aux ordres de vos supérieurs dans des circonstances exceptionnelles, bien qu'en appréciant justement la situation et dans l'intérêt de l'humanité. Une procédure ne pourra être évitée, ne vous faites toutefois pas de souci. Vous conserverez votre commandement. Je vous remercie.

Une fois que la conversation eut pris fin, le major Shukento s'approcha lentement de la table des cartes. L'Émir l'aperçut et dévoila son incisive en lui adressant un clin d'œil. Néanmoins, tous les autres arboraient un visage grave.

— Je considère le comportement des Okefenokees comme une violation de leur promesse de ne pas nous attaquer, déclara à ce moment le Lord-Amiral.

L'Arkonide paraissait plus âgé qu'à l'accoutumée ; l'inquiétude qui le dévorait se devinait à sa voix.

— Pas vraiment, intervint Roi Danton.

— Si ! explosa Atlan. Le *Yerkola* fait partie de l'Empire Solaire, de même que tous les navires de l'Astromarine.

— Nous ne sommes pas en mesure de répliquer par des représailles sévères, fit lentement Perry Rhodan. Mais nous nous montrerons désormais plus circonspects. Manifestement, nos amis ne tolèrent pas la moindre intrusion dans ce qu'ils appellent leurs « propres affaires ». Qu'importe si cela s'accorde ou non à notre idée du droit, du fait que nous n'avons aucun moyen de les contraindre à accepter notre point de vue.

Il se mit en liaison avec le centralcom.

— Envoyez le signal convenu à Eynch Zigulor, ordonna-t-il.

Eril Shukento alluma une cigarette. Il grelottait soudain. Pour la première fois, il réalisait l'étroitesse de manœuvre de Perry Rhodan. Un seul faux pas pourrait se révéler fatal pour l'Humanité déjà lourdement frappée.

Il n'écouta que d'une oreille distraite les messages hypercom transmis régulièrement par les escadres de l'Astromarine. Le Maréchal d'État Reginald Bull rapportait l'arrivée de puissantes flottes de combat – Akonides, Arkonides et Marchands Galactiques – aux portes de la Terre. Elles se plaçaient à sa disposition sans exiger de contrepartie.

— Ils se mettent à bouger, commenta le mutant bicéphale Ivan Ivanovitch Goratchine. Manifestement, certains ont soudain réalisé que cet Empire Solaire si méprisable assure aussi leur protection.

Le Lord-Amiral eut un rire sans joie.

— Un phénomène similaire s'est produit sur Sol III il y a plusieurs siècles, quand Perry Rhodan a fondé la Troisième Force. Il a récupéré de la technologie arkonide et s'est retrouvé subitement plus puissant que tous les blocs de la planète. Résultat, ils se sont ligués contre lui. C'était bien ça, mon ami ? demanda-t-il en s'adressant au Stellarque.

L'intéressé hocha la tête.

— C'est une loi naturelle, Atlan. On peut déjà l'observer chez les fourmis ou toute autre espèce à comportement social. Prenez une meute de loups où se joue en permanence une lutte pour le pouvoir. Dès qu'ils se sentent menacés par un péril commun, ils oublient leurs querelles et se soumettent volontairement au chef qu'ils combattaient avec acharnement quelques minutes plus tôt.

— Mais une fois que le danger est passé… murmura Roi Danton d'une voix sombre.

L'hypercom se signala à nouveau. Le Premier Terranien se raidit. C'était Eynch Zigulor.

— Je suis heureux de vous revoir, déclara le Stellarque. J'aurais néanmoins préféré le faire dans de meilleures circonstances.

Le visage basané de l'Okefenokee paraissait froid et distant.

— Vous n'avez pas besoin de vous inquiéter, Perry Rhodan. Nous désirons seulement éliminer une menace dont vous n'arriverez jamais à vous débarrasser seul.

— Nous pourrions coordonner nos actions, proposa l'humain.

— Je connais les projets du Druisant Kibosh Baïwoff, répliqua le Constructeur du Centre. Cela ne l'intéresse pas. Je vous donne un bon conseil : retirez-vous avec vos vaisseaux et tenez-vous à l'écart de nos affaires. Vous savez parfaitement que depuis soixante-dix mille ans, les peuples de M 87 doivent vivre dans la hantise des Bestians. Il est inutile de vouloir nous faire changer d'avis.

— Quelles sont vos intentions ? insista le Stellarque. Vous ne pouvez pas exterminer comme cela des millions d'êtres intelligents. Et il y en d'autres, tout autant, qui vivent aussi dans le système d'Ennemi. Or, eux n'ont pris aucune part dans les exactions de vos adversaires. Peut-être pourriez-vous…

Eynch Zigulor l'interrompit brusquement.

— Contentez-vous d'assurer votre propre survie, Perry Rhodan ! Si je ne me sentais pas obligé envers vous, je ne montrerais pas une telle patience dans mes avertissements. Pour la dernière fois : retirez-vous !

Les yeux de l'humain, amer, demeurèrent fixés sur l'écran à présent noir. Il ordonna ensuite aux navires de la flotte de surveillance de se positionner en retrait à cinq cents millions de kilomètres. Le *Krest V*, lui, resta sur place. Quelques minutes plus tard, trois *Explorateurs* firent leur apparition. Sur les conseils du Premier Terranien, ils se dispersèrent à distance sûre du bouclier paratronique et de l'armada étrangère.

Entre-temps, le système d'Ennemi avait été soumis à un blocus total. Seules quatre escadres de chacune mille unités lourdes demeuraient stationnées à l'extérieur de l'anneau d'encerclement – et puis on signala une hyperonde de choc. Les quatre mille croiseurs dumfries disparurent au même moment.

— Les vaisseaux ne sont pas passés dans l'entr'espace mais ont fait usage de leurs propulseurs transdimensionnels, annonça avec excitation le responsable de la détection.

Atlan et Rhodan se dévisagèrent.

— Où peuvent-ils aller ? murmura l'Arkonide. Ils retournent dans M 87 ? Je ne peux pas le croire. Par ailleurs, avec leur mode de déplacement, ils sont contraints de se matérialiser au centre d'une galaxie – ou les Okefenokees auraient-ils trouvé d'autres possibilités ?

L'équipe de repérage se manifesta.

— Instabilité énergétique dans le domaine hyperdimensionnel !

Mais avant que quiconque ait pu réagir, arrivèrent les messages des trois *Explorateurs* qui s'étaient positionnés au milieu du cordon reliant les deux Nuages de Magellan, du côté tourné vers la Voie Lactée. Ils annonçaient la disparition de tout un système solaire et la présence de phénomènes inexpliqués qui ne pouvaient être observés que dans la zone de libration de l'entr'espace. Les divers rapports concordaient.

— Tout se passe comme si notre continuum devait être aspiré dans l'hyperespace, déclara un des commandants.

Perry Rhodan donna l'ordre au *Krest V* de se placer « au-dessus » du pont de matière. Il espérait ainsi mieux voir ce qui se passait.

On avait entre-temps attribué un nom à ces étranges manifestations : des hyperimplosions. La grande positronique de bord se mit au travail.

Puis on signala une nouvelle instabilité du même type.

Cette fois elle pouvait se constater directement sur la galerie panoramique de l'ultracroiseur.

Le major Eril Shukento découvrit d'abord, contre le fond ténébreux du vide intersidéral, un anneau blême scintillant dans des teintes blanc-bleu. Sa luminosité s'accrut à vue d'œil, puis un point minuscule se dessina au milieu avant de gagner rapidement en taille. Il tournait de plus en plus vite, formant une spirale cosmique qui s'étendait au-delà du continuum einsteinien.

La centrale de détection détermina que ce phénomène se produisait à deux mille neuf cents années-lumière de là. L'apparition mesurait une année-lumière et demie de diamètre et, à son apogée, irradiait plus fort que le cœur d'un soleil.

Trente secondes après qu'elle se fut dissipée, les astronomes de l'observatoire du *Krest V* constatèrent toute une série de novæ : une dans le pont de matière, deux dans le Petit Nuage de Magellan et trois dans le Grand.

On annonça alors qu'on avait perdu tout contact avec un vaisseau *Explorateur* situé là-bas.

Le cerveau P se manifesta enfin. Il avait analysé les informations obtenues jusqu'à pouvoir en tirer une conclusion logique.

Les escadres qui avaient disparu grâce à leurs propulseurs transdimensionnels étaient parvenues à localiser les para-arsenaux des Bi-Conditionnés et à les anéantir à tour de rôle. Chaque destruction avait créé un vide dans l'hyperespace, vers lequel s'engouffrait le potentiel énergétique de l'Univers standard. D'où les implosions.

Peu après cette annonce, deux autres se produisirent en succession rapide. Puis ce fut le calme. Une demi-heure plus tard, les quatre mille navires dumfries refaisaient leur apparition.

— Manifestement, il n'en existait que quatre, commenta Geoffry Abel Waringer, songeur. Nous en connaissions déjà deux. J'avoue que la détermination et l'intransigeance avec laquelle les Okefenokees agissent m'impressionnent.

Le Stellarque adressa un regard interrogateur à son gendre. Voyant que le scientifique pensait vraiment ce qu'il disait, il hocha la tête.

— D'accord, mais n'oublie pas qu'ils se préparent depuis soixante-dix mille ans à cette attaque. (Il afficha un sourire ironique). Il ne nous aurait pas fallu le dixième de ce temps, tu n'es pas de cet avis ?

D'autres hommes rirent. Geoffry Abel Waringer rougit puis soupira de façon perceptible.

— Sous ta direction, sept cents ans leur auraient probablement suffi.

Perry Rhodan opina du chef tout à fait sérieusement et déclara :

— Un jour, nous reviendrons dans M 87. Il ne faudrait pas que la situation évolue là-bas sous les ordres de gens aussi peu scrupuleux que le Druisant Kibosh Baïwoff. Et maintenant, je voudrais encore une fois m'entretenir avec cet individu. Commandant, mettez le cap sur la flotte dumfrie.

***

Tandis que le *Krest V* se dirigeait seul vers les soixante mille croiseurs venus de M 87, les *Explorateurs* détectèrent de nouvelles décharges hyperénergétiques.

Ils en déduisirent que les Bestians du système d'Ennemi tentaient de s'échapper en utilisant de grands transmetteurs. Des stations réceptrices secrètes devaient encore exister quelque part, sinon cela n'aurait rimé à rien.

Mais manifestement, les Dumfries disposaient du moyen pour empêcher toute fuite de ce type. De façon ininterrompue, des soleils s'embrasaient dans les proches environs dès qu'un faisceau de transport était intercepté par une arme inconnue.

— Pour l'instant, ça tient, murmura Atlan. (L'Arkonide ne quittait pas des yeux les informations de repérage et l'analyse positronique). Les Okefenokees nous sont supérieurs dans certains domaines. Néanmoins, ils ne semblent pas réussir à percer l'écran paratronique.

— Ils ne s'y sont pas encore attaqués, répliqua Rhodan. Peut-être attendent-ils que les Ulebs réalisent la futilité de leurs tentatives.

Le Lord-Amiral secoua la tête. Soudain, son regard se figea sur le moniteur de l'hyperdétection. Une courbe s'était brusquement envolée, dans le spectre des énergies transdimensionnelles, pour s'aplatir aussitôt.

Il demanda à la centrale de détection si des mouvements de navires dumfries avaient été signalés. La réponse fut négative. Un court comptage, effectué par les positroniques des consoles, confirma que les soixante mille vaisseaux étaient toujours là.

Le phénomène se reproduisit pourtant à vingt-trois reprises. Puis il disparut.

— Quelque chose dont nous n'avons aucune idée est en train de se produire, fit Atlan à voix basse. Peut-être avons-nous remarqué l'emploi d'armes inconnues qui n'agissent qu'au-delà du champ paratronique ?

— Contact avec Eynch Zigulor ! cria-t-on depuis le centralcom.

La liaison fut aussitôt relayée à la place de Rhodan. Le visage de l'Okefenokee se dessina à nouveau sur l'écran. Cette fois, il paraissait encore plus distant.

Le Stellarque leva une main pour empêcher l'étranger de prendre la parole.

— Épargnez-moi vos exigences de retrait, clama-t-il sèchement. J'en appelle une fois de plus à votre conscience. Vous ne pouvez pas laisser périr des millions d'êtres doués de raison. Nous avons constaté que les moyens à votre disposition sont colossaux. Pourquoi, alors, ne pas réclamer la reddition des Bestians ? Vous pourriez les bannir sur une planète isolée où ils ne causeraient plus de dommages.

— Assez parlé ! rétorqua vivement Zigulor. Désormais, je n'ai plus rien à vous dire !

Il coupa le contact. Merlin Akran se manifesta par intercom pour savoir s'il devait immobiliser le *Krest* ou poursuivre le vol.

— Maintenez la trajectoire en direction de la plus proche escadre de combat des Dumfries, colonel ! ordonna le Stellarque.

— Quelles sont tes intentions ? demanda Atlan.

Rhodan jeta un œil sur le secteur d'agrandissement de l'écran frontal, où l'on distinguait plusieurs croiseurs lourds de M 87 tournoyant autour du bouclier paratronique du système d'Ennemi tels des vautours affamés.

— J'ai l'espoir de les faire sortir de leur réserve, mon ami. On a encore un pion à jouer, tu n'es pas de cet avis ?

Le visage de l'Arkonide se referma.

— Il ne faut pas les provoquer inutilement.

Comme pour donner corps à son avertissement, Kibosh Baïwoff se manifesta en personne. Ses yeux brillaient d'un rouge menaçant et, malgré l'étrangeté absolue de sa voix, les hommes sentirent la froideur qu'elle véhiculait.

— Vous êtes décidément entêté, Perry Rhodan, déclara-t-il. Très bien ! Alors écoutez attentivement et suivez mes ordres !

— Vous n'avez rien à m'ordonner, Druisant ! répliqua le Stellarque.

— Ne nous affrontons pas pour des subtilités sémantiques, le contra le Supra-Ingénieur. Soit ! Appelez cela « revendication ultime ». Je vous somme, en tant que commandant en chef de toutes les forces de combat de l'Empire Solaire et de ses puissances alliées, de prendre immédiatement les mesures adéquates pour exterminer les Bestians de type halutien.

— Vous êtes fou ! s'indigna Perry Rhodan. Comment osez-vous ? Si nous n'étions pas intervenus dans votre propre galaxie, la planète de cristal Monol aurait été anéantie par vos créatures et votre pouvoir ne serait plus qu'un souvenir. Ceux que vous qualifiez de « Bestians de type halutien » nous ont alors aidés, Druisant. Le mot « reconnaissance » vous est donc inconnu ?

— Je ne connais que mes instructions. Il est impératif que nous éradiquions toute forme de vie monstrueuse issue des laboratoires des Okefenokees. Voulez-vous nous refuser le droit de détruire ce que nous avons nous-mêmes créé, Perry Rhodan ?

Le Stellarque éclata d'un rire chargé d'aigreur. Il réalisait pour la première fois pleinement le sens des paroles prononcées en son temps par le Gardien de la Lumière, lequel avait déclaré que des êtres doués de raison ne devraient jamais lutter *contre* quelque chose mais *pour* quelque chose.

— Druisant, dit-il lentement en articulant chaque syllabe, vous parlez d'un droit que vous vous êtes vous-même arrogé. Mais moi, celui dont je me réclame est immuable, car il s'appuie sur les lois cosmiques éternelles. Ni vous ni moi ne pouvons en disposer ; nous n'avons que le devoir de tout mettre en œuvre pour le garantir. Le mot « pour » est décisif ! Battez-vous donc pour détourner le danger qui menace les peuples de M 87. Tout ce qui est entrepris dans ce but est *bien*. Mais ce qui s'en écarte contrevient aux règles de l'Univers. (Il éleva la voix). Et c'est le cas de l'anéantissement des Halutiens, car rien ne le justifie. Ils sont autrement plus pacifiques que vous tous. D'accord, ils sont arrivés dans notre Galaxie en la mettant à feu et à sang ; ils ont également détruit l'Impérium de la Première Humanité. Mais cela fait longtemps qu'a eu lieu leur mutation psychogénique et depuis, même si nos amis ressemblent extérieurement à des Bestians, ils sont mentalement aussi proches de nous que des frères. Pourquoi, alors, entreprendre quoi que ce soit contre eux ? Surtout nous, les humains, dont le système a pu éviter la destruction totale grâce à leur intervention.

— Tu ne réussiras jamais à le persuader, Perry, chuchota le Lord-Amiral Atlan.

La réponse de Kibosh Baïwoff le confirma.

— J'ai parlé d'une « revendication ultime », Stellarque. Malgré tout, je voulais vous épargner le pire. Mais comme vous vous montrez borné, je dois vous informer que ma flotte s'attaquera de façon impitoyable à votre Empire et le raiera complètement de la carte si vous ne vous pliez pas sans réserves à mes exigences. C'est mon dernier mot. Réfléchissez bien à ce que vous faites, humain. Soit nous nous séparons en paix, soit c'en est fini de votre race.

Le Terranien garda les yeux fixés sur l'écran de transmission, l'esprit absent, alors que la liaison avait été depuis longtemps coupée.

— Je t'avais prévenu, Perry, ajouta l'Arkonide.

Rhodan se détendit un peu. Il secoua la tête.

— Il est certainement redoutable de se trouver devant une alternative à ce point effroyable, dit-il à voix basse. Mais, inconsciemment, j'escomptais une réaction de ce type. Ma provocation n'a eu pour effet que de forcer le Druisant a abattre ses cartes plus tôt que prévu.

Il afficha un sourire glacial.

— Probablement voulait-il attendre d'avoir réglé le problème des Bestians du système d'Ennemi. Il aurait aussitôt après fait pression sur nous – par les actes et pas seulement par les mots, comme il vient de le faire. Cela nous donne l'opportunité de réfléchir à des contre-mesures. Je ne suis pas encore à terre, Atlan.

Le Lord-Amiral eut un rire sec.

— Ça non, petit barbare. Et quand l'as-tu déjà été ?

Son air s'assombrit.

— Hélas, il y a une différence considérable entre se battre dans M 87, où rien ne menace directement ton peuple, et affronter un ennemi qui prend l'Humanité Solaire en otage.

— On devrait pouvoir faire pareil avec la flotte de Baïwoff… murmura pensivement Perry Rhodan.

L'Arkonide ricana d'un ton amer. Il s'interrompit brusquement et dévisagea son ami les yeux grands ouverts.

— Damnation ! (Le juron paraissait déplacé dans sa bouche). Quelle chance ai-je de ne pas être ton adversaire ! Oui, il doit être possible d'utiliser leurs vaisseaux comme moyen de pression ! Et je crois déjà savoir comment.

Pour la première fois depuis longtemps, le Stellarque afficha son sourire ironique.

— J'écoute.

— Vaincre les soixante mille navires géants au combat est hors de notre portée. Par conséquent il nous faut bluffer, donner l'impression que nous en sommes capables.

« Je propose de nous livrer à une expérience, Perry. Essayons de savoir si les écrans protecteurs paratroniques des bâtiments dumfries peuvent ou non résister à nos radiants paraneutralisateurs. À l'issue du test, nous saurons si ton plan est vraiment réalisable.

Rhodan hocha la tête.

— Bien ! Qu'il en soit ainsi, mon ami. On tente le coup !

***

Le major Eril Shukento essuya la sueur qui dégoulinait sur son front puis rabattit la visière de son casque. Les fermetures magnétiques s'enclenchèrent avec un bruit sec.

Quand le signal « Vaisseau paré au combat » s'estompa, la nef amirale se mit en mouvement. Elle s'approcha de la flotte dumfrie selon une trajectoire tangentielle, ainsi que l'avait fait le *Yerkola*. Mais comparée au croiseur léger, c'était un véritable géant. Son armement pouvait sans effort anéantir un système solaire dans sa totalité et les hommes assis derrière les postes de tir constituaient l'élite de l'Astromarine, aguerris par des milliers d'affrontements où la différence entre victoire et défaite s'était souvent comptée en fractions de secondes.

Ni Kibosh Baïwoff, ni Eynch Zigulor ne se manifestaient bien que le *Krest V* se rapprochât dangereusement. Un des plus grands bâtiments dumfries finit par quitter son escadre et présenta son flanc au navire terranien.

Shukento tremblait de nervosité. Il n'avait pas peur, la pensée de la décision qui tomberait à l'issue de ce test ne laissait pas naître de tels sentiments. S'il devait échouer, l'Humanité et les habitants de Haluta seraient exterminés dans un ultime combat mortel car jamais le Stellarque n'ordonnerait à sa flotte d'anéantir ses amis et alliés.

— Ils attaquent avec des inhibiteurs métaboliques ! signala le colonel Merlin Akran avec un calme inébranlable, dont seuls peuvent faire preuve ceux qui ont déjà vu la mort en face sous ses multiples visages.

— Radiants à contrechamp, feu à volonté ! intima Perry Rhodan.

Les faisceaux de ces armes ne pouvaient se voir mais le résultat fut aussitôt perceptible. En quelques fractions de seconde, le continuum spatio-temporel se déchira ; l'écran paratronique de l'astronef dumfrie se déforma puis s'effilocha en lambeaux avant de disparaître dans l'hyperespace.

L'instant suivant, le *Krest V* tressaillait sous l'effet de recul des canons transformateurs. Des ultracharges hydrogène-hélium de mille gigatonnes furent dématérialisées puis projetées sous forme de spirales hyperénergétiques invisibles avant de reprendre leur état d'origine tout près du navire cylindrique. Tout cela en un délai infime. Une seconde et demie après l'ordre de tir, le géant venu de M 87 se métamorphosa en une boule de gaz aussi brillante qu'un soleil, laquelle se mit à enfler rapidement.

***

Kibosh Baïwoff et Eynch Zigulor avaient suivi ensemble la manœuvre de l'ultracroiseur, mais avec des sentiments disparates.

Le Constructeur du Centre ressentait toujours une forte sympathie envers les humains, même s'il s'estimait obligé de les réprimer au nom du devoir.

Quand le Druisant ordonna à une unité d'intercepter la nef amirale terranienne et d'éliminer l'équipage au moyen de l'inhibiteur métabolique, le délégué des Neuf-Penseurs tenta une dernière fois de le faire changer d'avis.

En vain.

Les deux vaisseaux s'approchaient inexorablement l'un de l'autre. Le géant cylindrique tourna lentement son flanc vers le bâtiment solaire.

— Non ! cria Eynch Zigulor dans un ultime rejet de sa conscience.

Mais cette réaction venait trop tard, car déjà les humains devaient succomber sous la pluie de rayonnements mortels.

Kibosh Baïwoff poussa alors soudain un cri retentissant. L'Okefenokee perçut de la frayeur pure dans le timbre de sa voix.

Puis lui aussi remarqua le soleil artificiel blanc-bleu qui brillait là où se trouvait le vaisseau dumfrie quelques instants seulement plus tôt.

Le Druisant hurla plusieurs ordres. Des soldats se précipitèrent à travers le poste de commandement. La détection se manifesta.

La nef amirale terranienne avait viré de bord après la destruction du navire cylindrique et s'éloignait à pleine vitesse.

— Pourquoi n'utilisent-ils que maintenant cette arme terrifiante ? murmura Kibosh Baïwoff, confus.

Il était perplexe.

Mais Eynch Zigulor fixait toujours la boule de feu qui s'estompait. Ses pensées se consacraient à présent à un problème auquel son compagnon n'avait plus songé depuis longtemps.

*
**

La joie, sur la passerelle du *Krest V*, se dissipa progressivement. Eril Shukento évita avec adresse un Epsalien enthousiaste désireux de lui donner une tape amicale dans le dos sans penser aux conséquences funestes d'un tel acte pour un simple humain.

Perry Rhodan serra la main d'Atlan.

— Je te remercie pour ton idée, Arkonide ! jeta-t-il, rayonnant. Nous avons enfin découvert le talon d'Achille des Dumfries.

Il s'écarta de son ami et s'assit devant l'hypercom. Quelques secondes plus tard, il était en liaison avec Julian Tifflor.

Ce dernier attendait à trois cents années-lumière de là avec dix mille nefs de l'Astromarine, dont les mille ultracroiseurs disposant d'un radiant paraneutralisateur.

Les traits du Premier Terranien s'assombrirent un bref instant. Abattu, il réalisait que cette flotte était pratiquement tout ce qu'ils pouvaient encore envoyer au combat. Un mois plus tôt, elle avait comporté cent mille unités.

— Ici Tifflor ! se signala le maréchal solaire.

Son visage avait beaucoup perdu de sa juvénilité, mais cela accentuait d'autant plus sa ressemblance avec le Stellarque.

— Écoutez-moi ! jeta Perry Rhodan. Appareillez sur-le-champ. Je voudrais que vous arriviez devant le système d'Ennemi disposés en escadrilles de dix unités, comprenant chacune un croiseur équipé d'un radiant à contrechamp. Ne cherchez pas l'affrontement, mais ne l'évitez pas non plus. Les écrans paratroniques des Dumfries ne résistent pas aux canons antitroniques. Le *Krest* vient de détruire un de leurs principaux bâtiments en démonstration.

Le visage de son interlocuteur ne laissa transparaître aucune expression quand il répondit :

— Nous avons repéré l'explosion, Monsieur. Par mesure de précaution, j'ai aussitôt donné l'ordre à la flotte de se mettre en marche. Nous pouvons plonger dans l'entr'espace dans cinq minutes. Nous sommes déjà en formation de combat, Monsieur.

Rhodan rit, exprimant la satisfaction d'un homme entouré de collaborateurs sûrs et enthousiastes.

— Merci, Tiff. À bientôt !

Il s'accorda quelques instants de réflexion, puis demanda à ce qu'on établisse une nouvelle communication avec Kibosh Baïwoff. Il était certain que le Druisant répondrait.

Il changea d'avis au dernier moment et prépara un texte rédigé dans l'idiome du Centre, la langue véhiculaire de M 87, afin qu'il soit émis toutes les dix minutes.

Le Supra-Ingénieur était sommé de retirer sur-le-champ son ultimatum insensé ainsi que de renoncer à l'attaque sur le système des Ulebs. Au contraire, il devait immédiatement reprendre la route de M 87 avec sa flotte. L'Humanité avait suffisamment de moyens à sa disposition pour venir seule à bout de ces Bestians d'un nouveau type.

Mais avant que le message ait pu être envoyé, la détection signala des changements à la surface du soleil Ennemi, les prémices nets d'une transformation en nova.

Atlan hocha la tête en entendant cela.

— Je m'y attendais, Perry. Comme nous le savons, les Okefenokees sont des as dans la maîtrise des énergies stellaires. Cela ne m'étonne pas qu'ils fassent appel à cette méthode pour anéantir la planète géante Atlas et ses treize satellites. Nul écran paratronique ne peut résister à la puissance déchaînée d'une étoile qui explose.

— Pourquoi ne m'as-tu pas confié tes soupçons ? lui reprocha le Stellarque. Peut-être aurait-on pu l'empêcher ?

— Mais je ne le voulais pas non plus, rétorqua franchement l'Arkonide déterminé. En ce qui concerne ce système, je suis de tout cœur avec Kibosh Baïwoff, mon ami. Nous n'avons rien à opposer à ces Bestians, quoique tu aies affirmé le contraire au Druisant.

Perry Rhodan ne répondit pas. Il paraissait distrait. Soudain, il cligna des yeux et s'exclama :

— Le *Rawana* !

Atlan, désorienté, fronça les sourcils.

— Pardon ?

— Tu vas bien voir, déclara le Premier Terranien. Ce que les Okefenokees savent faire, nous le savons aussi, en mieux…

CHAPITRE IV

L'appel à volontaires parvint aux oreilles d'Eril Shukento tandis qu'il se délassait au sauna. Le circuit intercom général transmettait la courte allocution de Michael Rhodan à toutes les sections du *Krest V*.

— Le but de cette mission, expliquait Roi Danton, est de sauver les Gohks, à défaut des Bestians. Il a été ainsi décidé de rassembler un commando qu'une corvette déposera sur le satellite Uleb-I dès que les premières failles structurales se manifesteront dans l'écran paratronique. Le cerveau P principal estime les chances de réussite à seulement quinze pour cent. Je le précise afin que chacun soit bien conscient qu'il est peu probable qu'on s'en sorte vivant. Si quelqu'un désire cependant participer à l'opération, qu'il communique son nom à la positronique dans le prochain quart d'heure. Terminé !

Le major bondit impulsivement sur ses pieds. Le doute lui vint toutefois aussitôt et il se laissa retomber sur le caillebotis. À travers les nuages de vapeur, il aperçut deux anciens astrosoldats qui discutaient de la déclaration.

— Quinze pour cent, c'est sacrément bas, commenta l'un d'eux. Je n'ai pas spécialement envie de passer l'arme à gauche au dernier moment après avoir payé de ma personne pendant vingt ans.

— Il n'est pas question d'« envie » non plus chez moi, répliqua l'autre mais ne devrait-on pas entreprendre quelque chose pour sauver ces Gohks innocents ?

— Avec une seule corvette… ? Gamin, ne te laisse pas mener en bateau ! Combien de ces créatures pourrait-on embarquer à bord ? Huit cents, peut-être même huit mille. Il y en a huit millions sur le satellite d'Atlas ! Non, mon cher, en ce qui me concerne, j'ai déjà bien assez de cicatrices !

— Enfin ! Si tu l'affirmes…

Shukento se leva silencieusement et sortit. Ce fut avec une certaine gêne qu'il annonça sa candidature dans le plus proche intercom. En vérité, il le faisait uniquement pour s'assurer que Danton disposerait de suffisamment de monde. Il se demandait toutefois s'il ne commettait pas une bêtise en mettant sa vie en danger pour une mission aussi hasardeuse, au risque de laisser une veuve et des orphelins sur une Terre dévastée. Il ne regretta néanmoins pas sa décision.

Il gagna ensuite le poste de commandement, où il attendit que la positronique ait terminé son travail : contrôler les états de service des volontaires et sélectionner les hommes les mieux adaptés à une opération qui s'annonçait comme extrêmement périlleuse.

Là, il apprit que Perry Rhodan avait requis la présence du navire expérimental *Rawana*, le même vaisseau qui, trente-deux ans plus tôt, avait permis de détruire le transmetteur solaire au centre d'Andromède au moyen du fameux hyper-inmestron. Le bombardement de ce dernier transformait le noyau d'un soleil en antimatière. La réaction violente qui en résultait amorçait le processus conduisant à la formation d'une supernova.

Il commençait à se douter du plan du Stellarque. De toute façon, le système d'Ennemi était condamné. La géante bleue flamboyait de plus en plus fort ; les premières failles structurales noires parcouraient le gigantesque écran paratronique dressé autour d'Atlas et de ses satellites.

Les noms des personnes choisies pour le commando furent enfin annoncés. Étonné, le major nota que les membres de la Milice des Mutants étaient en nombre, ce qui lui rendit un peu de son optimisme. Perry Rhodan n'allait certainement pas sacrifier ses précieux auxiliaires. Les chances de réussite devaient donc être non négligeables.

Finalement, tous se rassemblèrent dans le hangar des corvettes après avoir revêtu leurs spatiandres lourds et reçu des armes d'un nouveau type. Il s'agissait de radiants séquentiels, construits à l'imitation de ceux récupérés dans M 87.

Roi Danton grimpa sur la rampe d'accès à une chaloupe et attendit que le silence se soit établi. Il prit alors la parole :

— Comme prévu, nous allons nous poser sur le satellite.

Notre mission consiste à sauver autant de Gohks que possible et – ce n'est pas là le moins important – nous emparer d'un maximum d'informations techniques dans les banques de données du gros cerveau P en surface ; le champ est libre, désormais. Les mutants s'en chargeront ; les autres hommes les couvriront et formeront l'arrière-garde. S'il vous plaît, ayez bien en tête que tout doit aller très vite. Nous ne savons pas avec précision quand le soleil Ennemi se transformera en nova. Cela peut se produire dans cinq heures comme dans un jour. Votre nouvel équipement vous sera fort utile face aux Ulebs. Mais si vous êtes contraints au combat, il faudra opérer en duo et, si possible, dos à dos car ces Bestians sont plus rapides, plus forts et plus intelligents que les Bi-Conditionnés, et surtout ils disposent de leur libre arbitre. J'espère toutefois que le chaos dans le système engendrera suffisamment de confusion et de panique pour que vous n'ayez pas à affronter une résistance organisée.

Il marqua une pause puis sourit et leva la main droite, le pouce vers le haut.

— On y arrivera, les gars !

— Reste à savoir comment, murmura un capitaine à côté de Shukento, son visage tordu par une grimace.

Le major haussa les épaules, passa le radiant séquentiel en bandoulière et prit sa place dans la colonne qui gravissait en silence la rampe d'accès.

*
**

— Les escadres dumfries se retirent lentement, annonça la centrale de détection de la *KC-11*. Probablement a-t-on là-bas peur des titanesques protubérances solaires. Ça ne m'étonnerait pas si l'étoile volait bientôt en éclats !

Les membres de l'expédition étaient entassés dans un hangar. Comme les conversations se faisaient au moyen des microcoms de casque, chacun pouvait entendre ce que disaient les autres.

Roi Danton se manifesta au bout d'un moment.

— Il y a une nouvelle faille structurale juste devant. Seigneur, on pourrait y engager sans problème toute une escadrille ! Allez, pleins gaz ! Droit dedans !

Le système de climatisation du spatiandre de Shukento

bourdonnait de plus en plus fort alors qu'il s'efforçait de réguler l'humidité qui augmentait en raison de sa forte exsudation.

Le pire, pensa-t-il, *c'est toujours quand on ignore ce qui se passe à l'extérieur du navire…*

— On y est arrivés ! annonça un peu plus tard le fils de Perry Rhodan. Personne ne nous tire dessus. De violentes déflagrations secouent la surface du satellite. Centrale de détection, de quoi s'agit-il ?

— Manifestement, des chocs en retour au niveau des grands transmetteurs, répondit l'officier. Les Ulebs semblent persister à vouloir fuir par là. Les corps dématérialisés sont interceptés par les hyperarmes okefenokees et rejetés en arrière, ce qui provoque l'explosion de la station émettrice. Sinon, nul ne fait attention à nous.

— Nous nous apprêtons maintenant à nous poser, annonça Roi Danton dix minutes plus tard. Aux commandos de débarquement : préparez-vous à de violents séismes. Je distingue à la surface de profondes failles au fond desquelles bouillonne du magma ardent. Une ville vient de s'y engloutir.

Eril Shukento sentit son estomac se nouer. Il entendait au-dehors le sifflement de l'atmosphère contre la coque de la corvette. Quelques hommes essayaient de se libérer de cette terrible tension par de petites plaisanteries.

Une brutale secousse ébranla le navire.

— Escadre d'Ulebs anéantie par une salve de canons transformateurs, annonça laconiquement le Libre-Marchand. Attention, contact avec le sol dans une minute. Évacuation immédiate et rassemblement par sections à l'extérieur de la zone d'atterrissage. Activez les écrans SH de vos spatiandres.

Le major battit des paupières en sentant quelques perles de sueur couler dans son œil. Le bourdonnement du système de climatisation se faisait encore plus fort. Les hommes se taisaient maintenant. Chacun se concentrait dans l'attente du combat, voire de la mort. Il n'était pas bon de périr sans s'y être préparé.

La corvette se posa avec un léger choc. Les vantaux du sas de débarquement se démasquèrent. La lueur des incendies se refléta sur les visières des Terraniens tandis que les ordres des responsables d'équipe retentissaient déjà dans les écouteurs des casques.

Shukento dévala la rampe parmi les derniers et s'écarta des étançons. Il leva le bras en l'air.

— Huitième section, à moi !

Dix hommes marchèrent d'un pas lourd dans sa direction, enveloppés dans la sphère miroitante de leurs écrans SH.

Roi Danton donna ses instructions.

Le groupe de l'ancien commandant du *Panto Pea* fut envoyé vers une coupole noire qui se dressait intacte au cœur du chaos. Les téléporteurs disparurent dans l'intention d'explorer l'intérieur du bâtiment et son sous-sol. C'était là que devait se trouver le gigantesque cerveau positronique.

Le major et ses compagnons flottèrent à l'aide de leurs générateurs antigrav jusqu'à la construction. L'officier put apercevoir une centaine de créatures évoquant des écureuils qui se déplaçaient avec difficulté à travers l'atmosphère turbulente au moyen de leurs étranges ailes rattachées à même la tête. Les crânes ronds se tournèrent vers les Terraniens ; des yeux d'un rouge profond les fixèrent. Puis la formation les dépassa.

Selon les descriptions fournies, ce devaient être les Gohks, aussi nombreux dans le système d'Ennemi que les Ulebs. Ils servaient de conseillers à ces derniers, ou du moins il en avait été ainsi jusqu'à ce qu'ils soient informés de la cruauté de leurs partenaires. Ils refusaient dorénavant de collaborer avec eux.

Shukento découvrit soudain, devant la coupole, deux gigantesques créatures à la peau écaillée verte, revêtues de combinaisons noires : des Bestians !

— Dispersez-vous ! ordonna-t-il à ses hommes. N'attaquez que quand vous serez à moins de cent mètres ou si vous êtes repérés !

Sa prise se raffermit sur son radiant séquentiel. Si les colosses n'avaient pas encore remarqué les Terraniens, les armes lourdes entre leurs mains témoignaient qu'ils constituaient de sérieux adversaires.

Le commando était maintenant arrivé à distance critique.

— Feu !

Onze faisceaux convergèrent sur les Ulebs. L'un d'eux bondit en l'air mais un nouvel impact le propulsa contre l'édifice où il s'écroula. Le deuxième esquiva par des sauts frénétiques de gauche et de droite, avant de pivoter sur ses talons et de riposter. L'écran SH du voisin du major s'effondra. L'officier se crispa quand le cri de mort retentit à ses oreilles. Il se précipita vers le monstre, échappant à la ligne de tir par un large crochet, et l'attaqua sur le flanc. Deux autres hommes succombèrent avant que l'on parvienne à éliminer la créature.

Le mulot-castor se matérialisa à proximité quelques secondes seulement, cria : « Personne ne pénètre dans la coupole ! » puis s'évapora à nouveau.

Eril Shukento posta les survivants de son bataillon près de l'entrée principale de l'édifice. Les champs énergétiques de protection furent coupés pour permettre aux soldats de se terrer dans les ruines des bâtiments voisins. À l'apparition de Bestians, ils ouvriraient le feu depuis leurs abris et ne les quitteraient que le temps de réactiver leurs boucliers.

Le major ne se faisait aucune illusion sur l'issue d'un affrontement opposant sa section à toute une troupe d'Ulebs. Le premier accrochage lui avait montré à quel point ces créatures s'y entendaient en matière de combat.

Une violente vague sismique parcourut la surface et provoqua l'effondrement de l'abri de Shukento. Il se libéra avec difficulté des décombres et alla chercher asile ailleurs.

Plusieurs soleils artificiels se levèrent au-dessus de l'atmosphère du satellite. Apparemment, le canon transformateur de la *KC-11* repoussait une attaque venue de l'espace. Leur intense luminosité fut, quelques secondes plus tard, dépassée par le flamboiement de l'écran paratronique. Des failles structurales récentes se devinaient et les rayons ardents blanc-bleu d'Ennemi passaient au travers.

— On ne va pas tarder à rôtir un bon coup ! murmura un des hommes.

— Des Bestians ! cria soudain un autre.

Eril Shukento rampa légèrement hors de sa cachette. Il les vit alors.

Douze Ulebs se précipitaient sur eux depuis la gauche, leurs énormes poings serrant des radiants séquentiels prêts à tirer.

Le major sentit son corps se figer. Sa gorge était comme nouée. Il surmonta enfin sa peur. Son sang-froid revenait avec la certitude de la mort.

— Huitième section à corvette ! lança-t-il tranquillement dans le microcom de son casque. Nous sommes assaillis par des forces ennemies supérieures en nombre. Nous essayons de tenir l'entrée de la coupole, mais nous n'y arriverons pas seuls.

Il leva son arme, visa le premier colosse et tira. Le Bestian s'écroula à terre pour se remettre aussitôt sur pieds et s'élancer en courant. Shukento garda toutefois le canon de son radiant braqué sur lui. Sous l'impact des tirs séquentiels, les murs en plastobéton environnants tombaient en poussière.

La créature s'effondra enfin pour ne plus se relever. Les compagnons de l'officier ouvrirent le feu à leur tour, tuant deux des géants. Les autres s'éparpillèrent afin de prendre les humains en tenaille, attaquant avec rage.

Le major était conscient que pour brancher les écrans SH, il leur faudrait quitter leurs abris. Le problème était qu'à découvert, ils ne pourraient pas tenir plus d'une minute.

Et soudain, un des Bestians explosa dans un nuage ardent. Puis un deuxième, un troisième et ainsi de suite. Des ondes de choc d'une chaleur intense se propagèrent en se déchaînant sur le terrain, faisant vaciller les ruines. Certaines s'écroulèrent.

— C'est Goratchine ! cria Shukento, enthousiaste, quand il vit le dernier adversaire disparaître dans une petite déflagration nucléaire.

— C'est bien moi ! clama le mutant. Hélas, je ne peux pas m'attarder.

L'officier grimpa hors de son abri et appela le reste de ses hommes. Il blêmit en n'en voyant que deux arriver. Il héla les autres d'une voix hésitante, mais personne ne répondit. Seule la tempête mugissait, charriant cendres volcaniques, poussières et lambeaux enflammés.

L'Émir se matérialisa à nouveau.

— Action terminée ! cria-t-il. Tout le monde retourne au navire !

Le major émit un soupir de soulagement. Ses compagnons n'étaient au moins pas tombés pour rien.

Les trois survivants décampèrent à toute vitesse. Au-dessus d'eux, l'écran paratronique était comme parcouru d'éclairs de chaleur. Le sol tremblait fortement. Des ondes de choc le soulevaient jusqu'à dix mètres d'altitude.

À environ cinq cents mètres de distance, Eril Shukento découvrit plusieurs Ulebs, dont trois Pseudo-Gurrads qui se précipitaient vers un but inconnu. Il ne saisit pas tout de suite ce qui se passait puis il entendit des cris et des bruits de combat.

— Il y a des gars à nous qui sont coincés ! jeta-t-il à ce qui subsistait de sa section. Nous allons leur venir en aide. En route !

Il modifia sa course et s'envola vers le lieu de l'affrontement. Un de ses deux hommes le suivit sans discuter. L'autre poursuivit son vol vers la corvette mais, après une centaine de mètres, il marqua un temps d'hésitation et rebroussa chemin. Le major ne fit aucun commentaire, il pouvait comprendre ce qui était passé par la tête de l'astrosoldat.

Ils fondirent en piqué sur six Ulebs et ouvrirent le feu. Shukento distingua devant eux l'épave carbonisée d'un glisseur et de nombreux Terraniens abattus. Quatre humains se défendaient contre une force supérieure avec l'énergie du désespoir.

Dans son microcom de casque, l'officier entendit soudain la voix de Roi Danton. Le fils de Perry Rhodan était donc l'un des soldats acculés ! Cela le stimula d'autant plus.

Mais les Bestians eux aussi se battaient comme des *berserkers*. Un coup au but provoqua l'effondrement de son écran SH et le Terranien chancela, puis il reprit ses esprits et plongea dans un cratère creusé par une explosion.

Il fut alors attaqué par trois Ulebs agissant de concert. Les colosses avaient manifestement obtenu des renforts. La situation devenait désespérée. Néanmoins, il se défendit avec acharnement.

Deux hommes apparurent brusquement au bord de la dépression. Une des créatures s'écroula sous leur tir concentré.

— Venez ici, major ! cria une voix rauque.

C'était celle de Roi Danton.

Eril Shukento se hissa hors de la cuvette et se jeta de côté quand un Bestian le prit pour cible. Il ressentit alors une douleur brûlante au bras gauche. Il bondit sur ses pieds, tenant son arme d'une seule main, et fit feu.

Les événements autour de lui semblaient se dérouler au

ralenti. Le major percevait chaque détail avec une terrifiante clarté. Il vit la silhouette titanesque du robot Paladin se précipiter à travers la fumée et les flammes et perçut le cri retentissant du fils de Perry Rhodan quand l'écran SH de ce dernier s'éteignit. Trois rayons éblouissants tirés par des Bestians frappèrent le jeune homme dépourvu de toute protection. Il tomba sur les genoux, s'écroula et roula sur lui-même avant de s'immobiliser au fond du cratère.

Eril Shukento bondit après lui. Une salve incandescente le toucha à la jambe droite mais il parvint à se traîner jusqu'au corps de Danton. Il le retourna et se figea devant les yeux sans vie du Libre-Marchand.

Puis la conscience le quitta.

***

Perry Rhodan accueillit sans émotion apparente la nouvelle de la mort de son fils. C'était comme si le malheur étouffait soudain en lui toute manifestation de sentiments.

— Je suis arrivé trop tard, se reprocha Harl Dephin. Quelques secondes plus tôt, et il serait toujours en vie.

Le Stellarque secoua la tête.

— Ni vous, ni qui que ce soit n'en porte la responsabilité.

Il se redressa.

— Le temps du deuil n'est pas encore venu, Messieurs ! (Son ton paraissait presque aussi ferme que d'habitude, mais on sentait en lui davantage de froideur et de dureté). L'Émir, poursuis ton rapport !

Le mulot-castor essuya une larme au coin de l'œil et déclara d'une voix faible :

— Nous, c'est-à-dire les téléporteurs, avons récupéré autant de microcristaux enregistreurs que possible dans le bref délai qui nous était imparti. Seule une analyse détaillée nous révélera s'ils contiennent ou non les plans du champ temporel des Ulebs, de l'écran paratronique et des propulseurs transdimensionnels. Ras a simplement reconnu les données sur les canons séquentiels.

Il déglutit.

— Les Gohks n'ont pu être sauvés. Ils ont refusé de grimper dans la corvette. Probablement n'auraient-ils pas réussi à le faire de toute façon, la chaloupe étant prise sous un tir concentré. Après que Mike est… tombé, nous avons filé. Nous sommes parvenus de justesse à fuir dans l'entr'espace avant que la nova n'engloutisse Atlas et ses satellites. De la centaine d'hommes ayant participé à l'opération, seuls treize sont rentrés indemnes. Les autres sont morts, ou ont été plus ou moins gravement blessés.

— Merci, dit sèchement Rhodan. Espérons que la mission aura servi à quelque chose.

Il serra les lèvres.

— Le *Rawana* est arrivé il y a une heure avec l'hyperinmestron. Je l'ai chargé de rejoindre une géante rouge à deux années-lumière de là. J'attends Icho Tolot à tout moment, il voulait venir avec son propre navire. Dès qu'il sera là, je lancerai un ultimatum aux Okefenokees. Le professeur Kalup a reçu comme instruction d'amorcer à cet instant le processus de transformation en nova. Nous nous sommes préalablement assurés qu'aucun des systèmes environnants n'était habité. Souhaitons que cela convainque les Constructeurs du Centre que nous leur sommes égaux sur le plan technologique – et même supérieurs quand on prend en compte le radiant paraneutralisateur.

Il tourna son regard vers l'écran de l'hypercom qui venait de s'illuminer. Le visage grave du maréchal solaire Julian Tifflor s'y encadra.

— Monsieur, dit-il sur un ton chargé d'émotions. Permettez-moi de vous exprimer toutes mes condoléances. Je…

— Merci beaucoup, Tiff ! répliqua le Stellarque d'une voix éteinte. (Il se ressaisit aussitôt). Votre message, s'il vous plaît !

— Dix mille unités sont en place comme demandé, Monsieur. Nous nous disposons en formation de combat autour du *Krest*.

— Parfait ! Espérons que cela se révélera inutile. Avez-vous repéré le vaisseau de Tolot ?

— Oui, il nous a dépassés dans l'entr'espace. En fait…

Le Premier Terranien se tut alors que, derrière lui, le panneau blindé s'ouvrait, laissant passer le Halutien.

— Je suis monté à bord par transmetteur, clama avec force le géant quadrumane. Rhodanos, votre plan est génial. Il va nous permettre de remporter une victoire triomphale.

Il partit d'un rire tonitruant auquel il ne mit fin que quand John Marshall lui eut appris le décès de Roi Danton.

Le colosse resta immobile, muet, ses bras manipulateurs ballants comme s'ils étaient dépourvus de vie.

— Je ne trouve pas les mots qui pourraient exprimer ma peine, mon ami, dit-il finalement d'une voix monocorde.

— Nous n'avons pas le droit de nous abandonner à la douleur ! jeta le Stellarque. Ils sont des millions à avoir péri ces dernières semaines. Les autres ont tenu le coup. Nous aussi, nous y arriverons.

Après un bref silence, Tolot demanda :

— Êtes-vous absolument certain qu'aucun Uleb n'a échappé à la destruction, Rhodanos ?

— Oui, confirma l'humain. Peu avant la fin, mille vaisseaux-cônes ont tenté de fuir à travers les failles structurales. Ils ont été anéantis par des unités dumfries. Les Bestians restants se sont soumis à leur destin.

— Ils connaissaient leurs créateurs… murmura Atlan.

Le Premier Terranien hocha la tête. Il dévisagea le titan.

— S'il vous plaît, veuillez entrer dans le champ visuel de l'hypercom, Tolotos. J'aimerais que vous soyez vu d'Eynch Zigulor et de Kibosh Baïwoff.

Le géant quadrumane s'approcha en silence du Stellarque. La communication avec la nef amirale de la flotte de M 87 fut établie en quelques secondes. L'Okefenokee et le Druisant apparurent.

— Écoutez-moi bien ! clama Perry Rhodan sur un ton qui ne supportait pas la contradiction. Par cet appel, je rejette catégoriquement vos exigences amorales. Je refuse de combattre nos amis halutiens. Vous avez pu remarquer la facilité avec laquelle nous parvenons à détruire les écrans paratroniques de vos navires. Mais ce n'est pas tout.

Sa voix était chargée de sarcasmes quand il reprit :

— Vous croyez probablement, maintenant, nous avoir impressionnés avec l'anéantissement d'Ennemi. Vous vous trompez. Nous possédons depuis quelque temps une arme similaire, parfaitement au point, si ce n'est qu'elle agit plus rapidement et plus efficacement que la vôtre. Observez la géante rouge, à deux années-lumière de là… !

Il se tut. Ses derniers mots constituaient le feu vert pour le professeur Kalup. Sur le *Rawana*, les accumulateurs de l'hyperinmestron étaient à présent ouverts. Un flux d'hyperradiations modifiées se déversa sur le soleil, avec pour effet de transformer la masse de son noyau en antimatière.

Quand celle-ci entra en contact avec les couches supérieures de l'astre restées normales, la réaction fut immédiate. Cent pour cent des atomes furent convertis en énergie pure.

Le filtrage des écrans de la galerie panoramique avait déjà été mis en place pour éviter au personnel de la centrale de commandement du *Krest* d'être aveuglé.

Là où l'étoile distante apparaissait encore récemment comme un point rouge lumineux, se dilatait à présent une boule de feu blanc-bleu. Des parties entières de la surface solaire étaient projetées au loin. Dans un rayon de huit années-lumière, les astres furent excités jusqu'à ce que s'amorce en leur sein un processus de transformation en nova. Des hyperondes de choc se propagèrent à travers le cosmos et firent sauter les détecteurs de structure de tous les astronefs séjournant dans le pont de matière.

C'était une démonstration de force brutale.

— Maintenant, déclara Perry Rhodan une fois que la communication fut rétablie, vous avez vu comment *nos* armes fonctionnent. Près de moi se tient mon ami Tolotos. Il peut attester que son peuple a développé des propulseurs transdimensionnels perfectionnés sur lesquels votre Radiance Bleue n'a pas prise. Au cas où vous ne vous engageriez pas contractuellement à repartir sur-le-champ dans votre Galaxie et à ne plus vous immiscer dans nos affaires, des flottes terraniennes et halutiennes partiront pour M 87 afin de veiller à éliminer toute menace provenant de là-bas.

— Tout à fait d'accord, intervint le géant noir. Et pour que vous nous croyiez, j'ajouterai ceci…

S'exprimant de façon claire et concise, il expliqua que les scientifiques de son peuple s'étaient depuis longtemps occupés à trouver une parade au jet émanant du centre de M 87, qui détruisait tout vaisseau faisant usage de propulseurs transdimensionnels.

Kibosh Baïwoff et Eynch Zigulor, qui avaient au début tenté d'opposer des contre-arguments, se montraient soudain très silencieux. Finalement, ils demandèrent un délai de réflexion. Perry Rhodan leur accorda une heure.

Il se tourna alors vers Icho Tolot.

— Est-ce vrai, ce que vous venez de leur dire ?

— Aussi vrai que votre promesse de passer massivement à l'offensive contre M 87, répliqua le colosse. Nous avons bluffé et – espérons-le – réussi notre coup. Néanmoins, les scientifiques de mon peuple travaillent réellement à un moyen de nous protéger de la Radiance Bleue. La solution définitive est toutefois encore lointaine.

— Je suis persuadé que les Okefenokees ont marché, déclara Atlan. Comme ils tiennent les Halutiens pour des Bestians, ils doivent vous croire capables de tout.

L'Arkonide avait raison.

Alors qu'une demi-heure seulement s'était écoulée, Eynch Zigulor appela et déclara qu'il avait repris le commandement de la flotte dumfrie, considérant que cette affaire devait désormais se régler sur le plan politique.

Il consentait au retrait immédiat des soixante mille unités. Les clauses d'un traité furent négociées par hypercom et un enregistrement audiovisuel effectué. Cela revenait pratiquement à un pacte de non-agression de part et d'autre, et le plus grand succès diplomatique de Rhodan fut d'inclure le peuple halutien dans les textes.

L'armada se rassembla pour le départ. Dix heures après l'établissement de l'accord, elle se mit en mouvement et ne tarda pas à disparaître dans l'entr'espace, escortée par trente croiseurs légers de l'Astromarine Solaire.

Les escadres terraniennes appareillèrent une heure plus tard. Durant la troisième manœuvre d'orientation dans le continuum einsteinien, les détecteurs enregistrèrent un fort déploiement d'énergie au Centre galactique, suivi par plusieurs hyperondes de choc.

La flotte des Dumfries avait quitté la Voie Lactée.

*
* *

Dix jours après ces événements, le Stellarque tira un premier bilan devant une assemblée restreinte, composée de ses plus proches collaborateurs.

La dernière offensive des Dolans avait dévasté les planètes et lunes du Système Solaire, de même que privé Mars de son champ gravitationnel, si bien que l'enveloppe atmosphérique respirable maintenue artificiellement s'était dissipée. Quarante pour cent du potentiel d'armement avaient été anéantis et, dans le secteur civil, les moyens de production présentaient un aspect de désolation. En mobilisant toutes les réserves des principales colonies, un demi-millénaire serait nécessaire à l'économie pour retrouver son niveau antérieur. Et pendant ce temps il faudrait tout entreprendre pour reconstruire une flotte de premier ordre.

— Aussi énormes que ces problèmes puissent vous paraître, Messieurs, poursuivit Perry Rhodan, il ne s'agit que de la partie émergée de l'iceberg. L'offensive des Dolans nous a certes infligé des pertes matérielles immenses, mais bien plus graves et d'une tout autre portée sont celles que l'on pourrait à tort qualifier de secondaires. Ces derniers jours, j'ai reçu des messages de la part d'agents de la Défense Galactique et de spécialistes de l'O.M.U. Au moins quatre cent dix colonies considèrent notre faiblesse actuelle comme une excellente opportunité pour faire sécession.

« Probablement n'y aura-t-il aucun affrontement armé. Les autorités administratives de ces planètes savent parfaitement que l'Astromarine réagirait systématiquement à toute révolte ouverte. Mais elles sont aussi conscientes que les mondes solaires auront besoin de leur aide économique pour la livraison de denrées alimentaires, de machines, de matières premières et qu'ils feront en particulier appel à leurs flottes marchandes. Elles nous fourniront certainement tout cela, mais en posant leurs conditions.

Le Lord-Amiral se leva.

— Nous pourrions demander aux Bioposis de nous livrer à crédit des industries clés en mains, d'ensemencer de nouvelles planètes avec des cultures d'algues et de levures à croissance rapide. De gigantesques moissonneuses assureraient ensuite la « récolte ». En un an nous serions ainsi capables de reconquérir notre indépendance économique.

Le Stellarque hocha la tête. Un léger sourire se dessina sur ses lèvres.

— Bien sûr que ce serait faisable, Atlan, mais à quel prix ? Les colons seraient privés de moyens de pression et dans un an au plus, leurs plans ne vaudraient plus rien. Pris de panique, ils recourraient à des solutions militaires. Une guerre civile, avec toutes ses atrocités, en serait la conséquence. Qu'importe le perdant, il serait dévoré par la soif de vengeance. Des sentiments de haine et de revanche conditionneraient notre avenir.

« Non, c'est mieux ainsi. Nous nous autoriserons quelques concessions et assurerons dans l'ensemble l'unité de l'Humanité.

— Mais pour combien de temps ? ajouta Atlan, empli d'amertume.

Le Stellarque ignora à dessein la remarque. Il donna la parole à Allan D. Mercant.

Le chef de la Défense Galactique se leva à son tour.

— Messieurs, un autre problème se pose encore à nous. Et il me semble le plus urgent. Vous savez tous que les Akonides, les Antis, les Francs-Passeurs et les Arkonides se sont soudain découvert un amour sans limites pour le Système Solaire, après l'apparition de l'armada des Constructeurs du Centre. Je fus alors ravi de les voir arriver avec leurs nombreux vaisseaux et se placer sans discuter sous les ordres du Maréchal d'État Bull.

Il afficha un sourire ironique.

— Je vois que notre ami Bully tire une triste mine.

L'intéressé bondit sur ses pieds et frappa du poing sur la table.

— Il y a de quoi, Allan ! Depuis que les Dumfries sont partis, les commandants de la flotte accourue à notre secours ont repris leur indépendance. Ils deviennent plus audacieux de jour en jour. Hier seulement, un certain Kaïzoran, amiral du contingent à présent uni arkono-akonide, m'a « demandé » de lui laisser des bases sur Mars afin, comme il dit, de pouvoir organiser la défense du Système Solaire.

— Ce qui m'étonne, c'est que ce ne soit pas la Lune qu'il ait exigée, intervint Atlan d'un ton sarcastique.

Le visage du Maréchal d'État vira au rouge.

— Si nous ne leur imposons pas énergiquement des limites, ils le feront tôt ou tard !

Perry Rhodan souriait discrètement. Il s'éclaircit la voix et adressa un regard scrutateur à son adjoint.

— Ne te fais pas de souci. J'ai invité les commandants de la flotte unie à une parade victorieuse commune sur Terre demain matin…

— Une parade victorieuse… ! balbutia Reginald Bull, déconcerté. (Il passa une main dans sa brosse de cheveux roux.) Et chez nous, en plus ! Des nefs du Système Bleu au-dessus de Terrania, j'ai bien entendu ?

Le Stellarque hocha gravement la tête.

— Exactement ! Et à cette occasion, notre ami Icho Tolot démontrera comment, avec quinze mille vaisseaux halutiens protégés par des écrans paratroniques, nous pourrions en un éclair repousser tout envahisseur et l'anéantir.

Bully marqua un temps de surprise puis afficha un large sourire.

— Cela impressionnera même les Akonides ! Je suppose qu'à la fin de la manœuvre, tu tiendras un discours où tu remercieras les « chers amis de la Terre » pour leur collaboration et que tu les renverras poliment et aimablement à la maison, non ?

— Tu m'étonnes, répliqua tranquillement Perry Rhodan. Aurais-tu lu mes pensées ?

ÉPILOGUE

La Terre, le quinze octobre de l'an 2437 après la naissance du Christ.

Le hurlement des blocs-propulsion tonnant au-dessus de Terrania était assourdissant. Le soleil n'était qu'une boule rougeâtre et terne masquée par les nuages de cendres et de poussière qui parcouraient lentement le ciel. Des tourbillons se formaient aussi aux pieds d'un homme seul qui avançait d'un pas fatigué, la tête courbée, à travers les quartiers dévastés de la capitale.

Il buta contre quelque chose de dur. Il se baissa et observa la plaque de terkonite bombée dont la matière s'effritait au toucher. Son regard scrutateur découvrit ici et là des éclats dorés et des traces d'inscriptions.

Le souvenir lui revint abruptement.

Il leva les yeux et examina un squelette de plastacier déchiqueté, tout ce qui restait de l'un des plus imposants édifices de Terrania : la Grande Salle Solaire où, en des temps plus heureux, avaient siégé les Administrateurs des mondes coloniaux sous la présidence du Stellarque.

Perry Rhodan dirigea ses pas vers le sud-est tandis que ses pensées tournaient autour d'une question : à quoi ressemblerait l'avenir de la Seconde Humanité ?

Certes, les cités de la Terre se relèveraient des cendres dans toute leur splendeur, tel le légendaire Phénix qui renaissait inlassablement, toujours plus resplendissant. De nouvelles forêts seraient plantées. Dans un ciel pur, le sol brillerait au-dessus des prairies, des fleurs et des champs.

Mais cela pourrait-il redevenir comme avant ? Était-ce même possible ? L'expérience de nombreux siècles et l'Histoire de multiples civilisations prouvaient à l'homme qu'il était inutile de faire tourner à l'envers la Roue du Temps, de vouloir restaurer une banale copie de l'ancienne magnificence.

Bien sûr, au début, on aurait l'impression d'être revenu aux années précédant l'attaque des Dolans et des Bi-Conditionnés. Ce ne serait toutefois qu'une illusion. En réalité, le germe d'une nouvelle évolution avait déjà été planté.

Rhodan soupira.

Ses pieds firent voltiger cendres et poussière. Une poupée presque intacte réveilla les souvenirs de son fils Michael, ravivant la blessure fraîche.

Après un moment, ses pensées s'éclaircirent. Il quitta le fragment de mur sur lequel il s'était assis. Son regard tomba sur un brin d'herbe d'un vert délicat qui se dressait au cœur des décombres.

Le Stellarque s'inclina avec respect devant cette expression de la force inflexible de la Nature. Il inspira profondément un air lourd et chargé de particules, puis pressa le pas.

Le soleil était déjà à son zénith quand il atteignit un espace dégagé au milieu du champ de ruines.

Les yeux du Terranien s'agrandirent.

La haute plaque de marbre, au centre de la vaste esplanade, s'était brisée en plusieurs morceaux mais la construction élancée placée au-dessus était restée comme par miracle intacte et dressait fièrement sa proue effilée vers le ciel.

L'*Astrée*, conservée et exposée dans le Parc de Gobi, un monument en souvenir de cette expédition lunaire commandée par Perry Rhodan, quatre cent soixante-six ans plus tôt, lors de laquelle tout avait commencé…

Il fut brusquement arraché au vagabondage de ses pensées par un bruit de pas.

Une silhouette se dessina derrière le mémorial, une silhouette de haute taille avec des cheveux blancs qui flottaient au vent : Atlan.

L'Arkonide et le Terranien demeurèrent face à face un long moment, les yeux dans les yeux, jusqu'à ce qu'ils détournent la tête vers la fusée élancée.

Les mots étaient superflus. Devant ce que ressentaient les deux hommes, ce n'aurait été que des banalités. Ils réalisaient tous deux qu'ils se tenaient sur les décombres de leurs rêves, que rien ne pourrait effacer ce qui s'était produit.

Mais ils savaient aussi que le regard de l'Humanité continuerait à se tourner vers le ciel avec ferveur et qu'il resterait toujours braqué dans cette direction, comme la flèche de cette nef qui avait pour la première fois ouvert aux barbares de Sol III les portes du Cosmos…

TROISIÈME PARTIE

L'HOMME QUI TROMPA LE TEMPS

CHAPITRE PREMIER

Le ciel était en feu.

Tout d'abord, il crut que les radiants séquentiels continuaient à le prendre pour cible puis il aperçut le Gurrad. Sa tête léonine penchée par-dessus le rebord du cratère, l'être lui criait des paroles incompréhensibles.

Les sens de Roi Danton lui revinrent progressivement. Il portait toujours son spatiandre protecteur mais le générateur de bouclier était hors d'usage. Il ne disposait plus d'écran SH. Ce dernier s'était effondré sous les salves des Ulebs, non sans avoir compensé suffisamment longtemps les impacts violents pour lui épargner un sort funeste.

— Je suis hyperphysicien ! entendit le jeune homme hurler l'étranger quand celui-ci l'eut rejoint. Je me suis évadé à l'instant. Les Bestians sont complètement désorientés, le chaos est indescriptible.

Il tendit la main à Roi et l'aida à se remettre sur pieds. Ils escaladèrent ensuite ensemble les parois du cratère.

— Où… ? commença Danton, mais il ne termina pas sa phrase.

Il ne subsistait plus la moindre trace de la *KC-11*. Un trou calciné occupait l'endroit où avait stationné la corvette.

L'absence d'épave lui permettait au moins d'espérer que l'essentiel de l'équipage avait pu déguerpir et laisser derrière lui l'enfer d'Uleb-I.

L'épaisse crinière de l'homme-lion ondula dans l'air quand il se retourna.

— Je savais que vous n'étiez pas mort, Terranien ! vociféra-t-il à travers les bourrasques assourdissantes. Le soleil s'est transformé en nova ! Cette lune va se disloquer à tout moment.

Roi tressaillit. Il avait beau avoir échappé comme par miracle aux tirs des Bestians, il était maintenant perdu.

Combien de temps avait-il bien pu reposer là, au fond de ce cratère, inconscient ? Un quart d'heure, peut-être, mais pas plus. C'était largement suffisant pour faire basculer le destin. Ses camarades n'étaient plus là. Tombés au combat ou enfuis. D'après son compagnon, Ennemi avait explosé. Quel délai leur restait-il avant que l'onde de choc n'atteigne la planète Atlas et ses satellites ? Elle se propageait à la vitesse de la lumière !

— Nous sommes foutus, fit le Libre-Marchand, résigné.

Il n'avait échappé à la mort que pour assister pleinement conscient à son trépas.

Le Gurrad l'agrippa par le bras.

— Il nous reste une chance ! clama-t-il, tout en se précipitant vers un grand bâtiment.

Le fils de Perry Rhodan lui emboîta aussitôt le pas.

L'homme-lion n'arrêtait pas de parler mais la tempête lui arrachait les paroles des lèvres. Danton crut toutefois entendre le terme « chrono-déplacement ».

— De quoi s'agit-il ? lança-t-il, excité.

— Les Bestians travaillaient sur une machine temporelle, dans l'immeuble là-bas, affirma l'hyperphysicien avant d'ajouter que les Ulebs avaient fait appel à lui parce que c'était un spécialiste dans ce domaine.

Ce qui lui avait procuré quelques privilèges. Et des informations qui allaient rapidement pouvoir se révéler fort utiles.

Le Terranien commença à courir. Il comprenait qu'une véritable chance de salut les attendait dans ce bâtiment. La lune semblait vibrer, le sol tremblait sous leurs pieds. Les nuages au-dessus de leurs têtes bouillonnaient littéralement ; le ciel se teintait de mille couleurs. La nova était susceptible d'anéantir le satellite à tout moment.

Le générateur de bouclier ! Il l'activa par acquit de conscience – et l'appareil réagit sur-le-champ. L'écran protecteur déployé, Roi se sentit plus en sécurité. Bien qu'il fût toujours affaibli, il réussissait désormais à soutenir le rythme avec le Gurrad.

Côte à côte, ils atteignirent l'entrée de l'édifice. Des Bestians se trouvaient à proximité mais ils ne remarquèrent pas les intrus. Ils paraissaient désorientés, figés même.

La voix de l'hyperphysicien léonin résonnait de haine

quand il déclara d'un ton triomphateur qu'aucun d'entre eux ne survivrait.

Danton se souvint des Gohks. Sa mission avait en partie consisté à en sauver autant que possible. Si la machine temporelle leur offrait une chance, pourquoi ne pas en faire profiter aussi quelques « écureuils » ? Il fit part de cette idée à son nouvel ami qui eut un geste négatif.

— À présent qu'Ennemi s'est transformé en nova, il est trop tard.

Roi éprouva un sentiment de tristesse envers ce peuple qui allait maintenant périr en compagnie des Ulebs dans l'enfer solaire déclenché par les Okefenokees. Mais déjà, ils arrivaient à la station de recherches. Le Gurrad connaissait bien les lieux. Sûr de lui, il enfila en courant salles et galeries. Toutes étaient vides. Aucun Bestian ne se mit en travers de leur route. Une série de lointaines explosions indiqua que l'Apocalypse débutait. Le bâtiment fut soudain ébranlé.

Ils firent irruption dans une pièce dont le toit s'était écroulé. Au-dessus de leurs têtes, le ciel scintillait dans la débauche lumineuse des forces déchaînées.

— C'est fichu ! s'écria Danton.

Il mobilisa le peu d'énergie qui subsistait en lui et suivit l'homme-lion qui reprenait sa course.

Ils parvinrent enfin dans un local où se dressait une construction de forme trapézoïdale.

— Voici la machine temporelle, déclara le Gurrad.

Le Libre-Marchand s'avança en titubant. Il ne sentait plus ses jambes, mais il réussirait à faire les derniers pas. Il tenta de prêter attention aux explications de l'hyperphysicien, lequel affirmait que les Bestians n'avaient pas encore testé le dispositif. Roi ne put qu'acquiescer quand son compagnon ajouta :

— … Nous devons malgré tout tenter le coup. Je préfère les aléas d'un voyage dans le passé à la mort certaine au milieu des flammes.

Le fils de Perry Rhodan aperçut des Ulebs qui surgissaient de l'autre côté. Ils étaient lourdement armés. Les deux intrus s'engouffrèrent dans l'appareil avant d'avoir été découverts.

L'obscurité s'abattit devant les yeux du Terranien. Il

s'appuya contre une paroi, épuisé, tandis que le scientifique s'occupait des instruments.

Soudain, il se figea en pleine activité.

— Je dois ressortir, déclara-t-il. Le contrôle principal…

Danton tenta de l'en empêcher. Il le saisit par l'épaule d'un geste nerveux, mais les forces lui manquaient pour le retenir. L'hyperphysicien se libéra d'une secousse et se précipita à l'extérieur.

Presque aussitôt fulgura un éclair d'énergie, et le Gurrad s'écroula.

Le Libre-Navigant voulut bondir hors de la machine pour livrer un ultime combat aux Bestians. Une seule pensée l'animait : sauver son nouvel ami.

Hélas, il avait trop tardé.

Manifestement, puisant dans ses dernières ressources, l'homme-lion était parvenu à rejoindre la commande centrale et à enclencher le processus. Car avant que Danton ait pu atteindre la porte, tout s'effaça autour de lui.

Les ténèbres l'engloutirent.

Ça y est, je plonge dans le passé, pensa-t-il alors.

CHAPITRE II

Il ne pesait plus rien, sa masse s'était comme évaporée. Il ne sentait rien sous ses pieds, tout en réalisant qu'il ne flottait pas non plus. Les notions de direction ou de distance se révélaient inutiles. Elles ne lui permettaient pas de déterminer sa position. Et pourtant, il ne souffrait nullement de désorientation.

Peu à peu, il commença à saisir qu'il était plongé dans un état où ni les critères habituels, ni les expériences passées ne pouvaient lui être d'une quelconque aide.

Ses sens étaient si peu adaptés à cet environnement qu'ils ne parvenaient à lui transmettre que la noirceur, le vide et le silence. Bien qu'il fût pleinement conscient qu'il y avait là autre chose.

Il gigota, agita les bras et s'ébroua. Une intense chaleur l'envahit. De fortes suées, des tressautements, des douleurs – toutes ces manifestations se produisaient apparemment en séquence rapide. Mais il n'arrivait pas à les localiser en l'absence de perception physique.

Roi Danton ne percevait plus son propre corps !

Il lui fallut en premier lieu surmonter l'engourdissement de son esprit pour reconnaître ce qu'étaient vraiment ces symptômes : à savoir, des messages erronés que lui transmettaient ses sens confus.

Si son organisme paraissait brûlant, cela ne pouvait pas être dû à un effet thermique, mais à un phénomène différent qu'il ne parvenait pas à identifier. Ce qui restait invisible à ses yeux, inaudible à ses oreilles et imperceptible à sa peau excitait les nerfs et provoquait ces souffrances.

Où était-il ?

Dans un univers d'antimatière, où toutes les valeurs se trouvaient inversées ?

Qu'est-ce qui avait mal tourné ? Pourquoi le flux temporel

ne l'avait-il pas déposé quelque part dans le passé, à une époque à laquelle Ennemi était encore loin de se transformer en nova ?

La nova !

Il n'était pas hyperphysicien mais il ne voyait qu'une explication à cet apparent dysfonctionnement : les rayonnements émis par le soleil en phase de dilatation. C'était une réponse plausible, mais insatisfaisante. Elle ne lui disait pas ce qui était vraiment arrivé. Et dans sa situation, la cause était bien accessoire comparée à l'effet.

Cette réflexion explosa dans un violent éclair et déclencha une véritable réaction en chaîne. Chaque pensée se mua en une lumière éblouissante, aussi intense qu'une étoile de forte magnitude, si bien qu'il fut très vite littéralement baigné dans un océan de clarté.

Il lui aurait fallu interrompre tout processus mental pour mettre fin à ces déflagrations étincelantes, mais il ne pouvait pas cesser de raisonner et se retrouvait ainsi aveuglé par son propre esprit. Il était prisonnier d'un cercle vicieux émanant de son cerveau.

Roi Danton commença finalement à s'habituer à ces lueurs vives – ou celles-ci s'affaiblissaient-elles ? Il n'aurait su le dire. Des couleurs faisaient lentement leur apparition. Il ne les voyait pas, il les sentait. Et il entendait leur chant.

Du jaune oscillait doucement à son côté, se teintant délicatement de rose puis virant à un orange un peu plus prononcé. Un roulement de tambour écarlate retentit avant de retomber en pluie dans la mer mélodieuse bleu émeraude, les gouttes semblables à des coups de cymbales. Du violet prit naissance dans un grondement et se mêla au rouge sang jusqu'à atteindre un *crescendo* alors que des doigts sombres jouaient *staccato* et absorbaient les taches noires du timbre envoûtant des voiles vert turquoise.

L'enfer chromatique et musical s'apaisa quand les tons s'interpénétrèrent et se restructurèrent. Des nuances originales et des sonorités composées d'un mélange de teintes et de clameurs se manifestèrent.

Des pic bruyants jaunes fondirent sur lui pour déclarer :

— Si étranger, si sauvage, si impétueux…

L'écarlate trompeta :

— Incongru, oui, comme celui qui fait l'important…

— Sa confusion est contagieuse !

— Tout est chamboulé auprès de lui !

— Ce n'est pas supportable !

— Maîtrisez-le !

Les couleurs inondèrent Roi Danton et se mélangèrent en une nouvelle symphonie. Ne pas les voir mais les entendre le déroutait.

— Qu'est-ce qui te prend de surgir ici, de venir troubler notre sérénité et notre ordre ? l'accusa-t-on avec un grondement blond vénitien. Modère-toi, ou nous te rejetons au-dehors.

Le Terranien ne comprenait pas tout. Il voulait se justifier, affirmer que lui-même était livré sans défense à ce chaos et qu'il ne pouvait vraiment rien y faire. Mais il n'avait pas la moindre idée de la façon dont l'exprimer.

— Vous ne voyez pas qu'il est différent ? retentirent alors des paroles d'un bleu profond. Il semble qu'il n'appartient pas à ces lieux. Ou du moins il n'est absolument pas préparé. Regardez bien, il est tout retourné !

Où suis-je ? pensa le jeune homme avec intensité, espérant que ses influx mentaux seraient traduits en sonorités colorées. *Quel est cet endroit ?*

— Remarquez ce désespoir ! jeta Indigo.

— Effrayant !

— Terrifiant !

Ainsi clama un tourbillon de couleurs – et un torrent de sensations similaires déferla sur Danton.

— Il s'est introduit chez nous ! ajouta la voix bleue. Il est plus surpris que nous. Ce n'était pas prémédité.

— Comment est-ce possible ? interrogea Orange.

— Qui est-il ? voulut savoir Brun. Et qu'est-il ? Pas un de nous, en tout cas !

— Nous l'apprendrons bientôt, répondit celui qui semblait être une autorité. Regardez maintenant, il se ressaisit. Et il en est ravi. Non, il ne le désirait pas. Quelqu'un a dû lui jouer un tour.

— Qui ?

Une ligne rouge se forma et se tendit jusqu'à une distance incalculable.

— Quelle question ! Un seul groupe peut être responsable d'une chose pareille.

Et un écho bigarré retourna :

— Ce sont les…

Une combinaison chromatique qui demeura pour Roi à moitié incompréhensible.

Juste au moment où il croyait recouvrer le contrôle de ses sens, et que l'Univers revenait à la normale, son environnement subit une nouvelle mutation. Les couleurs s'estompèrent, se ternirent et s'assombrirent. L'obscurité qui se jetait sur lui paraissait vouloir les absorber. Un trou s'agrandit et avala tout bruit.

Danton réussit à entendre Indigo prononcer encore quelques paroles :

— Je vais m'occuper de lui. Si c'est une blague… m'arranger qu'elle n'ait pas de conséquences. Nous devons l'aider…

Là-dessus, la voix colorée s'effaça.

— Hé, nous l'avons ! s'exclama quelqu'un d'autre.

— Maintenant, il est à nous !

— Mais… que faut-il en faire ?

— Ah, pour commencer nous l'adaptons. Il doit devenir comme nous. Ensuite, nous le cachons aux Anciens.

— Il est tout de même très jeune. Il ne compte probablement que quelques âges. Vu comme ça, effectivement il est des nôtres.

— Mais d'où vient-il ? Ce n'est pas un Nomade !

— Certainement pas.

— Il devra nous le dire lui-même. Hé, le nouveau ! Tu ne peux pas t'exprimer ?

Roi Danton ressentit un picotement sur tout son corps. En fait, chaque mot prononcé se traduisait par un coup d'aiguille. Tout d'abord, cela lui fit mal mais il s'en accommoda vite, rapidement insensibilisé. Puis il perçut uniquement les voix, débarrassées de leurs désagréables effets secondaires.

— Je vous parie qu'il est venu avec le *Grand Lourdaud*, ajouta le principal interlocuteur qui avait pris la relève d'Indigo. Il a voyagé dans cet objet informe, ça, j'en suis sûr. Ce sont nos investigations qui l'ont sorti de cette enveloppe.

— Mais personne ne peut se déplacer dans quelque chose d'aussi *grossier* ! fit quelqu'un.

Le fils de Perry Rhodan ne réussissait pas à distinguer de qui il s'agissait. Une vague brume opaque l'entourait. Il n'était même pas certain de véritablement la *voir*. Peut-être la percevait-il au moyen d'un sens différent. C'était une situation plus que déroutante.

— Le *Lourdaud* est un véhicule vraiment singulier mais tout est possible dans l'autre plan, déclara le premier intervenant d'une voix qui paraissait enfantine – appartenait-elle à une jeune fille ?

Roi Danton avait l'impression que les invisibles s'exprimaient dans un idiome étranger et que le translateur qui le lui rendait compréhensible s'adaptait en permanence. Le Terranien saisissait de mieux en mieux les échanges. Des termes qui lui étaient d'abord restés obscurs se voyaient maintenant transcrits en langage ordinaire.

Il ignorait certes toujours ce qu'il fallait entendre par « lourdaud », mais en ce qui concernait l'« autre plan », il avait une petite idée là-dessus. Il pouvait être fait allusion à de multiples niveaux de réalité, ce qui tendait à prouver qu'il avait bien été projeté hors de son univers.

— Attention ! avertit une voix différente. On nous a détectés. Nous devons partir.

— Comment ? demanda-t-on depuis une direction opposée, et le jeune homme reconnut le premier à avoir parlé.

— Nous l'avons intercepté et fait de lui ce qu'il est maintenant. Alors, il nous appartient !

— Les Anciens nous en garderont tout de même rancune. Mieux vaut filer d'ici.

— Hé, l'étranger, remue-toi ! Viens avec nous !

— Il est toujours…

Le dernier mot échappa encore à Danton. Il crut à un moment distinguer un courant d'air dans le sillage duquel s'engouffrèrent ses singuliers compagnons. La situation changea juste après. La brume nébuleuse se teinta de bleu et il fut de nouveau confronté à Indigo. Celui-ci se voilait à présent de diverses nuances et le Terranien saisit aussitôt la signification de ce mélange :

— Désormais, j'ai la preuve que les jeunes… joué un tour. Mais je vais obtenir de l'aide. Je sais déjà quelle thérapie employer pour l'intégrer dans notre… As-tu compris ? Réponds !

J'ai compris, pensa intensément l'humain.

— Réponds ! insista l'inconnu. Tu le peux. Tu n'as qu'à le vouloir fermement.

— Je le veux ! clama Danton sur un ton coloré plutôt déroutant.

— Ah, enfin ! fit son interlocuteur en manifestant sa stupéfaction dans un contraste de clair-obscur. Le premier pas a été fait. Maintenant nous pouvons entreprendre de… *dénouer* ensemble.

Roi se sentait effectivement « noué », comme si son intérieur se retournait, comme si tout en lui et hors de lui s'entrelaçait avec une habileté diabolique. Il apprécierait grandement si son étrange compagnon réussissait à défaire ce Nœud Gordien qu'il était devenu.

— Nous allons faire en sorte d'aller au fond de ton être en discutant tranquillement, déclara Indigo. Tu ne pourras te retrouver et t'adapter aux conditions régnant ici qu'en te connaissant mieux toi-même.

CHAPITRE III

— Je suis Tatu-Chimi, se présenta Indigo en adoptant une teinte azurée prononcée. Et toi, comment puis-je t'appeler ?

— Roi Danton, répondit le jeune homme, ou bien Michael Rhodan, Mike pour mes amis.

La couleur de son interlocuteur s'assombrit.

— Épargne-moi la liste de tes dénominations. Je ne suis pas allé préciser que je me nomme aussi Nebu-Aïton, Vasat-Tuinu, Nuenoc-Ento et j'en passe. Seule la véritable identité compte. Alors, quelle est la tienne ?

— Michael Reginald Rhodan, déclara le Libre-Marchand. Je suis né le 16 août 2405 et si maintenant je suis mort, la date de mon décès était le 7 octobre 2437. Je venais juste d'avoir trente-deux ans.

— Tu ne dois pas anticiper ! rétorqua violemment l'étranger qui, à présent, revêtait peu à peu l'aspect d'un navet boursouflé. Le but de cette séance est de déterminer ton âge en plus de ton origine. Manifestement, tu es perturbé. Tu ne peux absolument pas être un *tatri*. Et tu n'es de toute façon pas décédé, mais tout bonnement *incréé* comme tout un chacun ici. Nous le sommes tous.

L'humain fut pris de vertige. Dès le début, il avait eu le sentiment de ne plus posséder de corps et c'était effectivement ce qu'Indigo semblait confirmer. Néanmoins, il ne désirait pas pour le moment se torturer les méninges et se perdre dans de vaines spéculations.

— *Tatri* veut dire trente-deux, si j'ai bien compris, répliqua-t-il. Mais pourquoi ne peux-tu pas m'attribuer cet âge ?

— C'est évident, affirma Tatu-Chimi sûr de lui. (Sa « silhouette » générale évoquant une racine s'ornait à présent d'excroissances atrophiées. Un bulbe se formait à son extrémité supérieure et croissait rapidement). Je vais te démontrer que tu te trompes forcément, à partir d'un raisonnement simple. Quel était déjà ton autre nom ?

— Roi Danton.

— Et quand ce... Danton est-il né ?

— Il me semble que c'était en mille sept cent cinquante-neuf, je crois... Oui, c'est bien ça.

— Sois concis, si possible, demanda la créature qui apparaissait maintenant aux yeux du Terranien sous la forme d'une mandragore pourvue de racines et de jambes. Et je suppose qu'il est décédé lui aussi. En quelle année ?

— 1794 – pendant la Révolution Française, indiqua spontanément le jeune homme avant d'ajouter, hésitant : si ce terme veut dire quelque chose pour toi.

— Non, et ça n'a aucune importance. (Indigo avait l'air irrité). Cette personne avait donc alors trente-cinq ans. Est-elle allée jusqu'au bout des jours qui lui étaient impartis ?

— Non, absolument pas, rétorqua sèchement Roi. Il a eu une mort violente. Dans des circonstances normales il aurait pu atteindre soixante ans et plus.

— Combien de temps vivez-vous en moyenne ?

Le fils de Perry Rhodan réfléchit sérieusement à ce qu'il allait répondre. Il ne voulait pas s'attirer à nouveau l'ire de son singulier interlocuteur en lui précisant que l'espérance de vie des hommes avait nettement doublé depuis le XVIIIe siècle. Aussi choisit-il une valeur intermédiaire.

— Je dirais quatre-vingt-sept ans.

— Quatre-vingt-sept ! répéta Tatu-Chimi.

Danton ne pouvait plus le qualifier d'Indigo, cette couleur s'étant largement estompée. Pour le moment, il était incolore et sa « silhouette » semblait également inachevée. Mais Roi se doutait qu'il allait adopter une apparence humanoïde. Ses métamorphoses l'entraînaient continuellement dans la même direction.

Le Terranien se reprit immédiatement car le terme « métamorphose » appliqué à son interlocuteur lui paraissait inexact. Après ce qu'il venait de vivre, ce devait plutôt être ses sens, tous ses organes de perception qui étaient soumis à une transformation. Il s'adaptait de mieux en mieux aux conditions ambiantes, recouvrant à peu près la vue et l'ouïe.

L'étranger ajouta :

— Tu es un *Nuenoc*, ça, c'est parfaitement clair. C'est un simple calcul logique.

— Pourquoi un « neuf » ? s'étonna Roi.

— Tu es un *Nuenoc*, Mike, c'est nettement prouvé, insista l'autre. Mais je ne t'en fournirai pas la raison pour l'instant. Mieux vaut poursuivre. Comment te vois-tu ? Dans quelle race te classes-tu ?

— *Homo Sapiens*, répondit Danton. Je suis un Humain.

— *Homo Sapiens*, Humain ? s'écria Tatu-Chimi, irascible. Lequel des deux ? Qu'étais-tu dernièrement ?

— Je suis un Humain, affirma-t-il en ajoutant mentalement : *Ou du moins, je l'étais encore en montant dans la machine temporelle des Ulebs* !

Il expliqua à voix haute :

— Les deux termes désignent une seule et même espèce.

— Ah. Mettons-nous alors d'accord sur « humain ». Tu l'es toujours. À vrai dire, nous le sommes tous. Ou exprimé autrement : je suis autant *Homo Sapiens* que toi, mais l'autre mot me plaît davantage.

Les sens du fils de Perry Rhodan répondaient enfin complètement. Il distinguait devant lui un individu de taille moyenne, d'une centaine d'années à première vue. Néanmoins, comme il se qualifiait de *Tatu*, ce qui signifiait en gros « quatre-vingt-dix-huit », Danton doutait que ce fût son âge exact. En effet, il traitait le jeune homme de *Nuenoc*, de « neuf », alors que celui-ci avait trente-deux ans ; aussi se pouvait-il tout à fait qu'il fût quatre fois plus vieux. Ne possédant toujours pas la clé pour traduire ce système de calcul particulier, le Libre-Marchand n'insista pas.

Il observa avec minutie son interlocuteur. Ce dernier avait une apparence humaine, parfaitement ordinaire, tout en lui était normal. Et il allait complètement nu. Quand Roi le réalisa, il se regarda lui-même et constata que lui non plus ne portait aucun vêtement.

— Es-tu satisfait de ce que tu vois ? s'enquit Tatu-Chimi.

— En tout cas, je suis ravi de percevoir à nouveau mon environnement, dit le Terranien soulagé. Ainsi que d'avoir ici affaire à des semblables.

— Nues – réduites à l'essentiel –, toutes les créatures se ressemblent.

— Dois-je comprendre qu'en fait, tu n'es pas du tout un

humanoïde ? demanda Danton confus. Et que mes sens ne font que me tromper ? Tout n'est-il qu'illusion ?

L'étranger soupira.

— À ce que je vois, une deuxième leçon est nécessaire pour dissiper quelques malentendus fondamentaux. Il est maintenant prouvé que tu n'es pas un des nôtres. Je n'ai plus qu'à déterminer si tu as été projeté en ces lieux contre ton gré ou si tu as volontairement pris le chemin de notre… en en ayant toutefois oublié les raisons.

— Quel terme viens-tu d'employer ? se renseigna Roi. Je n'ai pas saisi.

— Rien d'étonnant ! Tu dois d'abord comprendre où tu te trouves. Alors, tout te deviendra limpide. Pour s'exprimer simplement : ceci est le monde des *Incréés*, Ceux qui ne sont pas nés…

— Mais… commença le Terranien.

Il ne put terminer sa phrase.

Un vertige s'empara soudain de lui, ses pensées furent complètement bouleversées. Un voile noir s'abattit devant ses yeux. Son compagnon, et l'environnement qu'il n'avait de toute façon toujours pas réussi à percevoir nettement, menaçaient de se dissoudre.

Il hurla. Il focalisa son attention sur l'étranger pour que celui-ci ne lui échappe pas. Il ne désirait pas replonger dans un océan multicolore et perdre à nouveau le contact avec la réalité.

— Tatu-Chimi ! cria-t-il de toutes les forces de son corps. Me perçois-tu ? Où es-tu ? Qu'est-ce qui m'arrive ?

— Tiens-toi solidement, Nuenoc-Mike ! entendit-il crier Indigo qui s'effaçait dans le lointain, sous la forme d'un voile bleu marine. Accroche-toi à tout ce que tu as. Ils veulent t'enlever. Ils…

L'Increé s'étira, fut littéralement recouvert de différentes teintes rougeâtres parmi lesquelles dominaient le rose et l'orange. Et ces couleurs se condensèrent en une demi-douzaine de silhouettes à l'apparence humaine.

Danton se vit brusquement confronté à sept jeunes filles, très jeunes mêmes, mais à l'anatomie bien développée. Elles étaient également nues, sans que cela les gênât pour autant. Si un premier réflexe l'incita à couvrir sa nudité, il en saisit aussitôt l'absurdité.

— Je suis Vasal-Aniko, se présenta la plus grande, qui

possédait une chevelure noire et un teint blême. Voici Nuenoc-Asvah, une « neuf » comme toi…

Elle désignait une mince rouquine, presque maigre, située à la gauche du Libre-Marchand. Elle cita ensuite les cinq autres femmes dont il ne put retenir le nom. Pour finir, son interlocutrice, qui était une « huit », ajouta d'un ton triomphateur :

— Nous t'avons sauvé du sénile Tatu-Chimi, tu dois nous en être reconnaissant. Tu n'as vraiment pas idée de ce qui t'a été épargné !

— Effectivement, je l'ignore, concéda l'humain qui n'éprouvait aucune difficulté à retrouver son assurance face à ces gamines. Toutefois, j'aurais bien aimé apprendre ce qu'il voulait de moi. En tout cas, il était sur le point de m'expliquer où j'étais. Mais votre intervention l'en a empêché.

— Alors tu ne sais même pas où tu es ? s'étonna Aniko, puis elle adressa un regard à ses compagnes. Peux-tu au moins nous voir ?

— Je vois sept gosses délurées dépourvues de respect pour leurs aînés. Je ne me trompe pas en supposant que vous êtes pour quelque chose dans ma présence ici ?

Elles commencèrent soudain à pouffer. Une petite blonde au teint de bébé retrouva en premier son sérieux.

— Attention, les amies, prévint-elle. Le vieux Chimi est hors de ses gonds, et bien décidé à récupérer Nuenoc-Mike. Il veut absolument l'amener devant les Anciens.

— Nous ne pouvons pas le permettre, dit Asvah, censée être aussi âgée que Danton mais qui, par l'apparence physique, aurait pu être sa fille.

Elle le prit par la main et l'attira doucement à elle. Sa poigne était si ferme que Roi fut contraint de la suivre.

— Où voulez-vous m'entraîner ? se renseigna-t-il.

Seul un rire lui répondit, puis tout le groupe s'ébranla. Son guide ne le lâcha pas un instant.

Le Terranien tenta de s'orienter mais il ne put distinguer le moindre détail alentour. Il avait seulement la vague impression de se déplacer sur une surface vitrifiée qui se perdait dans le néant et qui l'encerclait de tous les côtés. Tatu-Chimi avait dit qu'il ne pourrait percevoir son environnement qu'une fois celui-ci identifié. Du coup, il faisait défiler toutes les alternatives dans son esprit. Il pensa à d'autres univers ; à des continuums à deux dimensions, cinq ou plus ; à des plans d'existence étrangers et même aux gradients de réalité les plus invraisemblables. Mais il n'arriva pas pour autant à obtenir une vision parfaite.

Le dernier cas envisagé était à son avis encore le plus vraisemblable, aussi s'y accrocha-t-il pour en tester mentalement les multiples variantes. La déclaration d'Indigo selon laquelle ce lieu était le domaine des Increés s'adaptait très bien à ce postulat. Les êtres qui vivaient là, s'il s'agissait d'un monde potentiel, ne naîtraient que quand toutes les conditions requises seraient réunies. Et s'il n'en allait pas ainsi, ils ne verraient jamais le jour.

Si compliqué qu'il puisse paraître d'approfondir cette hypothèse en tenant compte de toutes ses ramifications, le jeune homme avait les idées claires en ce qui concernait ce sujet. Néanmoins, cette construction mentale ne l'aidait pas à obtenir une meilleure perception de son environnement. Un élément manquait encore – ou alors il faisait totalement fausse route.

— Nous y sommes, dit Asvah, et elle s'arrêta. (Les autres étaient déjà là et dévisageaient le fils de Perry Rhodan, vibrant d'expectative). Ici, tu es pour le moment à l'abri des manigances du vieux.

— Et où suis-je exactement ? demanda Danton en observant les alentours.

Il n'y avait là rien de palpable, rien qui puisse offrir un spectacle familier à son regard. Et pourtant, il savait que *quelque chose* s'étendait autour de lui. Une sorte de kaléidoscope qui échappait toutefois à ses sens.

— Où suis-je ? répéta-t-il.

Et les sept filles à l'apparence juvénile répondirent en chœur :

— Bienvenue au refuge des jeunes Increés.

Aniko ajouta :

— Tu comptes aussi peu d'âges humains que nous. De ce fait, tu es l'un des nôtres. Que tu sois d'un autre sexe ne présente aucune importance.

— Et que voulez-vous de moi ? se renseigna Roi.

— Tu dois devenir notre ami, dit Asvah en frôlant doucement son visage. Nous avons la jeunesse en commun, ce qui suffit à faire de nous des alliés. Nous voulons te gagner à notre cause dans la rébellion contre les Anciens. Tu dois nous aider.

— Je ne peux même pas m'aider moi-même ! soupira-t-il.

— Nous sommes là !

Il les dévisagea une par une, et toutes lui adressèrent un regard de soutien. Un sentiment dévorant de nostalgie se lisait dans leurs yeux, qu'il interpréta comme un intense désir de vivre. Mais il y avait autre chose. Danton crut distinguer une lueur d'espièglerie.

Pouvait-il croire ce qu'elles affirmaient ? Étaient-elles sérieuses ou voulaient-elles seulement lui jouer de nouveau un tour ? Il pensa involontairement au syndrome de la *méchante petite fille*. Ce terme issu de la parapsychologie, appelé également syndrome de la *petite fille mal élevée*, faisait référence à l'emploi spontané, incontrôlé, de pouvoirs psi par des adolescents dotés de facultés paramentales et réagissant de façon négative à leur environnement. Pour les mutants, il arrivait aussi qu'on le qualifiât de manifestation pubertaire, et étonnamment ce phénomène affectait essentiellement les femmes. Le Libre-Marchand ne pouvait s'empêcher de se demander si ce cas ne s'appliquait pas ici.

Sinon, elles lui paraissaient totalement inoffensives. Il décida de leur faire confiance. Avec le recul, il réalisait que Tatu-Chimi s'était nettement montré borné. Jamais il n'aurait pu lui rendre ce lieu compréhensible. Ses nouvelles compagnes, par contre, devaient être plus souples d'esprit et pourraient mieux lui expliquer la situation.

— Je me remets entièrement à vous, dit Roi.

Les jeunes filles pouffèrent et battirent des mains, enthousiasmées par cette décision.

— Alors, raconte ! le convia Asvah. D'où viens-tu et comment es-tu arrivé dans le monde des Increés ? Nous voulons connaître les moindres détails.

Elles s'assirent en demi-cercle autour de lui et le fixèrent, impatientes. Il prit une bonne inspiration et fit le récit de ses péripéties depuis le moment où il s'était réveillé de sa paralysie dans un cratère sur Uleb-I et avait vu le Gurrad penché au-dessus de lui.

Il ne put toutefois décrire son passé d'une seule traite, ses auditrices l'inondant de questions. Elles ne se satisfaisaient pas de sa narration mais voulaient absolument tout savoir : comment on en était arrivé à la situation dans le système d'Ennemi, quels étaient les rapports entre les Ulebs et les Okefenokees, et dans quelles circonstances l'Humanité s'était retrouvée engagée dans ce conflit. À la fin, Danton se rendit compte avec étonnement qu'il avait donné un aperçu de l'Histoire terranienne depuis les débuts de la conquête spatiale jusqu'au XXVe siècle.

Quand les jeunes filles insistèrent pour qu'il poursuive, il refusa en riant. Notant leur déception, il ajouta :

— Cela nous mènerait trop loin. La vie d'un homme n'y suffirait pas. Et nous n'avons pas tout ce temps.

Elles s'esclaffèrent et Asvah déclara :

— Tu sais, Mike, tu n'as pas à te faire de souci pour cela. N'as-tu donc pas encore remarqué qu'un état *atemporel* règne dans le monde des Increés ?

Il déglutit.

— Non, pas du tout.

— Eh bien, désormais tu le sais, dit Aniko. Ceci est une… autre réalité. Ici n'existe *ni espace ni temps*.

Roi aurait pu y penser. Malgré tout, ces faits incontestables lui causaient un choc.

Ce fut comme si cette révélation soulevait un voile et lui rendait sa liberté d'action. Il pouvait maintenant voir des choses qu'il n'avait jusqu'à présent que pressenties. Avec ces connaissances fraîchement acquises, ses sens devenaient si acérés ou se transformaient à un tel point qu'il jetait un nouveau regard sur l'univers qui l'entourait.

Mais c'était un monde absurde. Il avait l'impression de se trouver sur une scène ornée d'un décor sur lequel s'affichaient les formes les plus diverses de peintures abstraites. Tout son voisinage manquait de relief, à l'exception de ses compagnes qu'il avait constamment perçues en trois dimensions.

Il n'était donc toujours pas parvenu à appréhender l'essence de son environnement. Un élément, peut-être une perspective précise, lui échappait encore pour lever le voile sur les derniers mystères.

Il pouvait seulement espérer que les jeunes filles lui fourniraient ce « stimulus » décisif.

Il n'aurait pas pu en attendre autant de la part de Tatu-Chimi et du groupe des Anciens.

CHAPITRE IV

Une vision déroutante s'offrit à Danton.

Un rideau se souleva et l'infini lui apparut. Un infini peuplé de milliers et de milliers d'humains des deux sexes. Et tous étaient jeunes, cela ne faisait aucun doute. Il n'en vit pas un qui fût aussi âgé que lui. Serrés les uns contre les autres, ils formaient de longues rangées. Ils ne demeuraient néanmoins pas immobiles comme il l'avait cru au prime abord, mais étaient animés d'un mouvement permanent. À mesure qu'il examinait cette masse indescriptible, un désordre semblable à celui d'une fourmilière se révélait à ses yeux. Les garçons et filles qui se hâtaient ici et là n'accomplissaient toutefois pas d'activité précise. Ils n'effectuaient rien de sensé. Ils lui donnaient l'impression d'une foule humaine désœuvrée.

Roi essaya de fixer son regard sur l'une des silhouettes et d'observer son déplacement, mais il la perdit rapidement. Il était de nouveau pleinement conscient de l'atonie de ses sens. Alors qu'il se concentrait sur cette vision, ce qui lui avait paru au premier moment comme un cliché instantané prenait de plus en plus l'aspect d'un flux mobile en accélération constante. Bientôt, les centaines de milliers d'individus se mouvaient si vite qu'il n'arriva plus à les suivre des yeux. Il dut clore les paupières et quand il les rouvrit, le rideau s'était refermé sur la scène.

— Qu'est-ce… qu'est-ce que j'ai vu là ? balbutia le Libre-Marchand abasourdi. Tous ces gens existent-ils vraiment, ou… ?

— Crois-tu que nous soyons seuls ici ? fit Asvah. Nous sommes des millions. Et ceux que tu as vus ne sont que les jeunes. Il faut tenir compte également des Anciens. Ils sont encore plus nombreux que nous.

— Pourquoi tirez-vous une ligne de démarcation aussi

rigide ? s'informa l'humain. Pourquoi une telle discrimination ?

— Ce n'est pas de notre fait mais du leur, déclara Aniko. Ils s'accrochent fermement à leurs opinions et ne s'en écartent pas d'un iota. Nous, en revanche, sommes prêts à des compromis ; cependant, les vieux ne sont pas bien disposés à notre égard. Ils ont développé une philosophie de la vie qui est tout simplement contre nature.

— Et quelle est la vôtre ? demanda Danton.

— Nous allons de l'avant ! s'enflamma-t-elle. Les Anciens ont abandonné tout espoir de changer l'avenir. Ils veulent laisser les choses en l'état. Nous, au contraire, recherchons de nouvelles voies. Nous désirons mettre fin au *statu quo* et vaincre le destin. Tu peux nous y aider, Mike.

— Ce sont des lieux communs, vous ne m'aidez pas à mieux comprendre votre problème, dit Roi. Ne pourriez-vous pas me décrire votre situation ?

— Nous le devons absolument, oui ! (Asvah se mordit les lèvres). Mais comme tu n'es pas encore complètement intégré à notre monde, tu n'assimilerais pas la plupart de ce que j'aurais tenté de t'expliquer.

— Tatu-Chimi était certain d'avoir trouvé une méthode pour m'adapter. Mais avant qu'il ait pu mener sa thérapie à bien, vous m'avez enlevé.

— C'est aussi un sage, admit Aniko d'un ton dédaigneux. Sois heureux, toutefois, qu'il n'ait pas eu l'opportunité de te contaminer avec ses pensées archaïques. Nous nous y prendrons à notre façon pour t'ajuster. Assurément, le meilleur moyen pour toi est de rencontrer un maximum de gens. Nous allons t'apprendre tout ce dont tu as besoin pour tenir une conversation courante. Viens avec moi !

Asvah s'interposa entre eux.

— Mike m'appartient, clama-t-elle. Je vais me charger de lui.

— Mike n'appartient à personne en particulier, il est à tout le monde, répliqua l'autre femme.

— Mais je l'ai récupéré dans le *Grand Lourdaud*, c'est à moi de m'en occuper.

— Il n'est même prouvé à cent pour cent qu'il arrive bien de là, argumenta sa congénère.

— Toujours est-il que je vais m'occuper de lui, insista la rouquine, campant sur ses positions.

Aniko n'ajouta rien. L'Increéée aux cheveux rouges s'empara de la main de Danton et s'éloigna avec lui.

La rivalité qui s'était soudain fait jour engendrait un malaise chez le fils de Perry Rhodan. Il aurait volontiers précisé qu'il n'était la propriété de personne et qu'il pouvait prendre soin de lui-même, mais les jeunes filles ne lui en offrirent pas la latitude.

Maintenant qu'il était seul avec Asvah et qu'il l'accompagnait à travers le décor bidimensionnel, il ouvrit la bouche pour aborder le sujet. Sa compagne parla toutefois la première.

— Aniko se prend trop au sérieux. Elle veut se mêler de tout et croit pouvoir commander. Mais elle n'est certainement pas le grand chef qu'elle imagine. Contrairement à Vasal-Coroni.

— Rien d'étonnant à ce que vous n'arriviez pas à combattre les Anciens si vous ne parvenez même pas à vous entendre entre vous ! ironisa le Terranien.

— Nous avons tous un objectif commun, expliqua Asvah. Si Aniko n'avait pas autant fanfaronné, je n'aurais pas mis en avant mes propres mérites.

— Est-ce vrai que c'est toi qui m'as récupéré ? demanda-t-il.

— Je n'en suis pas tout à fait sûre, mais je ne vois pas comment il pourrait en être autrement.

— Que voulez-vous dire au juste par *Grand Lourdaud* ? s'informa-t-il.

— Tu devrais pourtant le savoir, puisque selon toute apparence tu voyageais avec !

Il n'ajouta rien. Elle voulait probablement parler de la machine des Ulebs. À première vue, les jeunes Incréées l'avaient récupéré dans le courant temporel pour l'amener au sein de cette sphère, hors de l'espace et du temps. Et c'était Asvah qui l'avait empêché d'aboutir dans le passé.

Elle déclara, comme si elle pouvait lire ses pensées :

— J'ai eu une chance incroyable de pouvoir te mettre le grappin dessus. Normalement, nous sommes totalement isolés ici, nous n'avons plus aucun contact avec la réalité quadridimensionnelle depuis que la catastrophe a anéanti notre espèce. Mais tu voguais avec le *Grand Lourdaud* dans un champ composé de flux contraires… le chrono-intercepteur !

Elle prononça ce dernier mot comme si elle avait soudain mis le doigt sur la solution à un mystère universel.

— Le chrono-intercepteur ! répéta-t-elle. C'est le terme que je cherchais. Tu te situais en plein dans sa zone d'influence quand je t'ai aperçu et que j'ai eu la satisfaction de t'attirer à nous. Maintenant, tout est clair. Probablement te trouves-tu encore sous son emprise dans ton propre continuum ? Ce nom te dit-il quelque chose ?

— Non, avoua Danton.

Il voulut d'abord parler de la machine des Ulebs mais il se retint. Il n'était toujours pas tout à fait certain de pouvoir faire confiance aux jeunes filles – et en général à ceux qui se faisaient appeler les Incréés.

S'ils étaient vraiment les produits d'une pararéalité, alors peut-être avaient-ils pu influencer celle-ci à l'aide d'une hypertechnologie au point d'acquérir une véritable existence. Au risque de provoquer une série de paradoxes temporels susceptibles de porter préjudice à l'Humanité.

Roi comprit brusquement – si sa théorie tenait debout – que dans cette sphère, des décisions de portée cosmique pouvaient être prises. Cette pensée le fit frissonner.

— De quelle catastrophe viens-tu de parler ? se renseigna-t-il. Tu disais aussi que ton espèce avait été anéantie à cette occasion. Comment dois-je l'entendre ?

— Vasal-Coroni pourra te l'expliquer plus aisément. Je vais t'amener à lui.

Le Libre-Marchand réalisa soudain que les Incréés savaient tout de sa personne alors qu'eux-mêmes ne livraient pratiquement aucune information. Asvah et les autres filles avaient jusqu'à présent éludé ses questions, estimant que de toute façon il n'arriverait pas à comprendre tant qu'il ne serait pas parvenu à appréhender ce lieu de manière rationnelle. Mais cela pouvait n'être qu'un prétexte. Il se demandait s'il n'aurait pas mieux fait de tenir sa langue.

Son guide l'emmena à travers d'étranges paysages. Partout, il voyait maintenant de jeunes individus des deux sexes isolés ou en groupe. Plusieurs étaient plongés dans des conversations muettes, tandis que d'autres demeuraient figés en silence. Il reconnut que certains discutaient à divers indices qu'il ne put tout à fait interpréter. Il avait presque l'impression d'être un sourd cherchant à lire sur les lèvres de ses semblables. Mais ce n'était pas exactement cela ; le brouhaha environnant constituait plutôt comme un bruit de fond.

À une seule reprise, alors qu'un homme s'adressait directement à lui, il parvint à comprendre les propos tenus.

— Es-tu le nouveau ? demanda-t-il à Danton. Je m'appelle Nebu-Lonca, nous aurons encore l'occasion de nous revoir.

— Frimeur ! l'apostropha Asvah et elle emmena de force l'humain avant qu'il ait pu engager la discussion.

Elle ajouta dans un but explicatif :

— Cette outre gonflée est toujours fourrée avec Aniko. Comme elle, il croit aussi que lui seul peut forer un trou vers la réalité absolue. Mais nous pouvons nous passer de ce genre d'individu !

Elle l'entraîna à travers un véritable labyrinthe de décors. Il ne serait jamais parvenu à s'y retrouver sans guide. Cela l'inquiétait. Il n'y avait aucun doute : il était livré pieds et poings liés aux Increéés.

La plupart des groupes près desquels ils passaient ne leur accordaient pas la moindre attention. Certains lui jetèrent un bref regard, mais sans témoigner d'intérêt particulier. Ils ne le reconnaissaient pas comme le « bleu », ou alors cela leur était complètement égal.

— Asvah !

Un homme imposant, à l'apparence juvénile, surgit et la jeune fille aux cheveux rouges lui tomba dans les bras. Roi sut aussitôt qu'il était un « huit » et ne pouvait être que Vasal-Coroni. D'autres personnes se présentèrent derrière lui et les entourèrent. Il estima leur nombre à vingt.

— Tu n'as aucune idée de ce que vous avez déclenché ! jeta le nouveau venu en riant. Chimi et sa maison de retraite remuent ciel et terre pour retrouver Nuenoc-Mike.

— C'est lui, dit la rouquine en indiquant le Terranien.

— Je sais. (L'homme adressa un bref signe de tête à ce dernier). Je connais aussi son histoire. Puica vous a devancés et nous a informés. C'était extrêmement intéressant !

Danton vit, dans le fond, apparaître la blonde au teint de bébé qu'il avait rencontrée dans le groupe des sept *méchantes petites filles*.

— Tu dois tout nous dire sur l'Humanité, Mike, demanda l'Increéé avant de poser amicalement son bras sur ses épaules et de l'emmener derrière un décor.

Les autres restèrent en arrière ; seules Asvah et la deuxième femme les suivirent. D'un ton sérieux, presque théâtral, Coroni ajouta :

— Ton peuple peut nous apporter le salut. S'il ne nous aide pas, alors nous serons probablement condamnés à jamais à demeurer en cet endroit hors des dimensions habituelles. Ici, le temps est figé ! En comprends-tu la signification ?

— Pas complètement, admit l'humain. Pour moi, pas une seconde ne s'est écoulée depuis que je suis là. C'est tout.

— Ton univers est peut-être aussi le nôtre, dit son interlocuteur. En tout cas il pourrait le devenir – être notre *nouvelle* patrie. Tu maîtrises le temps, Mike, tu es à même de nous aider.

— J'aurais plutôt tendance à dire que j'en suis la victime, répliqua-t-il. Je ne peux pas le manipuler, je lui suis livré sans défense.

Coroni balaya cette objection d'un revers de la main.

— Quoi qu'il en soit, tu constitues pour nous une chance unique de sortir de là. Tu nous offres la possibilité de tendre un pont vers la réalité absolue. Nous ne voulons pas rester incréés pour le reste de l'éternité. Qu'il n'y ait aucune notion de durée ici n'a pas la moindre importance. Cette soi-disant immobilité est aussi relative que tout terme se référant à la quatrième dimension, même si c'est difficile à concevoir. Mais si nous quittons ce monde, alors le flux temporel nous emportera – et c'est là notre souhait car cet état ne peut perdurer ! Et nous avons besoin d'une aide pour nous guider. Ton *Grand Lourdaud* est notre unique point d'ancrage avec l'espace-temps. Tout mon peuple dépend de toi, Mike !

Le fils de Perry Rhodan avait écouté en silence et sans beaucoup de passion cette longue et pathétique allocution. Il ne prit la parole que quand l'homme eut terminé.

— Si je dois vous aider, il me faut des informations.

— Naturellement. Je suis prêt à t'enseigner tout ce que tu désires savoir, agréa Coroni.

— Jusqu'à présent, c'était plutôt confus.

— Eh bien, ce qu'il y a, c'est que…

— Assez de faux-fuyants ! le coupa Roi. Je me trouve depuis suffisamment longtemps ici, et qu'importe si le temps ne compte pas ! Avec les forces que j'ai reprises, je suis capable d'assimiler la vérité. Dis-moi pourquoi je suis un *Nuenoc* et toi un *Vasal*.

Décontenancé, l'étranger obtempéra :

— C'est très simple, c'est parce que tu totalises neuf âges humains et moi seulement huit. Tu as neuf vies, mon vieux. Dans la première tu étais ce Danton. Dans la neuvième, Mike Reginald Rhodan. Et une dixième t'attend, comme moi une neuvième, non ? Nous sommes dans le même bateau, mon ami.

Au fait que Coroni utilisait à présent un langage identique au sien, le Terranien saisit qu'il s'était définitivement adapté aux conditions ambiantes. Il commençait à embrasser à peu près la situation – et il voyait l'erreur qu'avait commise Tatu-Chimi, qui avait quatre-vingt-dix-huit réincarnations derrière lui.

Le Libre-Marchand ne put s'empêcher de rire. C'était tellement comique – et d'autre part si fantastique qu'il lui fallait bien cela pour ne pas perdre la raison !

Uniquement parce qu'il s'était attribué comme pseudonyme le nom d'un homme du XVIIIe siècle, Indigo avait cru qu'il avait été jadis cet individu. En divisant l'écart entre la date du décès du révolutionnaire français et celle de la venue au monde de Roi par une espérance de vie de quatre-vingt-sept ans, on obtenait le chiffre de sept. Sept existences. Et en ajoutant celle de Danton et la sienne propre, on tombait sur le chiffre fatidique de neuf. C'était une évidence pour Tatu-Chimi, car son peuple maîtrisait et dirigeait consciemment la métempsycose.

Là n'était pas la réponse à toutes les questions mais Michael Rhodan savait à présent ce qu'il fallait entendre par « Increés ». Dans cette sphère hors de l'espace et du temps, des esprits libres attendaient la naissance d'un nouveau corps dans leur cycle de réincarnations.

Et il était tombé dans ce réservoir d'âmes, dans cette stase extra-continuale pour consciences…

CHAPITRE V

L'histoire dont Coroni entama le récit était celle d'un peuple parvenu à un haut niveau intellectuel mais qui avait toujours gardé ses distances avec la technologie, préférant se consacrer aux recherches métapsychiques. Cette méfiance allait finalement conduire les Nomades – c'est ainsi que l'Incréé appelait ses congénères – à leur perte.

Ils se désignaient sous ce nom car ils étaient arrivés à détacher l'esprit de leur corps et à le transférer d'hôte en hôte. Ce qu'avait été leur apparence originelle, eux-mêmes n'auraient su le dire. Ils pouvaient prendre celle de toutes les formes de vie existant dans leur système.

Celui-ci se composait d'un soleil vieillissant et d'une unique planète. Et cet astre se situait quelque part dans le vide intergalactique, à l'écart des autres étoiles. Aussi ces êtres intelligents n'avaient-ils jamais eu l'occasion de développer la navigation spatiale.

À en croire les légendes, ils avaient jadis reçu la visite de Stellaires mais cela ne les avait pas intéressés. Ils les rejetèrent, arguant qu'ils se suffisaient à eux-mêmes. Ils étaient des voyageurs de l'*intérieur*. Les frontières de l'Univers ne les attiraient pas ; ils préféraient explorer leurs propres limites. Ils voulaient étudier dans les moindres détails les secrets de la vie et, avant toute chose, approfondir les mystères de leur cosmos personnel.

Ainsi qu'il en va pour tous les peuples évolués, ils développèrent également une certaine forme de technologie. Mais chez eux, cela ne devint jamais une fin en soi et ils n'y firent appel que pour les aider dans leur quête introspective. Quand les Nomades eurent atteint un haut niveau spirituel – et qu'ils se muèrent pour de bon en errants psychiques – ils s'en détournèrent jusqu'à ce qu'elle tombe dans l'oubli.

— C'est si loin, commenta Coroni, qu'il n'en subsiste

nulle trace sur notre planète. On n'y trouve – ou on n'y trouvait – que la nature vierge à la faune et à la flore diversifiées. La frontière entre l'Animal et l'Homme, si j'ose employer ce terme, avait depuis longtemps été effacée. Nul d'entre nous, pas même les plus âgés, ne se hasarderait à affirmer de quelle espèce nous sommes issus. Cela n'a de toute façon aucune importance. Tout être capable de penser et apte à héberger une conscience appartenait à notre grande famille. On dit qu'après s'être incarnés en chaque organisme possible, quelques individus se sont retirés pour toujours dans la Sphère des Increéés, l'univers de la réalité absolue n'ayant plus rien à leur offrir. J'en doute fortement. Il suffit de prendre Chimi comme exemple. Il a déjà quatre-vingt-dix-huit existences derrière lui et est si usé qu'il n'en désire plus d'autres. Mais je m'éloigne de mon sujet. J'y reviendrai plus tard.

L'idée n'effleura jamais les Nomades que leur soleil pourrait un jour s'éteindre, ce qui condamnerait leur monde. Pour eux, l'évolution était une longue chaîne sans fin produisant inlassablement de nouvelles créatures. Et au bout de plusieurs réincarnations, ils réalisèrent que certaines espèces s'étaient transformées radicalement sous l'effet de mutations. Après cent cycles supplémentaires, leur environnement présentait un visage totalement inédit sans qu'ils y soient pour quelque chose.

Ces circonstances firent aussi qu'ils ne se tournèrent pas vers les étoiles. Tant que la Nature leur offrait un spectacle sans cesse renouvelé et que la vie n'avait pas livré ses derniers secrets, leur planète leur suffisait.

Quand ils se lassaient de telle ou telle forme, ils abandonnaient leur corps du moment et pénétraient dans la Sphère des Increéés. Celui qui ne prenait plus aucun goût à l'existence dans la réalité absolue pouvait y demeurer pour toujours. Il ne revivrait plus.

— C'est pour cela qu'il y a tant d'Anciens ici, expliqua Coroni. Pas un seul Nomade ne ferait ses adieux définitifs au stade matériel avant sa cinquantième incarnation. Mais l'exil dans ce lieu hors de l'espace et du temps n'avait jamais auparavant entraîné une telle surpopulation de vieillards. La faute en revient à la catastrophe.

Vint le moment où le soleil ne posséda plus assez d'énergie pour assurer le maintien de la vie. Cela ne se produisit pas d'une réincarnation à l'autre mais constitua un long processus. Néanmoins, comme nul ne s'intéressait aux sciences naturelles et qu'en absence de technologie il était impossible de prévoir la fin du monde imminente, le désastre frappa de façon soudaine et inattendue.

La faune et la flore s'étaient depuis longtemps réduites à quelques rares espèces, aptes à survivre dans un environnement devenu difficile. Mais pas une fois les Nomades ne surent reconnaître les signes avant-coureurs de la terrible menace. Ils n'auraient même pas pu y porter remède. Si l'existence matérielle ne pouvait plus rien leur offrir, ils entraient dans la Sphère des Increés. Et si les expériences vécues et le savoir accumulé se muaient en un trop lourd fardeau, alors ils *oubliaient* simplement – et vivaient la résurrection suivante comme si c'était leur première.

— Ces mauvaises habitudes sévissent toujours parmi nous, dit Coroni. Pour moi, je suis un *Vasal* mais j'ignore combien de naissances échappent à ma mémoire pour avoir été délibérément effacées. Cependant, cette méthode n'est peut-être pas si négative car elle a entraîné ainsi un processus de régénération qui n'aurait pu s'accomplir de façon naturelle. Nous ne serions plus qu'un peuple de vieillards désincarnés. Au moins existe-t-il quelques jeunes Increés. Mais le renoncement volontaire au savoir et aux expériences nous a livrés sans défense à la catastrophe cosmique.

Les Nomades interprétèrent comme un bon signe la transformation de leur soleil moribond en étoile flamboyante. Par manque de connaissances astrophysiques, ils ignoraient qu'il s'agissait du dernier sursaut de leur astre avant son effondrement définitif.

Il devint une supernova et, par son intense rayonnement, éradiqua toute vie à la surface de la planète. La plupart de ses habitants ne purent fuir et disparurent à jamais. Seuls les plus âgés réussirent à abandonner volontairement leur corps et à échapper ainsi à l'annihilation.

— C'est pour cela qu'il existe ici tant d'Anciens, termina Coroni. La fin de notre monde leur a causé un tel choc qu'ils ont décidé de ne plus quitter cette sphère. Comme notre patrie a été anéantie, ils préfèrent demeurer ici que de chercher d'autres possibilités de survie. Mais nous, les jeunes, nous ne sommes pas d'accord. La vie dans le cosmos a tant à nous offrir ! Toi, Mike, tu en es la meilleure preuve. Ton peuple domine de nombreux systèmes, il a soumis la Nature de manière efficace et vogue d'étoile en étoile. Dans l'avenir, c'est *ainsi* que nous voulons évoluer.

— Vous devez le faire comprendre aussi à vos aînés, dit Danton.

— Ils sont très stricts, commenta amèrement son interlocuteur. Ils sont majoritaires. Notre rébellion a été vaine pour l'instant. Seuls, sans aide extérieure, nous n'arriverons à rien contre eux. Voilà pourquoi nous plaçons tous nos espoirs en toi.

— Peut-être savent-ils mieux ce qui est bon pour vous, ajouta Roi sans grande conviction.

Coroni le fixa puis demanda :

— Veux-tu rester ici pour toujours ?

— Non, admit le Terranien.

— Alors, rejoins-nous !

Le fils de Perry Rhodan hésita.

— C'est différent en ce qui me concerne, essaya-t-il de tergiverser. Je sais d'où je viens et où je dois aller, mais…

— Nous aussi allons trouver notre voie, s'immisça Puica. Ou tu nous montres le chemin, ou nous ne t'aiderons pas à retourner chez toi !

Cette tentative de chantage était dépourvue d'ambiguïté, mais Danton ne put en vouloir à la jeune fille. Il comprenait parfaitement qu'elle se languisse d'une autre existence. Vivre dans la Sphère des Incréés ne pouvait remplacer la vie réelle.

— Nous sommes dans le même bateau, reprit Coroni. Nous te conduirons jusqu'à ton véhicule si tu nous emmènes avec toi. Nous ne réclamons pas plus. Nous n'avons besoin de toi que comme point d'ancrage avec la réalité absolue. Si certains d'entre nous – voire un seul – franchissent la barrière vers le cosmos, alors les autres pourront suivre. Une brève impulsion suffira et après, tous nous revivrons.

Roi ne voulait pas porter la responsabilité du malheur de tout un peuple. S'il hésitait toujours, c'était parce qu'il se demandait quel prix il lui faudrait payer pour cette aide. Il ne savait même pas ce qu'il avait à faire. Et puis il restait un problème : il n'avait pas la moindre idée si la machine temporelle des Ulebs fonctionnait encore et si elle pouvait l'emmener quelque part.

— Alors ? insista Asvah.

— Vous pouvez compter sur moi, promit l'humain.

CHAPITRE VI

Chose curieuse, il n'était parvenu à percevoir concrètement son environnement qu'après avoir admis qu'il était désincarné. Il était pour le moins paradoxal qu'il lui ait fallu d'abord reconnaître en ce lieu un néant situé hors de l'espace et du temps pour que ses sens lui montrent enfin un univers palpable.

C'était une réalité vraiment absurde.

Il n'était qu'une simple conscience, et pourtant il sentait bien son corps. Il pouvait même se voir, à l'instar des autres. Car il les voyait tels des hommes normaux, quel qu'ait pu être leur véritable aspect.

Tout en réfléchissant, Roi se rappela ce que Tatu-Chimi lui avait dit, mais qu'il ne comprenait que maintenant.

— *Nues – réduites à l'essentiel –, toutes les créatures se ressemblent.*

Les Nomades lui ressemblaient parce que rien ne différenciait des purs esprits entre eux. Ses sens extrapolaient l'insaisissable pour en faire quelque chose de tangible. Et ainsi il lui était possible non seulement de visualiser des êtres désincarnés, mais aussi de percevoir un lieu qui était en fait complètement virtuel.

Il s'était adapté sans être totalement intégré, du moins l'espérait-il. Il ne voulait pas devenir comme ces gens.

— Nous pouvons y aller, dit Coroni puis, se tournant vers le Terranien : Cette expédition ne sera pas une promenade de santé. Nous devons veiller à ce que les Anciens ne nous découvrent pas.

Le moment du départ arriva et ils s'engagèrent dans un long couloir qu'ils longèrent jusqu'à ce qu'il s'élargisse finalement pour déboucher sur un assemblage d'alvéoles connectées entre elles. Le fils de Perry Rhodan trouva frappante l'analogie avec une ruche, même si les proportions étaient ici plus chaotiques. En tout cas, s'il y avait une structure sous-jacente, il ne la discernait pas. Se dire que cela n'était de toute façon pas réel ne l'aidait qu'à moitié. Ce n'était que le reflet d'une construction mentale élaborée. Il devrait s'en contenter.

Leur nombre était passé à six. Deux amis de Coroni les avaient rejoints : Creng et Palton. Le premier avait pris la tête, suivi par Puica. L'autre fermait la marche, manifestement pour protéger leurs arrières. Asvah s'éloignait par moment sur le côté tandis que le chef du groupe demeurait à proximité de Roi. Il s'en rapprocha bientôt.

— J'aimerais que tu répètes encore une fois ce dont nous avons convenu, Mike, dit-il. Tu dois t'en tenir exactement aux instructions. La réussite de notre plan en dépend. Allez, recommence !

Danton soupira. Il avait déjà énoncé à plusieurs reprises les directives de l'Increé ; il aurait même pu le faire en dormant.

— Au cas où se produirait un incident avec les Anciens, je me dirigerai vers toi, ânonna-t-il. Quoi qu'il arrive, je tenterai de rester à ton côté. Et si ma conscience est éblouie, alors je m'orienterai grâce à ta couleur. Rouge vif. Les vieux ont en général des tons plus sombres.

— Parfait. Ensuite… ?

— Si tout se passe bien, et que nous atteignons ma machine temporelle…

— Halte ! l'interrompit Coroni. Ne te mets pas dans l'idée que ce soit ça le *Grand Lourdaud*. Il peut également s'agir d'une réflexion ou d'une distorsion d'un quelconque autre objet avec lequel tu es en rapport. L'essentiel, c'est que…

— … que je l'étudie avec attention avant d'essayer de pénétrer à l'intérieur, acheva Roi. En premier lieu, il me faut absolument définir ce dont il retourne. Et je dois vous transmettre les informations précises pour que vous puissiez vous aussi le classifier.

— C'est d'une importance vitale car c'est notre seul véritable point d'ancrage avec le continuum spatio-temporel, ajouta le Nomade avec insistance.

Il marqua une courte pause puis reprit :

— Il y a un détail dont je ne t'ai pas parlé jusqu'ici et qui est primordial. Si les Anciens parviennent encore à t'enlever durant cette phase décisive, pas la peine de paniquer.

Une fois que tu auras établi un lien avec ton objet, tu n'auras plus qu'à y penser très fort pour le rejoindre depuis n'importe quel endroit.

— C'est bon à savoir, dit le Terranien. Es-tu sûr de ne rien m'avoir caché en plus ?

Son interlocuteur lui jeta un regard singulier et répondit :

— Non, c'est tout.

Creng, envoyé en reconnaissance, revint parmi eux et fit son rapport :

— J'ai repéré une route par laquelle nous allons pouvoir éviter les gardes des Anciens. Malheureusement, j'ignore tout du reste du chemin. Asvah devra nous guider.

Cette dernière, de retour à l'instant de l'une de ses excursions, entendit ces ultimes paroles.

— Il vaut mieux que je prenne dès maintenant la tête, intervint-elle et elle saisit Danton par le bras. Je connais un raccourci, qui est de surcroît plus sûr. Il est juste là.

Sans attendre l'accord de Coroni, elle bifurqua sur la droite avec l'humain. Les autres leur emboîtèrent le pas. Le jeune Incréé réprimanda sa congénère pour son initiative personnelle, mais il la laissa quand même les mener.

Elle adressa un sourire à Roi et exerça une pression sur sa main, ce qui lui parut comme le signe d'un arrangement secret. Lorsqu'il lui retourna un regard interrogateur, elle cligna de l'œil.

Le chemin s'élevait maintenant abruptement, mais le Terranien le gravit sans fournir le moindre effort. Il sautait de la surface d'une alvéole à une autre avec l'agilité d'une chèvre.

— Nous sommes bientôt arrivés, commenta Asvah.

Elle grimpa sur un plan fortement incliné et attira le fils de Perry Rhodan à elle comme s'il ne pesait rien. Une fois ce dernier obstacle franchi, il se retrouva sur une plaine apparemment infinie plongée dans une lumière diffuse. Et qu'importe la direction observée, il n'apercevait nul horizon.

Quelque part à une distance non déterminée le terrain semblait s'incurver vers le haut et se fondre dans le « ciel ». Danton retint son souffle. Bien qu'il eût le sentiment de se tenir debout sur un sol ferme, il percevait tout en même temps au-dessus de lui l'immensité de l'espace avec sa multitude d'astres et de nébuleuses galactiques. Mais le plus stupéfiant était que la structure lumineuse qui lui paraissait se trouver infiniment loin était d'un relief presque opprimant.

Ce n'était pas le cosmos aux profondeurs incommensurables et parsemé d'étoiles dont il était familier. Le surplombant, s'étirait une forme gigantesque composée de gouffres abyssaux et d'énormes renflements qui se superposaient tels des massifs montagneux. Le vertige l'envahit à cette vision. Cette chose était d'une telle ampleur qu'il ne pouvait même pas estimer sa taille.

— Voici le *Grand Lourdaud*, murmura révérencieusement la jeune fille rousse.

— Le reconnais-tu ? demanda Coroni avec insistance. Qu'est-ce que c'est ?

— Je ne sais pas, répondit le Libre-Marchand d'un timbre voilé. Je ne parviens pas à distinguer quoi que ce soit selon cette perspective. C'est comme si un microbe tentait de décrire le microscope sous lequel il est placé.

— Mais cela t'appartient, Mike ! s'exclama le Nomade. Tout dépend de…

Il se tut. Un éclair vif fulgura et aveugla Roi. Il sentit un vague mouvement à son côté puis Asvah murmura, comme si elle se trouvait très loin :

— Tu dois également connaître l'avis des autres avant de te décider…

Sa voix s'éteignit alors. La clarté semblait écraser Danton. Elle était aussi solide que du verre et se refermait sur lui. Il ne pouvait rien voir, rien entendre, rien ressentir. Il savait que les Anciens étaient à l'œuvre.

Finalement, la luminosité se brisa en une cascade de couleurs à partir desquelles se cristallisèrent lentement des silhouettes humaines. Quand la vue lui revint, il reconnut Tatu-Chimi. Il était accompagné de deux hommes, chacun paraissant au moins le double de son âge. Il s'agissait de vieillards qui avaient manifestement du mal à se tenir sur leurs jambes. Seule l'expression de leurs yeux révélait une certaine vitalité.

— Je ne comprends pas pourquoi Asvah m'a trahi, dit le Terranien, déprimé.

— Remercie-la plutôt de t'avoir protégé de la plus grande idiotie de ton existence, répliqua le Nomade.

— Arrêtez ça ! s'emporta Roi. Je n'ai qu'une vie et je

vais lutter par tous les moyens pour la récupérer. Tu ne pourras pas m'en empêcher !

L'Incréé ne répondit pas. Il indiqua l'individu à sa droite :

— Voici Altot-Giunto. (Puis, désignant cette fois celui à sa gauche :) Et Rhana-Tomco.

Il expliqua en poursuivant :

— Ce sont les plus sages de nos sages. J'ai requis leur présence afin qu'ils te fassent comprendre à quels dangers tu allais t'exposer.

— Ce ne sont pas d'aussi belles paroles qui vont me convaincre que vous traitez correctement les jeunes en les gardant prisonniers de cette Sphère ! jeta Danton, irrité. Ou voulez-vous nier cette évidence ?

Chimi voulut riposter, mais Altot-Giunto l'en empêcha d'un geste de la main.

— Il est vrai que nous avons pris la décision de ne plus revenir à notre vie de nomadisme, dit le vieillard à voix basse. Je remarque que tu possèdes quelques connaissances sur le sort de notre peuple. Ce qui m'épargnera de fastidieuses explications. La plupart d'entre nous n'ont pas choisi cette existence d'exil. Le Destin a décidé à notre place. Il nous a volé notre patrie, nos corps, bref, tous nos rapports avec le cosmos. Cela, nous l'avons admis. Y compris les jeunes.

— Si vous vous sentez trop âgés pour vivre, c'est votre affaire, rétorqua l'humain. Mais vous ne pouvez pas leur enlever le droit à l'autodétermination.

— Tu t'exprimes ainsi parce que tu te considères toi-même comme l'un d'eux, Nuenoc-Mike, dit Rhana-Tomco. Néanmoins, tu ne sais pas de quoi tu parles. Nous n'avons certainement pas besoin de discuter du bien-fondé ou non de nos méthodes, nous ne réussirons jamais à tomber d'accord. Aussi, mieux vaut aborder le problème sous un autre angle. Mettons-nous à ta place. Es-tu vraiment prêt au suicide mental pour aider les jeunes Incréés à retourner à la vie ?

— Pour moi, ce n'est pas un grand sacrifice que de permettre à Coroni et aux siens de franchir la barrière vers l'Univers, rétorqua le Terranien.

— T'es-tu déjà demandé de quelle façon ce… ah… voyage doit s'accomplir ? s'immisça à nouveau Altot-

Giunto. Non ? Alors je vais le faire pour toi. Qu'importe le moyen de transport utilisé, le type de construction ou sa capacité. Car ce que tu auras à emmener est immatériel ; ce sont des esprits purs, des consciences nues. Comment vas-tu les prendre à bord de ton véhicule et les héberger ? Il n'y a pas le choix : tu dois leur donner une enveloppe charnelle. Autrement, ils ne pourront pas exister à l'extérieur. Et maintenant, dis-moi, Nuenoc-Mike, combien en as-tu à ta disposition ?

— Je… commença Danton, mais la voix lui manqua.

Il n'avait pas encore réfléchi à ce problème, et Coroni et les jeunes Incréés n'avaient pas soulevé cette question. L'avaient-ils délibérément éludée pour ne pas éveiller en lui l'idée qu'il leur faudrait trouver asile dans son propre corps ? Tout d'abord, cette pensée l'effraya mais il réalisa ensuite que c'était là justement le but des vieillards. Roi se racla la gorge et dit d'un ton ferme :

— Je pourrais parfaitement héberger provisoirement un esprit en moi jusqu'à ce qu'une autre solution se dessine. Il doit forcément en exister une !

— Sûrement, agréa Altot-Giunto. L'Univers regorge de vie et d'hôtes potentiels. Mais pourquoi se donneraient-ils la peine de choisir ? Finalement, tu as parlé aux filles d'un monde paradisiaque appelé la Terre, sur lequel il fait bon vivre…

— C'est une infâme insinuation ! s'écria le fils de Perry Rhodan excité en lui coupant la parole. Je suis certain que l'Humanité ne courra aucun danger si j'aide les jeunes.

— Peut-être pas, admit son interlocuteur. Il se pourrait que Coroni et ses compagnons se révèlent reconnaissants et épargnent les tiens. Mais si ce ne sont pas les Humains ce sera quelqu'un d'autre. La vie que tu voudrais offrir aux Incréés ne t'appartient pas.

C'était si logique et si vrai que, sur le moment, Danton ne sut que répondre. Tatu-Chimi en profita pour développer le thème abordé.

— Ce que nous faisons n'est pas dirigé contre eux, Nuenoc-Mike, dit-il. Nous agissons ainsi car nous n'ignorons rien des conséquences qu'aura une telle transmigration. Nous avons une responsabilité que les jeunes ne mesurent pas. Tout était différent dans notre patrie car là, le cycle de réincarnations constituait un phénomène naturel englobant toutes les formes de vie. Mais si nous devions nous immiscer dans l'environnement d'une autre planète, cela reviendrait à opprimer les êtres intelligents, à les atrophier et finalement à provoquer leur mort. Pense à un quelconque peuple de ta connaissance et maintenant dis-moi si tu lui souhaites une invasion de tels vampires psychiques, ce qu'un cruel destin a fait de nous. Penses-y bien !

C'était une vision effroyable que lui présentaient les Anciens. Roi dut reconnaître qu'il n'avait pas encore réfléchi à ces aspects. Il tenta de se figurer ce nouveau problème venant s'ajouter à ceux qui accablaient déjà les Terraniens. Des parasites mentaux surgissant pour contester leur corps aux Humains ! Cela pourrait signifier la fin de sa race ; la Galaxie serait plongée dans le chaos.

Il avait de la sympathie pour les jeunes Incréés et concevait parfaitement leur lutte pour une existence matérielle. La décision à prendre n'en était que plus dure. Mais malgré toute sa compréhension, pouvait-il livrer les habitants de la Voie Lactée à un tel danger ?

La réponse était un « non » clair et net.

— Et maintenant, Nuenoc-Mike, que décides-tu ? demanda Chimi.

— Cela dépend des alternatives que vous m'offrez, répliqua Danton. Que proposez-vous ?

— Il n'y a pas de choix possible, déclara Giunto. Nous ne voyons qu'un moyen de vous protéger, toi et ton peuple. Tu dois rester auprès de nous.

CHAPITRE VII

— C'est hors de question, fit Roi, une fois remis de sa surprise initiale. Je trouverai un autre moyen.

— Il n'en existe aucun, affirma Chimi. Nous avons longuement et minutieusement réfléchi au problème, tu peux nous croire. Il nous est impossible de t'aider à retourner chez toi sans mettre ton peuple en péril. Et tu serais le premier affecté. Il serait tout simplement irresponsable de ta part de réintégrer ton corps. Un des jeunes irait avec toi, que tu le veuilles ou non. Ils pourraient t'y forcer.

Danton était confronté à un dilemme apparemment insoluble. Les Anciens lui avaient clairement démontré les dangers auxquels il s'exposait. Et Coroni lui-même avait affirmé qu'il suffisait qu'un seul franchisse la barrière pour récupérer ensuite ses camarades. Il ne pouvait pas se permettre ce risque. Mais il ne désirait pas non plus rester ici.

Il devait y avoir une solution !

— Résigne-toi à ton destin, Mike, ajouta le vieux Nomade et il se plaça devant lui.

Ses deux compagnons s'étaient écartés sur le côté. Ils s'approchaient par la droite et par la gauche. Leur intention ne laissait place à aucun doute, ils voulaient le prendre en tenaille pour lui interdire toute fuite.

— Tu verras que ce n'est pas si mauvais d'être un Incréé, poursuivit Chimi. L'existence désincarnée a de nombreux avantages. Comme il n'y a ici ni temps ni espace, ta conscience sera immortelle. L'éternité t'attend…

— Je suis trop jeune pour l'éternité ! s'exclama le Terranien.

Il pensait à Coroni et à Asvah, ainsi qu'aux autres rebelles. Leurs motivations étaient peut-être égoïstes mais ils avaient malgré tout bien plus à offrir que ces vieillards. Le danger était une composante de la vie et il préférait prendre ce risque que de choisir la sécurité dans la Sphère des Incréés.

— Nuenoc-Mike !

Ce fut la dernière parole que Danton perçut de Tatu-Chimi. Il avait si intensément pensé à ses nouveaux amis qu'il fut attiré par eux comme par un aimant, échappant de la sorte à la zone d'influence des Anciens.

Il se retrouva sans transition sur la large plaine dépourvue d'horizon. Au-dessus de lui planait, majestueuse, l'immense structure du *Grand Lourdaud*.

— C'était parfait, Mike, le félicita Coroni. Je savais que tu étais un étudiant doué. Mais maintenant il faut faire vite, avant que le vieux ne puisse réagir. Il ne va certainement pas attendre les bras croisés.

— Je ne peux pas vous emporter, fit le fils de Perry Rhodan à regret. Il m'a montré les dangers liés au transfert de plusieurs consciences dans *un* corps.

— Tu t'es donc fait embobiner, soupira amèrement son interlocuteur. Mais ça ne te servira à rien, Mike. Tout retour en arrière t'est interdit. Si tu disparais, je m'accrocherai à toi. Je te garantis que tu ne pourras pas m'échapper. Emparez-vous de lui !

Alors que Palton et Creng se préparaient à agir, Asvah les devança. Elle saisit la main du Terranien et l'attira à elle.

— Tu dois fuir ! lui lança-t-elle puis ils s'élancèrent côte à côte sur la plaine.

Il avait pourtant le sentiment de demeurer statique. Mais en jetant un œil dans son dos, il constata que Coroni, Puica et leurs deux amis se trouvaient déjà loin.

— Où va-t-on ? demanda Roi.

— Dans le *Grand Lourdaud* ! cria sa compagne.

— Mais… ajouta Danton avant qu'elle ne lui intime le silence d'un geste impérieux.

Elle s'immobilisa soudain et le força également à s'arrêter. L'humain regarda autour de lui et vit les quatre jeunes qui l'encerclaient. Leur chef était prêt à bondir, son visage marqué par une profonde concentration.

— Il n'attend que le moment où j'entreprendrai le transfert, détermina le fils de Perry Rhodan. Ou n'était-ce qu'un bluff pour me forcer à l'emmener ?

— Non, ce n'est pas un bluff, répondit Asvah. Il existe toutefois un moyen pour que tu réintègres seul ton corps.

Cela, les Anciens tout comme Coroni et son équipe te l'ont tu. Les premiers parce qu'ils veulent te garder ici à tout prix, et nos amis en raison de leur volonté acharnée de retourner à une vie matérielle. Mais tous n'agissent que dans leur propre intérêt.

— Et toi ? demanda Roi en fixant la jeune fille dans les yeux.

Elle afficha un sourire mélancolique.

— Je me sens responsable de toi, déclara-t-elle. Finalement, je t'ai sorti de l'influence du chrono-intercepteur. C'est étrange, au début je te considérais comme ma possession mais peu à peu j'ai changé d'avis. L'égoïsme des autres en est la cause. J'ai alors su que c'était mon devoir de te protéger. Tu dois seulement faire ce qui est le mieux pour toi.

Il prit son visage entre ses mains et murmura :

— Toi, je veux bien t'emmener. Es-tu d'accord ?

— Non, répondit-elle. Cela reviendrait au même, que ce soit moi ou Coroni qui t'accompagne. Deux esprits dans un seul corps, ça ne peut que mal tourner. Je ne tarderais pas à te dominer et à étouffer ta conscience. Je ne désire pas courir un tel risque. Voilà pourquoi je préfère renoncer.

— Il m'est difficile de te laisser en arrière, Asvah, ajouta-t-il, ému. La seule façon de te remercier dûment serait de te prendre avec moi. En outre, j'éprouve plus que de la reconnaissance envers toi…

— Chut ! (Elle lui posa un doigt sur la bouche puis leva les yeux vers le ciel). Saisis-tu ce que c'est, maintenant ?

— Non, je…

— Alors concentre-toi profondément dessus. Tu n'auras aucun mal à l'identifier. C'est ta propriété la plus personnelle qui soit.

Il suivit son regard et observa l'imposante structure, apparemment informe. En même temps, il ressentit l'intense relation qui les unissait. Ce lien était plus solide que tout. Entre lui et le *Grand Lourdaud* existait une force d'attraction suffisamment puissante pour l'arracher à la Sphère des Incréés.

— Je lis sur ton visage que tu as compris, entendit-il la Nomade déclarer.

Mais il ne pouvait plus la voir. Sa silhouette se fondait

dans un océan chromatique, et il n'en subsista rapidement plus qu'une tâche rougeâtre.

— Oui, je sais maintenant…

Il se tut quand quelque chose s'agrippa à lui et tenta de l'enlacer. Il put reconnaître aux couleurs qu'il s'agissait de Coroni.

— Mike ! (C'était Asvah). Sois prudent ! Il est prêt à tout. Fais attention, je vais te montrer comment te défendre contre lui.

— Mais de quelle façon ? s'écria Danton, désespéré.

— Utilise la méthode des Anciens, jeta la jeune fille dans une cascade chromatique de tons écarlates qui l'inondèrent. Si les nombreuses vies vécues leur sont devenues un fardeau, ils se débarrassent de leur mémoire comme on vide un ballast. Il te faut agir de même pour échapper à son emprise. Tu dois oublier, Mike !

— Perdre tout souvenir de toi ? demanda-t-il, incrédule. Non, jamais !

— Tu dois *tout* oublier, répétèrent les couleurs pâlissantes. C'est ton seul espoir. Sinon, Coroni va absorber ta conscience. Je vais t'aider à effacer de ton esprit ce que tu as vécu dans notre monde. Mais je ne peux pas le faire à ta place. Tout t'apparaîtra comme un rêve et quand tu auras réintégré le champ du chrono-intercepteur, ce songe lui aussi se diluera.

Le spectre multicolore fut avalé par les ténèbres. Le Terranien vit la Sphère des Incréés rétrécir, tandis que lui se dilatait et s'adaptait aux dimensions du *Grand Lourdaud*.

Désormais, il n'était plus le microbe écrasé par la démesure des instruments d'analyse.

L'univers environnant se dilua, plus rien ne le reliait à lui. Même son souvenir s'estompait.

Asvah… Coroni… Tatu-Chimi… ce n'étaient à présent que des termes vides de sens. Danton filait vers la majestueuse structure qui lui devenait progressivement familière. Elle exerçait sur lui une incroyable force d'attraction. Il ne pouvait s'y opposer et il ne tenta pas non plus de se débattre.

Car cette chose était son bien le plus intime.

Son corps !

Il lui appartenait, à lui seul. Aucun Nomade n'aurait pu le suivre dans ce voyage. Puis, à mesure que l'oubli s'abattait sur sa conscience, il balaya toute pensée qui lui restait d'eux – Coroni, Asvah…

La matière et l'esprit se retrouvèrent, et Roi fut expulsé de ce lieu situé hors de l'espace et du temps.

Tout ce qu'il venait de vivre n'avait pas pris une seconde. Le délai entre sa capture et le retour de son *moi* n'était pas quantifiable.

Et l'amnésie effaça à jamais de la mémoire de Danton les événements qui s'étaient déroulés entre ces deux instants.

De nouveau happé par le flux temporel, il fut entraîné loin, très loin, en direction du passé…

Durement frappés par l'attaque des Dolans, le Système Solaire et l'Humanité n'ont plus qu'à panser leurs blessures… Pour Perry Rhodan et ses proches, l'ère de la reconstruction commencera bientôt – mais nous ne vivrons pas cette renaissance à leurs côtés. C'est en effet un millénaire plus tard que nous les retrouverons pour le début d'un prochain cycle de la série, intitulé LES CAPPINS.

Rendez-vous donc en l'an 3430 : des bouleversements politiques ont modifié la donne sur l'échiquier galactique, de graves crises ont ébranlé l'Empire Solaire. Un contexte fait de désunions et de tensions – celui de L'HUMANITÉ AU CRÉPUSCULE…

VOUS CONNAISSEZ DÉJÀ ATLAN, LE SOLITAIRE DES SIÈCLES

Amiral d'Arkonis
Gnozal VIII, souverain du Grand Empire
Lord-Amiral de l'Organisation des Mondes Unis
et ami indéfectible de Perry Rhodan, Stellarque de Sol...

DÉCOUVREZ ATLAN, LE PRINCE DE CRISTAL

Dans ses années d'adolescence, 8000 ans avant notre ère,
au cœur d'un fabuleux empire galactique
en proie à la tyrannie et à la guerre,
tout au long d'un passionnant itinéraire d'aventures
et d'initiation à de mystérieuses sciences de l'esprit...

RENDEZ-VOUS AVEC

« TRAQUE SUR GORTAVOR »

« LE PRINCE DE CRISTAL »

« LES PIÈGES DE KRAUMONN »

« LE MONDE DES MILLE TORTURES »

LES QUATRE PREMIERS VOLUMES DE NOTRE COLLECTION « ATLAN »

DISPONIBLES CHEZ VOTRE LIBRAIRE

Achevé d'imprimer sur les presses de

BUSSIÈRE

GROUPE CPI

à Saint-Amand-Montrond (Cher)
en janvier 2004

FLEUVE NOIR
12, avenue d'Italie
75627 Paris Cedex 13
Tél. : 01-44-16-05-00

— N° d'imp. : 38064. —
Dépôt légal : janvier 2004.

Imprimé en France